U0132134

钱锺书
研究文库

风雅变古今

"大钱学"视野下的钱锺书研究

龚刚 著

河南文艺出版社
·郑州·

图书在版编目（CIP）数据

风雅变古今："大钱学"视野下的钱锺书研究/龚刚
著．--郑州:河南文艺出版社,2024.6
（钱锺书研究文库/陆建德主编）
ISBN 978-7-5559-1473-0

Ⅰ.①风… Ⅱ.①龚… Ⅲ.①中国文学-文学研究-
文集 Ⅳ.①I206-53

中国国家版本馆 CIP 数据核字（2023）第 218932 号

丛书主编	陆建德
执行主编	曹亚瑟
丛书策划	李建新
丛书统筹	王　宁
本书策划	王　宁
责任编辑	王　宁
责任校对	殷现堂
书籍设计	书籍/设计/工坊　刘运来工作室　徐胜男
责任印制	陈少强

出版发行	河南文艺出版社	印　张	8.125
社　　址	郑州市郑东新区祥盛街 27 号 C 座 5 楼	字　数	180 000
承印单位	郑州市毛庄印刷有限公司	版　次	2024 年 6 月第 1 版
经销单位	新华书店	印　次	2024 年 6 月第 1 次印刷
开　　本	889 毫米 × 1194 毫米　1/32	定　价	58.00 元

前　　言

　　钱锺书乃学贯中西、博通古今之大学者、大作家,其长篇小说《围城》是第一部被列入企鹅经典丛书的现代中国小说。钱锺书的夫人杨绛也是著名的学者、作家,散文造诣尤高。钱氏伉俪有一个共同爱好,即读《福尔摩斯探案集》。杨绛的长篇小说《洗澡》就包含着福尔摩斯游戏和与之相应的类侦探叙事。

　　英国哲学家以赛亚·伯林认为,思想者有两种,一是狐狸型,一是刺猬型。狐狸型同时追求很多目标,他们的思维是扩散的,在很多层次上发展,从来没有使他们的思想集中成为一个总体理论或统一观点;刺猬型则把复杂的世界简化成一个严密的观点、一条基本原则、一个基本理念。

　　钱锺书是狐狸型学者,他主张"化书卷见闻作吾性灵",又认为"文人慧悟逾于学士穷研",也可以称其为性灵派。浅学者屡以碎琼乱玉、不成体系评价钱氏之学,其实,钱锺书以通天下之志、明艺文之道为己任,所论虽庞杂,却自有其潜体系。如果从其浩如烟海的中外文笔记中提炼出一部文学概论,必远胜任何一部通行的文学原理教材。

从更开阔的视野来看,钱锺书的丰富著述堪称中国文学界的文化宝藏,文史哲领域的学者应当在既有研究的基础上,一方面应纵向深化,加大对其英文文集及中外文笔记的研究力度;另一方面横向拓展,将杨绛、钱基博、钱瑗、周振甫、吴兴华、徐燕谋、冒效鲁等与钱锺书有着亲缘关系、深厚渊源或较大可比性的学者、作家纳入研究视野,从而将钱锺书研究拓展为"大钱学"研究,并在"大钱学"研究的视野下,推进钱锺书研究、文艺理论研究及中国现代人文学术史研究。

新世纪以来,文学世家研究已引起学界广泛重视,中国社会科学出版社于 2011 年出版了"江南文化世家研究丛书",包括《明清常州恽氏文学世家研究》《明清湖州董氏文学世家研究》等著述。史学家陈寅恪非常重视家学门风对士人的影响,宋代诗人李处权在《送粹伯弟亲迎兼简宣卿龙图》一诗中赞颂诗书世家的文化修养说,"问讯冰清怀大雅,世家王谢属斯文"。"王谢"即六朝望族琅琊王氏与陈郡谢氏之合称,后成为显赫世家大族的代名词。钱锺书、杨绛分别出身于江南书香门第,钱锺书之父钱基博是古文家和现代大儒,杨绛之父杨荫杭是法学名家,翻译了众多西方法政名著,其三姑母杨荫榆曾任北京女子师范大学校长。从家学门风的传承熏染而言,钱锺书、杨绛诚可称"世家钱杨属斯文"。

本书在大钱学及家族学术史背景下,介绍、评述钱锺书父子对新文学的态度,钱锺书小说的海外影响,杨绛的小说观、小说艺术,钱锺书对苏东坡赋、陆游诗的英译本的评论,以及钱锺书对章学诚、袁枚等清代学人的治学精神的传承发展及其对《史记》笔法、《周易》名理的评说,触及新旧文学冲突、当代作家的文化断裂、现代派与"前现代"小说理念之争、非虚构文学的创作原则、文字艺术的"快与慢"、理想的艺术境界等诸多文艺理论问题,共分为四辑。

杜甫《登楼》一诗中的名句"锦江春色来天地,玉垒浮云变古今",本为描述成都山川奇景,却与清末以来中国社会的现代变革所呈现的精神相呼应,也与钱锺书"袖携西海激西江"的治学思路、人文情怀相契合。因此,本书以《风雅变古今——"大钱学"视野下的钱锺书研究》为名。

目　录

第一辑　钱氏父子对新文学的态度…………………………………… 1

钱锺书对曹葆华浪漫主义诗风的讥评…………………… 3

钱锺书对黄裳散文的嘉许

——兼谈当代作家的文化断裂问题……………… 25

钱基博对"文学革命"的退让与反击……………………… 40

第二辑　钱锺书、杨绛与小说艺术…………………………………… 57

钱锺书小说在德国的反响………………………………… 59

附：犯人蒙赦的快活〔德〕巴特曼/撰　龚刚/译…… 65

1

"中年危机"叙事的早期范本

    ——杨绛与白先勇同名小说《小阳春》比较分析…69

杨绛与英国文学的关系

    ——以小说艺术的对话为中心……………………… 90

第三辑　钱锺书对中国古典文学英译本的评论……………… 115

钱锺书对陆游诗英译本的评论…………………………117

钱锺书对苏东坡赋英译本的评论………………………138

美文自古如名马

    ——钱锺书苏赋论申说…………………………156

第四辑　钱锺书与国学………………………………………… 181

《史记》笔法与非虚构文学

    ——钱锺书与艾尔温·基希的潜对话……………183

钱锺书《周易》名理论申说……………………………198

钱锺书对章学诚、袁枚治学精神的传承发展……………219

附录

钱锺书三笔名之疑

    ——答范旭仑《发现钱锺书佚文一篇》……………248

第一辑

钱氏父子对新文学的态度

钱锺书对曹葆华浪漫主义诗风的讥评

    钱锺书对民国时期清华校园诗人、现代派诗人曹葆华的新诗集《落日颂》所作的评论[1]，是他唯一的新文学作品论，也是他唯一的新诗评。

    《落日颂》是曹葆华的第三部诗集[2]，由上海新月书店出版于1932年，表现出一贯的澎湃峻烈的浪漫主义诗风。钱锺书的诗评从风格、修辞、情调、结构、神秘主义内涵等多个方面对曹葆华的诗艺进行了较为深入、全面的评说。其评价以否定为主，其中包括"冲动女人的作风"、"镶金牙的诗"、"文字强奸"、比喻"陈腐"等评语，虽然是有的放矢，却未免有失厚道。不过，钱锺书不

---

    [1]此文原载《新月月刊》第四卷第六期(1933年3月1日)，以曹葆华诗集名称为题，收录于《钱锺书散文》，第94—103页，浙江文艺出版社，1997。

    [2]严格地说，《落日颂》其实是诗人的第二部诗集，因为他此前出版的诗集《灵焰》(1932)基本上是其第一部诗集《寄诗魂》(1931)的浓缩本。可参看《诗人 翻译家 曹葆华》(二卷本，陈晓春、陈俐主编，上海书店，2010)的诗歌卷，其中收录了《寄诗魂》《灵焰》《落日颂》《无题草》等诗集。

留情面的严厉批评对于曹葆华诗风的转变与诗艺的提升应该起到了极大的激励作用。后者于1937年出版的《无题草》与《落日颂》相比，冲动的作风大为收敛，更注重意象的经营、用词的精准，诗境也更为深邃，呈现出从粗放的浪漫主义趋向深沉的象征主义的显著变化。

更为重要的是，这篇诗评还对"拜伦式的态度"以及浪漫主义诗人的"自我主义"倾向进行了批判与反思，主张汲取东西方圣书里的"苍老的智慧"[1]，主张人与宇宙、人生的和解，劝勉浪漫主义诗人从"消灭宇宙"的狂热转向"消灭自我以圆成宇宙"[2]，其批判锋芒直指曹葆华所效仿的郭沫若那种"我把全宇宙来吞了""我便是我了！"之类天狗式宣言和天狗式冲动，俨然是一篇反浪漫主义（anti-romanticism）的诗学檄文，与艾略特、白璧德等西方反浪漫主义者堪称同调。

遗憾的是，钱锺书的这篇诗评却没有受到当代新诗研究者的足够重视，诸多探讨曹葆华诗歌艺术的学术论文对其只字未提。如孙玉石先生全面探讨曹葆华对新诗贡献的长文《曹葆华的新诗探索与诗论译介思想》一文，详尽引用了曹葆华同时代学者、作家（如闻一多、朱自清、朱湘、吴组缃、李长之等人）对《落日颂》及其

---

[1]钱锺书：《钱锺书散文》，《落日颂》，第101页。
[2]同上。

他诗集的评价,却没有提及钱锺书的评论文章。[1] 深入解读这篇未得到足够重视的新诗评,有助于阐明钱锺书对新诗人曹葆华所作评论的得失,以及他对以拜伦为代表的浪漫主义诗派(鲁迅称之为"摩罗诗派")的批判立场和对神秘主义的推崇,从而深化中国新诗发展史研究与西方浪漫主义对中国的影响研究。

一 "产生两极现象的诗人"

曹葆华(本名宝华)于 1927 年考入清华大学外国文学系,1931 年入清华大学研究院学习。他在读书期间出版了三部诗集,文名颇盛,直追闻一多、朱湘,有人甚至赞誉他为"校园唯一诗人"[2]。他的《落日颂》出版于 1932 年 11 月,收诗 41 首,最后一首名为《落日颂》,全集即以此为题,正可以涵盖诗人那种悲凉愤

---

〔1〕孙玉石先生的论文刊于《现代中文学刊》2009 年第 3 期,第 56—63 页。除了孙先生的论文,其他较有代表性的论文如曹万生《1930 年代清华新诗学家的新批评引入与实践》(《西南师范大学学报》2005 年第 6 期)、张洁宇《曹葆华与中国"现代派"诗歌》(《西北大学学报》2010 年第 1 期)等文,均未引用钱锺书的诗评。收录于《诗人 翻译家 曹葆华》史料·评论卷中的《对自我的探究和追寻——析曹葆华的〈无题三章〉》(吴晓东)、《曹葆华诗歌之"梦"》(吴晓东)、《论曹葆华清华时期的诗歌创作》(张玲霞)、《"京派":"清华三杰"之一——曹葆华》(沈用大)等文,也均未引述钱锺书的评论。吴晓东在为《诗人 翻译家 曹葆华》所作书评《场域视野中的曹葆华》(《中华读书报》,2011 年 3 月 9 日 11 版)一文中,简要介绍了钱锺书的这篇诗评,惜因篇幅与体裁所限,未展开讨论。
〔2〕沈用大:《"京派":"清华三杰"之一——曹葆华》,《诗人 翻译家 曹葆华·史料·评论卷》,第 270 页。

懑的心绪、"灵魂的饥饿"[1]以及为灰暗的尘世唱挽歌这一主题。《落日颂》出版之际，钱锺书尚在清华外文系就读，低曹葆华两届。相对于李长之、春霖、芳中等同学师友的恭维、热捧或委婉批评[2]，钱锺书的评论可以说是锋芒毕露，毫不留情，大有魏晋名士纵才使气、放言无忌的遗风。

他认为，在新诗领域，有一种"产生两极现象的诗人"，"这种诗人好比几何学中的垂直线，他把读者两分（bisect）了：读者不是极端喜爱他，便是极端厌恨他；他绝不会让你守淡漠的中立。谁是绵羊（sheep），谁是山羊（goat），井井然分开了，不留下任何tertium quid（拉丁文，意为第三者，此处可译为中间地带——作者注）。"[3] 从接受美学的角度来看，钱锺书所谓"两极现象"，也就是读者反应上的两极化：要么极喜爱，要么极厌恶，没有调和的余地。钱锺书指出，曹葆华就是这样一个会在读者中激发两极现象的诗人，并且是这类诗人中的佼佼者，所以他从来没有碰到"公平无偏颇的批评"[4]。造成这种截然对立的审美反应的主要原因，则是这类诗人的创作风格。钱锺书借用司空图的"诗品"（诗的风

---

〔1〕语出曹葆华《落日颂》里的第一首诗《告诉你》："告诉你，这不是我的顽梗，我的/狂妄，我是全为着灵魂的饥饿不能不这样。"（《诗人　翻译家　曹葆华》诗歌卷，第118页），《叹息》中有类似的说法："我从前常对月/沉思，向着默默的苍空吐出呼嗟，也因为这灵魂的饥荒无法满足。"（《诗人　翻译家　曹葆华》诗歌卷，第136页）所谓"灵魂的饥饿"，应是指对永恒和天堂的渴望。另需说明的是，本文所引用的《落日颂》中的诗句，均出自《诗人　翻译家　曹葆华》诗歌卷。

〔2〕参阅芳中《评曹葆华著灵焰落日颂两集》（原载《清华周刊》第38卷第12期，1933年1月14日）、李长之《介绍与批评"落日颂"》（原载《清华周刊》第39卷第4期，1933年4月5日）、春霖《评曹葆华的落日颂》（原载《清华周刊》第40卷第3、4期，1933年11月13日），均收录于《诗人　翻译家　曹葆华》史料·评论卷，其中芳中一文的发表时间早于钱锺书对《落日颂》的评论。

〔3〕《落日颂》，《钱锺书散文》，第95页。

〔4〕《落日颂》，《钱锺书散文》，第94—95页。

格类型)这一概念评价说,这类诗人的风格"常使我们联想到一阵旋风,一团野火,蓬蓬勃勃的一大群强烈的印象"[1]。在现代诗人中,除曹葆华的《寄诗魂》《落日颂》之外,郭沫若的《女神》以及胡风、蒋光慈等人的诗歌也会带给读者"一大群强烈的印象"。这种"旋风野火"式的诗风,有点像司空图《二十四诗品》中的"雄浑""豪放"这两种风格类型。不过,与"雄浑"这一品相比,"旋风野火"式的诗歌虽有"具备万物,横绝太空"的气势,却无"超以象外,得其环中"的空灵韵致,与"豪放"这一品相比,这类诗歌虽有"观花匪禁、吞吐大荒"的气概,却无"由道反气,处得以狂"的超然自在。[2] 因此,"旋风野火"式的诗歌风格不可称为"豪放",只能称之为"粗豪"。[3] 曹葆华的《寄诗魂》《落日颂》里的多数诗歌即是"粗豪"的浪漫主义诗篇。

钱锺书评论《落日颂》的总体创作特点说:

> 在他的诗里,你看不见珠玑似的耀眼的字句,你听不见唤起你腔子里潜伏着的回响的音乐;他不会搔你心头的痒处,他不能熨帖你灵魂上的创痛——他怎样能够呢? 可怜的人! 他自己的灵魂正呼着痛。这种精神上的按摩(spiritual massage),不是他粗手大脚所能施行的。[4]

---

〔1〕《落日颂》,《钱锺书散文》,第95页。

〔2〕司空图对"雄浑""豪放"二品的品评,见司空图著、郭绍虞集解《诗品集解》,人民文学出版社,2005年重印本,第3—5页,第22—24页。

〔3〕钱锺书认为,作者的诗,无论如何不好,尚有"天真未漓的粗豪"(见《落日颂》,《钱锺书散文》,第101页)。

〔4〕《落日颂》,《钱锺书散文》,第95页。

为欣赏作者的诗,我们要学猪八戒吃人参果的方法——囫囵吞下去。用这种方法来吃人参果,不足得人参果的真味,用这种方法来读作者的诗,却足以领略它的真气魄。他有 prime-sautière 的作风,我们得用 prime-sautière 的读法。行气行空的诗切忌句斟字酌的读:好比新春的草色,"遥看近却无";好比远山的翠微,"即之愈稀"。[1]

　　文中的"prime-sautière",应为法文单词"primesautière"之误。"primesautière"是阴性形容词,用以形容女人的冲动。所谓"primesautière 的作风",即是"冲动女人的作风"。在钱锺书看来,曹葆华的《落日颂》是痛苦灵魂的呐喊,无暇顾及字句的锤炼、节奏的经营,无法熨帖读者的灵魂创痛,也不能唤起读者内心深处的美好感受。对于这种作风"冲动""粗手大脚"的诗歌,不能"句斟字酌的读",只能"囫囵吞下去"。

　　通观《落日颂》里的 41 首诗作,除《灯下》《山居小唱》《五桥泛舟》等几首较为平静、蕴藉之外,大多数诗歌确如钱锺书所言,虽然很有气魄,却不免有冲动、粗糙、流于叫喊之嫌:

　　　现在我苦痛极了,没方法制止灵魂的呼叫;虽然我还把歌儿高挂在惨白的唇边,在瘦脸上画着迷迷的微笑。我现在真愿原始的洪水涨到人间,遍山遍野都有烈火焚烧,地球翻一个大筋斗,宇宙突然崩溃,日月星辰各向四方奔逃。我自己乐得个痛快的死,忘却这一世会遭遇生命的穷困,常把

―――――――――――――――

〔1〕《落日颂》,《钱锺书散文》,第 96 页。

眼泪当作水吞,反欺骗着灵魂,说在苦难里能发见人生无上
的奇妙。

——《告诉你》

我的本领只有是捧着天真,抱紧灵魂,在宇宙里追寻神
秘的幻境,纵然雷霆声破山河,恶毒的虫蛇地上横行,一切
星辰日月也摧毁消泯;我也只扯破衣袍,剖开胸心,呕出一
朵诗花,粉化丑恶的生命。

——《莫笑我》

我求你,灿烂的神! 要高登太空,把下界赫然照管;切
莫像愚昧的庸主,沉入黄昏的怀抱,让黑夜阑进这辽阔的尘
寰。霎时间鸥枭在空中闪翅,饥荒的鬼魂在坟园里呐喊;我
悲怆的心又暗暗哭泣,如末世衰老的穷人,辗转沟壑,凄然
叹息那暴君的凶残。

——《落日颂》

诚如钱锺书所言,曹葆华的特长在于"有气力"。这种气力是
"原始的力",也就是一种"不是从做工夫得来的生力",类似于力
士参孙(Samson)那种与生俱来的力量。[1] 在这种原始而强大的
抒情力量、心理能量的作用下,曹葆华的诗歌呈现出"天真未漓的
粗豪"和"笔尖儿横扫千人军"的气概。[2] 在《告诉你》一诗中,
诗人愤怒地诅咒苦难的人生,宁愿洪水席卷人间,宇宙突然崩溃,

---

〔1〕《落日颂》,《钱锺书散文》,第95页。
〔2〕同上。

日月星辰摧毁消泯,在这天崩地坼的大毁灭中,绝望厌世的诗人正可以死个痛快;在《莫笑我》一诗中,诗人要剖开胸心,呕出诗花,祭奠丑恶的生命;在《落日颂》一诗中,诗人以华丽的笔触礼赞盛世的黎明,并祈求灿烂的神祇永照下界,令辽阔的山海草原永不沉入鬼魂出没的黑夜。读这样的诗,确实感到势大力大,热力逼人,也确实感到诗人使尽全力在呐喊。钱锺书对这样的抒情方式巧妙地批评说,诗人用力之大,有如"狮子搏兔亦用全力"[1],又揶揄说,"有多少人有他那股拔山盖世的傻劲? 他至坏不过直着喉咙狂喊,他从来不逼紧嗓子扭扭捏捏做俏身段……"[2]。所谓"傻劲",所谓"直着喉咙狂喊",恰恰揭示了诗人笔无藏锋、能放不能收的弱点。凡"粗豪"之作,其弊皆在于此。

司空图以为,唯"真力弥满"者,方可达"豪放"之境。[3] 他所谓"真力",产生于自然之道,是"由道返气"后形成的本原之力,不同于曹葆华那种源于本能与情感冲动的"原始的力"。"真力"需要修炼、需要涵养,运用"真力"抒情言志,绝非一味用强,更不是"直着喉咙狂喊",而是"持之匪强"[4]、顺势用力。曹葆华所欠缺的,恰恰是积健为雄的"真力",所以如钱锺书所言,他在写诗的时候,未能举重若轻,反而"往往举轻若重起来",也就不免于"笨拙"。[5] 这就意味着,诗艺与诗境的高低本质上取决于诗人的修为;"豪放"与"粗豪"的高下之别,不仅是诗风上的高下之别,也是个人修为上的高下之别。

---

[1]《落日颂》,《钱锺书散文》,第95页。
[2]《落日颂》,《钱锺书散文》,第101页。
[3]参阅《诗品集解·豪放》,第22—24页。
[4]同上。
[5]《落日颂》,《钱锺书散文》,第95页。

不过，相对于忸怩作态的"纤仄"（cultured triviality）之作[1]，钱锺书更喜欢曹葆华的"粗豪"诗风，他揭示自己的读者反应说，读曹葆华的诗，"至多是急迫到喘不过气来"，但"决不会觉得狭小到透不过气来"。[2] 后一类诗歌自然是指忸怩作态的"纤仄"之作。至于当时哪位诗人写诗犹如"逼紧嗓子扭扭捏捏做俏身段"，钱锺书欲言又止，没有明说。但从他对新诗的关注范围可以推断出，这位诗人很可能是指徐志摩，所谓忸怩作态的"纤仄"之作，当是指《沙扬娜拉——赠日本女郎》（1924）之类柔媚婉约的抒情诗。[3] 如前所述，钱锺书所谓"产生两极现象的诗人"，主要是指诗风"粗豪"的诗人，并不包含诗风"纤仄"的诗人，也不包括其他类型的诗人。事实上，读者反应两极化是比较常见的审美现象，如凡·高的画、达利的雕塑、嚎叫派的诗歌、周作人的随笔、流行音乐里的重金属摇滚，都是喜欢者极喜欢，厌恨者极厌恨，很难有调和的余地。由此可见，凡风格极为鲜明、个性化色彩极强的文学艺术类型都可能会在接受者中产生两极化的反应，并不限于以曹葆华《落日颂》为代表的诗歌类型。

---

〔1〕《落日颂》，《钱锺书散文》，第 101 页。

〔2〕同上。

〔3〕钱锺书很少评论新诗人，仅对徐志摩较多关注。他在早年的一篇书评中介绍说："例如徐志摩先生既死，没有常识的人捧他是雪莱，引起没有幽默的人骂他不是歌德；温先生此地只是淡淡的说，志摩先生的恋爱极像雪莱。"（见钱锺书为温源宁《不够知己》所作书评，原载《人间世》第 29 期，1935 年 6 月 5 日，收录于《钱锺书散文》，第 157 页）此外，《围城》里的前清"遗少"董斜川议论说："新诗跟旧诗不能比！我那年在庐山跟我们那位老世伯陈散原先生聊天，偶尔谈起白话诗。老头子居然看一两首新诗。他说还算徐志摩的诗有点意思，可是只相当于明初杨基那些人的境界，太可怜了。"（见《围城》第三章，人民文学出版社，1991 年第 2 版，第 83 页）

二 《落日颂》形式、内容上的缺陷

在探讨了曹葆华的"粗豪"诗风之后，钱锺书对《落日颂》形式、内容上的缺陷进行了犀利的批评。他认为，《落日颂》里的诗篇多是"镶金牙的诗"，"有一种说不出的刺眼的俗"。所谓"镶金牙的诗"，是指字句装点不得法、未能与诗中描写的风景以及全诗的语境"圆融成活的一片"的诗歌，这样的诗歌就"像门牙镶了金"。[1] 钱锺书指出，"镶金牙的诗充分地表示出作者对于文字还没有能驾驭如意"，"作者何尝不想点缀一些灿烂的字句，给他的诗添上些珠光宝气，可惜没有得当"：一方面，他没有能把一切字，"不管村的俏的，都洗滤了，配合了，调和了，让它们消化在一首诗里"；另一方面，他也没有能把修饰性的字句与"周遭的诗景"相烘托，所以会让读者感到突兀。在作者手里，"文字还是呆板的死东西；他用字去嵌，去堆诗，他没有让诗来支配字，有时还露出文字上基本训练的缺乏"。[2]

为了说明曹葆华用字不当，钱锺书甚至使用了"文字的强奸"这一严厉措辞。所谓"文字的强奸"，是指"强制一个字去执行旁一个字的任务"，也就是不顾一个字"原来的意义"而"信手滥用"，从而导致"文法上不可通""道理上不可懂"。[3]

通观《落日颂》里的全部诗作，用字不当、措辞不当的情况的

---

[1]《落日颂》，《钱锺书散文》，第96页。
[2]《落日颂》，《钱锺书散文》，第96—97页。
[3]《落日颂》，《钱锺书散文》，第97页。

确比较突出,以下仅举数例:

> 剐开胸心/呕出一朵诗花,粉化丑恶的生命(《莫笑我》)
>
> 我再露出体魄,鼓起灵魂,去寻/宇宙里神秘的仙境(《我不愿》)
>
> 我握着心思,静立水边想照出我灵魂/本来的面目(《沉思》)
>
> 我摸着冰冷的胸怀,斜对/幽灯,叹息我这一生命运的乖鄙(《夜哭》)
>
> 那妩媚的影儿/也常闪照在我的左右
>
> 并且我每次挨近她身边,总不能/呈诉出一丝情曲(《相思》)
>
> 突然天门外/击下雷霆震聋两耳,猛烈的/电火烧闭了双眼(《黑暗》)
>
> 不得不望着青天,再仔细揣思/这冷落的人生道上值得几多流连?(《回清华》)

以上七首诗中的八个例句均有语病,其中"鼓起灵魂""烧闭双眼""握着心思"这三个词组明显属于搭配不当:勇气可以"鼓起",灵魂无法"鼓起";双眼可以灼瞎,"烧闭"就不通;心思可以揣着,一般不能"握着"。此外,"粉化""乖鄙""闪照""情曲""揣思"这五个怪词则分别是对"粉饰""乖舛""闪耀""衷曲""揣想"这五个常用词的生硬改造。如果以钱锺书的用字标准来衡量,"剐开""鼓起""握着"等词,以及"乖鄙"中的"鄙"、"粉化"中的

"化",均属不顾字、词原义而信手滥用,属于典型的"文字强奸"。在薄薄的一部诗集里出现诸多措辞不当以致"强奸文字"的情况,显然不能仅以诗风"粗豪"、无意雕琢来解释。从个人的创作素养来分析,诚如钱锺书所言,当时的曹葆华的确缺乏文字上的基本训练,否则不至于错谬频出。从社会文化的大背景来看,当时的新文化尚在成长之中,新诗仍未走出尝试期,现代白话也未趋于成熟,曹葆华并非横空出世、能够一举超越时代局限的天才,他在新诗语言上的幼稚、生硬、笨拙,也可以说是新文学"时代病"的体现。

除字句装点不得法、措辞不当等问题外,钱锺书还对《落日颂》中的比喻手法作出了否定评价。他认为,"作者的比喻,不是散漫,便是陈腐,不是陈腐,便是离奇"。换言之,《落日颂》中的比喻存在"散漫""陈腐""离奇"这三种弊病。他举例说,诸如"灵魂像白莲花的皎洁"(《沉思》),"举起意志的斧钺"(《想起》),"嵌妆(装)在琅珰的歌里"(《告诉你》),"落叶扬起了悲歌"(《灯下》),"几点渔火在古崖下嘤嘤哭泣"(《沉思》),"都算不得好比喻"。[1] 虽然钱锺书没有明言这五个例子中包含的比喻存在何种弊病,但从具体内容来看:第一、第二个例子分别以白莲花、斧钺比喻纯洁的灵魂、强悍的意志,都不是诗人首创,而且在中外诗歌中屡见不鲜,应属"陈腐"之列;第三个例子其实是比拟手法;第四个例子应是以"悲歌"比喻落叶随秋风起舞的窸窣悲凉之声,虽然不算神妙,但还贴切,也不太常见,并无"散漫""陈腐"二病;第五个例子以微弱的哭声比喻闪烁的渔火,表现出诗人心中淡渺哀

---

[1]《落日颂》,《钱锺书散文》,第97—98页。

伤的悲情,应该说是比较独到也颇有诗意的,而且以声音喻形态,不过是在暗喻中融入了通感手法,既不能算"散漫",也不能算"离奇"。

概而言之,《落日颂》中的比喻的确存在诸如喻象陈腐、联想散漫等弊病,但钱锺书的评论也有失之散漫、失之主观之嫌,尤其是贬斥"几点渔火在古崖下嘤嘤哭泣"这一比喻,并没有太强的说服力。此外,"离奇"能不能视为比喻的弊病,也要看实际情况。一概否定所有"离奇"的比喻,既有违钱锺书本人对比喻、通感的立论,也有违他的充分肯定神秘经验的美学立场。钱锺书自己说过:"比喻正是文学语言的特色。"[1]而善用"比喻",也正是他的文学创作乃至学术研究的一个重要特色。他笔下的妙喻往往通过将两个看似毫不搭界的意象接通在一起而出奇制胜地产生出奇妙的效果,钱锺书对此有一番精妙的论述:比喻的两方之间,"不同处愈多愈大,则相同处愈有烘托;分得愈远,则合得愈出人意表,比喻就愈新颖"[2]。《围城》第三章描写赵辛楣初次见方鸿渐时,说他"傲兀地把他从头到脚看一下,好像鸿渐是页一览而尽的大字幼稚园读本"[3]。粗看起来,我们的主人公"方鸿渐"与"大字幼儿园读本"似乎全不搭界,但作者偏把它们焊接在一起以表现赵辛楣的目中无人,可谓"离奇"而妙。

笔者以为,一个"离奇"而合理、能收"超以象外、得其环中"之效的比喻就是妙喻,它凸显了诗人异乎常人的想象力,应该予以充分肯定。钱锺书之所以不喜欢"几点渔火在古崖下嘤嘤哭

---

〔1〕《读〈拉奥孔〉》,钱锺书《七缀集》,上海古籍出版社,1994年第2版,第42页。

〔2〕《读〈拉奥孔〉》,钱锺书《七缀集》,第43页。

〔3〕钱锺书:《围城》,人民文学出版社,1991年第2版,第50页。

泣"这个比喻,应该是基于他的推崇"气概阔大(largeness)"之作[1]、讨厌"纤仄"文风的审美理念,这种理念与他的比喻双方"合得愈出人意表,比喻就愈新颖"的观点在对曹葆华比喻手法的评价中产生了矛盾,并压倒、遮蔽了后者。出现这种情况并不难理解,因为崇尚"阔大"气象、鄙弃"纤仄"文风是钱锺书的主导性审美立场,比喻须奇则是他的技术性观点,两者有主次之分。只不过,曹葆华的"嘤嘤哭泣"之喻恐怕应称为"纤秀",而不能贬为"纤仄"。钱锺书在此多少表现出了才子型批评家那种个人主观好恶影响客观判断的通病。

在探讨了《落日颂》诸多形式上的缺陷或问题之后,钱锺书将批评锋芒指向了诗集的主体精神与情感基调。他评论说:

> 看毕全集之后,我们觉得单调。几十首诗老是一个不变的情调——英雄失路,才人怨命,Satan 被罚,Prometheus 被絷的情调。说文雅一些,是拜伦式(Byronic)的态度;说粗俗一些,是薛仁贵月下叹功劳的态度,充满了牢骚,侘傺,愤恨和不肯低头的傲兀。可怜的宇宙不知为了什么把我们的诗人开罪了,要受到这许多咒诅。[2]

钱锺书随后极为细心地指出了与"情绪少变化"这一缺陷密切相关的"结构多重复""景物也什九相同"等问题。[3] 通观《落日颂》中的 41 首诗作,愤懑不平、憎恶现世的情绪确是全集主调。

---

〔1〕《落日颂》,《钱锺书散文》,第 101 页。
〔2〕《落日颂》,《钱锺书散文》,第 98 页。
〔3〕《落日颂》,《钱锺书散文》,第 98—100 页。

钱锺书的评语相当深刻地揭示了曹葆华内心深处的英雄情结以及不惜毁灭宇宙的撒旦(Satan)式反抗意识。而"拜伦式的态度"的内核,即是英雄的孤愤与撒旦的反抗。对于积极浪漫主义的代表诗人拜伦,有人赞美、喜爱,有人防范、排斥,如主张理性、节制的艾略特、白璧德等西方反浪漫主义者就对拜伦评价不高,而呼唤精神伟力的鲁迅则对拜伦推崇备至。鲁迅的《摩罗诗力说》(1907)是对拜伦、浪漫主义以及诗性反叛精神的礼赞。在这篇有如战斗檄文的名篇中,他将拜伦比拟为人类中的撒旦,并将其奉为"立意在反抗,指归在动作"的摩罗诗派的宗主。他指出,摩罗诗派不为"顺世和乐之音",而是"动吭一呼",激发读者"争天拒俗"之心,"固声之最雄桀伟美者"。[1] 反观曹葆华的《落日颂》,充满了悲愤的呐喊和呼告,罕有"和乐之音",实为末世挽歌,恰恰奏响了摩罗诗派的"新声"。钱锺书以"拜伦式的态度"概括其主体精神,当是有见于此。不过,钱锺书对"拜伦式的态度"显然比较反感,这就与鲁迅的热烈赞颂形成了鲜明对照,他甚至将其定义为"怨天尤人的态度"[2],并与通俗小说中"薛仁贵月下叹功劳的态度"相提并论[3],未免有失公允。薛仁贵为唐代名将,战功赫赫,威名素著,野史中却为他平添了一段月下叹功劳的段子,内有"摇旗呐喊之辈,尚受朝廷恩典,我等有十大功劳,反食不着皇上酒肉,又像偷鸡走狗之类,身无着落,妻子柳氏,苦守巴巴只等我回报好音"等牢骚、怨言,颇为庸俗、粗鄙,一代名将俨然成了

---

〔1〕见《鲁迅〈摩罗诗力说〉》(赵瑞蕻注释本),天津人民出版社,1982,第14页。

〔2〕《落日颂》,《钱锺书散文》,第101页。

〔3〕《落日颂》,《钱锺书散文》,第98页。

市井逐臭之夫。[1] 曹葆华的《落日颂》固然是不平之鸣,充斥着失意、失恋的痛楚,但和虚构的薛仁贵叹功劳相比,一为出尘之想,一为世俗算计,显然有质的区别。

司空图定义"悲慨"这一品说:

> 大风卷水,林木为摧。适苦欲死,招憩不来。百岁如流,富贵冷灰。
>
> 大道日丧,若为雄才。壮士拂剑,浩然弥哀。萧萧落叶,漏雨苍苔。[2]

笔者以为,《落日颂》中的侘傺、愤恨近于"大道日丧,若为雄才"的苦闷,也近于"壮士拂剑,浩然弥哀"的苦痛,是一种凄怆惨烈的悲剧体验。诗人也俨然以悲剧英雄自居,绝非汲汲于一己得失的利禄之徒。然而,钱锺书推崇的是内心的和谐与静穆的美,对"精神排泄"式的冲动抒情[3]和浪漫主义诗歌中所谓"怨天尤人的态度"颇为鄙夷。这是他不喜欢拜伦的主因,也是他不喜欢《落日颂》情感基调的主因。正是这种主观上的偏好,造成了他对拜伦与曹葆华悲剧体验的"一个偏见"(借用钱锺书一篇散文的标题)。

---

〔1〕详见如莲居士编、清宇等点校《薛仁贵征东》第二十二回"敬德犒赏查贤士 仁贵月夜叹功劳",山西人民出版社,2009年第2版,第230—235页。

〔2〕《诗品集解》,第35页。

〔3〕钱锺书揶揄说:"在青年时代做诗不算什么一会事,不过是一种(说句粗话)发身时期的精神排泄,一种 greensickness。"(《落日颂》,《钱锺书散文》,第102页)

三 "神秘成分"与"神秘主义"

在总体上否定了《落日颂》的艺术价值,并对"拜伦式的态度"加以批判之后,钱锺书对作者诗中的"神秘成分"予以了肯定,并且认为,"作者将来别开诗世界,未必不在此"[1]。

笔者以为,《落日颂》里的"神秘成分"主要体现为三个方面:一是基督教世界观,二是星宿信仰,三是神秘爱情观。

《落日颂》开篇第一首《告诉你》开宗明义地宣告:为灵魂筹划"远大前程"是诗人的梦想和努力方向。[2] 但不幸的是,他的灵魂极端"穷困""饥饿",为了让灵魂获得满足,他不惜牺牲自己的生命:

> 老实说,我自己常常这样想,若是天地间真有米粮,可以供养灵魂的饥饿,恢复他往常的健康;那我用不着迟疑,也无须索想,立刻倾出我生命的所有,不管是走路的脚,吃饭的口,即使是生命的本身,我都愿意拿来换买,让灵魂迟得个畅快。让他在饥渴中享受一时的醉饱,就像那垂死的乞儿获得半碗白饭时所领略的狂欢。

与厌倦书斋的浮士德博士抵押灵魂给魔鬼以满足心中对爱情与建功立业的渴求相比较,诗人曹葆华可以说是反向以求,他

---

[1]《落日颂》,《钱锺书散文》,第101页。
[2]《诗人 翻译家 曹葆华》诗歌卷,第115页。

是为了灵魂的满足而不惜抵押身体和生命。一部《落日颂》,即是苦痛灵魂的呼叫。很显然,诗人既肯定灵魂的存在,又将肉身与灵魂判然两分。在他看来,灵魂可以脱离肉身而存在,因此,他宁愿牺牲"走路的脚""吃饭的口"乃至"生命本身",以换买灵魂的畅快和狂欢,这是颇为典型的灵肉二分的观念,显然受到了西方基督教灵魂存在说与灵肉二分说的影响,又与"形尽神不灭"等中国传统神秘宗教的形神二分论相通。

除了肯定灵魂存在、灵肉二分,诗人的基督教世界观还包括对上帝存在、灵魂不朽的肯定。在《假如》一诗中,诗人咏叹道:

> 假如有一天上帝降临,指出我生命里潜伏的厄运;说我将来纵呕尽了心血,也不能在缥缈的诗国中抓着永恒。那我就用不着惊疑,也不必候等,立刻招下半空的霹雳将我击毙……

> ……我早感觉爱情的幻灭,真理的渺冥,与人世间一切声色的纷纭;若不贪图灵魂不朽,我怎肯忍苦再向前进。

在第一节里,诗人召唤着上帝的降临,并将其视为人类命运的主宰者和判决者。这种对上帝存在的信仰,也出现在其他诗篇中。如在《悲欢》一诗中,诗人感叹道:"怎么这茫茫宇宙间/列着万千生物,上帝也敕令/收敛欢笑,拖曳着凄动的呻吟";在《黑暗》一诗中,诗人"倒在人生/黑暗的道上,祈祷着慈悲的上帝";在《祈求》一诗中,诗人吁求太阳"施用上帝的仁慈"踏海而去,令他能在幽暗里倾诉相思、等待恋人。与诗人对上帝的认信相呼应,是他的"灵魂不朽"意识。正因为相信"灵魂不朽",诗人才会在历经

"爱情的幻灭"、求索的苦痛以及"人世间的声色纷扰"之后，没有绝望，没有堕落，而是"忍苦再向前进"。

在相信上帝存在、灵魂不朽的思想前提下，诗人以基督教世界观为主体精神，融合中西方神话元素，构造了一个瑰奇的想象世界。在这个世界里，有世外的"天堂"（《诀别》），也有"地狱的围墙"（《冤魂》），有赐人自由的"上帝"（《诀别》）、从云间送下嘱咐的"天使"（《忍耐》）、"九霄外的云鸟"（《想起》），也有盘旋天空的"死神的翼翅"（《夜思》《时间》）、举起"淫毒巨旗"的"魔鬼"（《悲哀》）。在这个世界里，还有神秘的天人感应。最突出的是诗人与星星的感应：

> 你终于要消沉了，我生命的兆星！今夜冷风吹扫着残叶，深林里的老鸦啼叫凄冷；我站在荒古的江头，眼含悲泪，仰视着太空的幽冥。
>
> ——《兆星》

> 呵，时间！你踏着阴影，追袭我的残年；又使枭鸟在树上聚谈惊人的预感。那颗星，我生命的主宰，已移步西天，将坠入无边的黑暗。
>
> ——《时间》

第一节中所谓"兆星"，即是第二节中主宰诗人生命的那颗星。这种人的命运由"兆星"预示和主宰的观念，类似于《三国演义》中诸葛亮通过观察将星明暗判断人物命运，也令人联想到《水浒传》里的星宿下凡，体现了诗人的星宿信仰和宿命论意识，与基督教世界观相左。因为基督教主张,真理的依据是"基督",而非"星宿之灵"。[1]

此外,和多数浪漫主义诗人一样,曹葆华也在他的诗中热烈地咏叹爱情,尤其是神秘的爱情:

> 往常时这天地迷蒙着几层阴霾;……但是现在天空中豁然开朗,四面吹来百花的清香,群鸟吐出歌声,野兽跳得发狂,大地布满了红光,又浮荡人们愉快的欢唱。我不免默默抚心自问,是否神秘的爱情(她赐给我的)变换了宇宙的景象。
>
> ——《往常时》

> ……这时候我手持着竹杖,斜倚桥栏,正寻索生命里不可思议的过去。我怎么想播散青春,获取爱情,在灵魂上开放神秘的香花。
>
> ——《黄昏》

从上述诗句可见,诗人所向往的神秘爱情,是超越肉身相吸的灵魂感通,不但能够升华彼此的灵魂,令神秘的香花在灵魂上绽放,而且具有变换宇宙的伟力,令阴霾消散,群鸟歌唱。这样的爱情,超越了世俗,也注定会在世俗中幻灭。诗人哀叹道,在世俗中追求神秘爱情的结果是,"只把天真消失,认识了千古/孤独的凄悲"(《黄昏》)。由《落日颂》的题记可见,这部诗集是献给他的

---

〔1〕参见《圣经·歌罗西书》第2章第8节,中国基督教协会,2006,第385页。

恋人陈敬容的,而且,"没有她这些诗是不会写成的"。[1] 笔者无疑妄断《落日颂》中的神秘恋人是否就是陈敬容,但陈敬容显然不同于引领但丁灵魂飞升的贝雅特丽齐。

综上所述,《落日颂》中确实包含着"神秘成分",而且颇具规模,颇有系统,其思想底蕴也颇为深邃。但钱锺书指出,《落日颂》里虽有"神秘成分",但尚未达到"神秘主义"的境界。[2] 原因在于,诗人的"自我主义"够伟大,压制了"神秘主义"精神。他辨析"神秘主义"与"自我主义"的区别说:

> 神秘主义当然与伟大的自我主义十分相近;但是伟大的自我主义想吞并宇宙,而神秘主义想吸收宇宙——或者说,让宇宙吸收了去,因为结果是一般的;自我主义消灭宇宙以圆成自我,反客为主,而神秘主义消灭自我以圆成宇宙,反主为客。[3]

质言之,神秘主义的实质是"反主为客""消灭自我以圆成宇宙";自我主义的实质是"反客为主""消灭宇宙以圆成自我"。钱锺书虽然没有提到曹葆华所膜拜的中国现代浪漫主义先驱郭沫若,但他对自我主义所作的描述,俨然是对郭沫若的"我把全宇宙来吞了""我便是我了!"之类天狗式宣言和天狗式冲动的传神写照。钱锺书进而指出,"神秘主义需要多年的性灵的滋养和潜修",曹葆华的诗艺如欲走向成熟,并在将来"别开诗世界",就要

---

〔1〕曹葆华:《落日颂》题记,《诗人 翻译家 曹葆华》诗歌卷,第114页。
〔2〕《落日颂》,《钱锺书散文》,第101页。
〔3〕同上。

克制自我主义倾向,培育神秘主义精神。[1] 他劝勉诗人说:

> 不能东涂西抹,浪抛心力了,要改变拜伦式的怨天尤人的态度,要和宇宙及人生言归于好,要向东方的和西方的包含着苍老的智慧的圣书里,银色和墨色的,惝恍着拉比(Rabbi)的精灵的魔术里找取通行入宇宙的深秘处的护照,直到——直到从最微末的花瓣里窥见了天国,最纤小的沙粒里看出了世界,一刹那中悟彻了永生。

由此可见,曹葆华与真正的神秘主义者的最根本区别在于:一个是对宇宙、人生采取对抗、斗争的态度,用钱锺书的说法是"怨天尤人",用鲁迅的说法是"争天拒俗";一个则是力求人和宇宙、人生的和解。钱锺书崇尚的是天人和解、内心和谐,他因此摒弃拜伦式的对抗态度以及郭沫若的天狗式冲动,并劝勉曹葆华汲取东西方圣书中的"苍老的智慧",从"咒诅"宇宙转向参悟宇宙,从"消灭宇宙"的狂热转向"消灭自我以圆成宇宙"。这不仅是对曹葆华的劝勉,也是对包括郭沫若在内的众多中国现代浪漫主义诗人的劝勉。他对新诗集《落日颂》的评论作为他本人的唯一一篇新文学作品论,既是反浪漫主义的诗学檄文,也是一个神秘主义信徒的诗学宣言。

---

〔1〕《落日颂》,《钱锺书散文》,第101页。

钱锺书对黄裳散文的嘉许

——兼谈当代作家的文化断裂问题

钱锺书中学时就读于教会学校,本科于清华大学外文系修西洋文学,又曾留学英、法,对西方古典文化与现代文明都颇为谙熟,回国后长期居于华洋杂处之上海,得风气之先,对新文学、新文化都不陌生,他的长篇小说《围城》、短篇小说《猫》以及散文集《写在人生边上》,从语言上来说,文白结合,典雅活泼,堪称新文学中的经典。

颇为吊诡的是,钱锺书在学术上却以研究旧文学为主业,甚少触及新文学,即使偶有评论,也是语多讥讽,如在《谈上海人》一文中讽刺林语堂的"新幽默"不过是"降格的旧式幽默"(the old humor writ small)〔1〕,在为周作人《中国新文学的源流》所作书评

---

〔1〕见钱锺书《谈上海人》(*Apropos of the "Shanghai Man"*),署名 Ch'ien Chung-shu,刊于 1934 年 11 月 1 日出版的《中国评论周报》(*The China Critic*),第 1076—1077 页。

中对其"遵命文学"观提出疑问[1]，又批评其散文有"骨董葛藤酸馅诸病"[2]。有学者指出，"在中国现代文学史上，钱锺书是一个特殊的任何一个作家，他的特殊性主要表现在他对同时代的中国知识分子似乎极少正面评价，他是文学评论家，但他几乎从没有正面评价过他同时代的作家，他在学生时代评价过同学曹葆华的诗歌，但也是否定为主"[3]。从目前已有的资料来看，钱锺书对其清华同学曹葆华的新诗集《落日颂》所作评论，可以说是钱锺书学术生涯中唯一一篇完整的新文学作品论。不过，钱锺书并非没有正面评价过他同时代的作家，他对横跨现当代的散文名家黄裳（1919—2012，本名容鼎昌）就颇为嘉许。

一 钱锺书对黄裳散文的点评

黄裳与众多文化名人如梅兰芳、盖叫天、巴金、吴晗等相交甚笃，他与钱锺书也文缘早结。1950 年春，钱锺书为黄裳写下"遍求善本痴婆子，难得佳人甜姐儿"妙联[4]，分指黄裳觅得《痴婆子传》抄本及其爱慕黄宗英二逸事，传为文坛佳话。从黄裳保留的十五通钱锺书复函或来函可见，至迟自 1948 年起，两人就有书信往来，多是黄裳赠书索书，后者复之以长笺短札。钱氏信函皆以

---

[1]见钱锺书为周作人《中国新文学的源流》所作书评，收录于《钱锺书散文》，第 84—85 页。

[2]黄裳：《故人书简——钱锺书十五通》，收录于黄裳《故人书简》，海豚出版社，第 163 页。

[3]谢泳：《钱锺书与周氏兄弟》，《文艺争鸣》2008 年第 4 期。

[4]黄裳：《故人书简》，第 173—174 页。

文言文写就,颇有旧文人酬酢之风,文笔或俏皮风趣,或精致典雅,堪称咳唾成珠。内容除自述近况、答问赠诗之外,每有盛赞黄裳散文艺术之语,比较重要的是如下几则:

> 比见《人民日报》及读书杂志中大作,均隽妙迥异凡响。忆蔬堂李翁晚岁识君,驰书相告,喜心翻倒,老辈爱才,亦佳话也。题目仰观俯拾,在在都是。所谓宇宙之大,蝇虱之微,……〔1〕

> 报刊上每读高文,隽永如谏果苦着,而穿穴载籍,俯拾即是,着手成春。东坡称退之所谓云锦裳也,黄裳云乎哉。〔2〕

> 每于刊物中睹大作,病眼为明,有一篇跳出之感。兄虽考订之文,亦化堆垛为烟云。时贤小品,抒情写景,终作握拳透爪、戴石白跳舞之态。瓯北诗云:"此事原知非力取,三分人事七分天",信然。〔3〕

> 顷奉《山川·人物·历史》(应为《山川·历史·人

〔1〕黄裳:《故人书简》,第160页。
〔2〕黄裳:《故人书简》,第164页。
〔3〕黄裳:《故人书简》,第172—173页。信中的瓯北即清代史家、诗人赵翼,钱锺书所引诗句出自其《论诗》诗,意为写诗要有天赋,后天的努力并非决定因素。钱锺书引用这两句诗显然意有所指,因为黄裳是理科生出身,早年先后就读于上海交通大学电机系与重庆交大,曾任美军译员,后为报人,既无文学学历,亦非职业作家,却成了散文大家。这和同为理工科出身的传奇小说家王小波颇为相似。王、黄二位本是外行,却成了内行中的高人,当然得有天赋。

物》,香港三联出版,与内地版游记《花步集》全同——作者注),昔之仅窥豹斑龙爪者,今乃获睹全身。情挟骚心,笔开生面,解颐娱目,荡气回肠,兼而有之。[1]

忽奉惠颁尊集新选(《榆下说书》——笔者按),展卷则既有新相知之乐,复有重遇故人之喜。深得苦茶庵法脉,而无其骨董葛藤酸馅诸病,可谓智过其师矣。[2]

以上评语,从题材、笔法、风格、师承等多个方面对黄裳散文做了金圣叹式的精短点评:题材上是"宇宙之大,蝇虱之微","俯拾即是",也就是取材自由,随心所欲;笔法上是"情挟骚心,笔开生面",也就是情致浪漫,笔法新奇;风格上是"隽永如谏果苦茗",也就是文约意深,耐人寻味,谏果即橄榄;师承上是"深得苦茶庵法脉",也就是深受周作人影响。钱锺书在上述评语中至少化用了两位现代文艺名家的观点,一是缪钺的唐宋诗之别说,一是林语堂的小品文选材说。缪钺比较唐宋诗之别说,"宋诗如食橄榄,初觉生涩,而回味隽永"[3],钱氏所谓"隽永如谏果"之说,显然是融合了欧阳修对梅尧臣古硬诗风的评价和缪钺对宋诗的评价。林语堂在《人间世》发刊词中说:"盖小品文,可以发挥议论,可以畅泄衷情,可以摹绘人情,可以形容世故,可以札记琐屑,可以谈天说地,本无范围,……宇宙之大,苍蝇之微,皆可取材。"[4]钱锺

〔1〕黄裳:《故人书简》,第 167 页。
〔2〕黄裳:《故人书简》,第 163 页。
〔3〕缪钺:《论宋诗》,《诗词散论》,上海古籍出版社,1982,第 36 页。
〔4〕林语堂:《人间世·发刊词》,《人间世》1934 年第 1 期。

书所谓"宇宙之大，蝇虱之微"，显然是由此化出。小品文写作"以自我为中心、以闲适为格调"[1]，不受题材大小所拘，这和主张选取重大题材、积极介入现实的"题材决定论"大相径庭。钱锺书化用林语堂之说赞赏黄裳，表明他在创作上较倾向自由主义的"个人笔调"[2]。

对于"深得苦茶庵法脉"一说，黄裳自述说：

> 他指出我受了周作人散文的影响，也自是一种看法。知堂的文字我是爱读的，但不一定亦步亦趋。他所指出的那些缺点，也正说中了周作人文章的缺失。相比之下，鲁迅晚年杂文中如《病后杂谈》《题未定草》却正是我衷心向往而无从追踪的典范。[3]

由此自述可见，钱锺书对黄裳师承的判断是可靠的，后者的确喜爱周作人的文字。不过，对于"苦茶庵法脉"究竟何指，为什么说黄裳的《榆下说书》"深得苦茶庵法脉"，钱锺书没有明言。据黄裳自述，《榆下说书》"大抵说的是与书有些关连的事情"[4]。事实也的确如此，这是一部书话类文史随笔，抄引古书的篇幅比较多，但又蕴含着一份情致和机趣，耐品耐读，如嚼橄榄，如品苦茗，类似于自号"苦茶庵"的周作人的书斋随笔。所谓"深得苦茶庵法脉"，当是有见于此。钱氏的这一判断实际上已经

---

〔1〕林语堂：《人间世·发刊词》，《人间世》1934 年第 1 期。

〔2〕同上。

〔3〕黄裳：《故人书简》，第 164 页。

〔4〕黄裳：《榆下说书·后记》，三联书店，1998 年第 2 版，第 288 页。

道出当代文学中存在周作人传统这一事实,较之后来学者在当代文学的"鲁迅传统""胡适传统"之外,另立"周作人传统"之说,早了近二十年。[1]

钱锺书又指出,黄裳虽师承周作人,却无其"骨董葛藤酸馅诸病"。所谓"骨董",应是指琐碎繁杂;所谓"葛藤",应是指牵扯不清;所谓"酸馅",应为"酸馅气"之省称,系指出家人的俗气[2]。周作人的不少抄书之作,的确有琐碎繁杂、征引枝蔓的毛病。此外,周作人与佛教颇有渊源,在《五十自寿诗》中,他自称"前世出家今在家,不将袍子换袈裟","半是儒家半释家,光头更不着袈裟",在《山中杂书》等散文中,他虽然大谈佛事、佛理,但又未臻超然自得之境,学佛而心不净,的确有些门外说佛的"酸馅气",关于这个问题,笔者将另文探讨,兹不赘。在钱锺书看来,黄裳的书话类散文比周作人抄书之作的高明之处在于,抄书而不为其所缚,既得周氏之长,又无周氏之短。这和钱锺书对黄裳的另一评语"兄虽考订之文,亦化堆垛为烟云"可对勘。其激赏黄裳散文的主因,也与此相关。

二 钱锺书激赏黄裳散文的主因

黄裳是著名的藏书家,熟谙文坛掌故,精于版本目录之学,他

---

[1]孙郁的《当代文学中的周作人传统》一文刊发于《当代作家评论》2001年第4期。钱锺书的"苦茶庵法脉"说见于其收到黄裳所赠《榆下说书》(1982年初版)后的复信。

[2]"酸馅"本义为"素馅",此处系"酸馅气"省称。宋叶梦得《石林诗话》卷中说:"近世僧学诗者极多,皆无超然自得之气,往往反拾掇摹效士大夫所残弃。又自作一种僧体,格律尤凡俗,世谓之酸馅气。"明杨慎《升庵诗话·僧皎然》又有如下评语:"无酸馅气,佳甚。"

的散文中影响最大的是书话和游记,怀人与谈戏之作也颇可观。书话中每多考订之文,如《榆下说书》中的《古书的作伪》《关于陈端生二三事》等。游记方面,以散文集《金陵五记》最为知名。该书共分五辑,分别为"白门秋柳""旅京随笔""金陵杂记""解放后看江南""白下书简",收录了一九四二年至一九七九年间五访南京所写下的有关南京的四十多篇散文,由金陵书画社于一九八二年六月出版。黄裳将此书寄给钱锺书赏鉴。钱锺书在一九八二年十月复函中所谓"承惠寄重印本记游旧集"[1],即指《金陵五记》。他对黄裳散文"化堆垛为烟云"的评价,应当包含着对这本游记的观感。所谓"化堆垛为烟云",应是指诗文中隶事用典如水中着盐,但知盐味,不见盐质。钱锺书评论鲍照《舞鹤赋》中"众变繁姿,参差洊密,烟交雾凝,若无毛质"这一段描写说:"鹤舞乃至于使人见舞姿而不见鹤体,深抉造艺之窈眇,匪特描绘新切而已。体而悉寓于用,质而纯显为动,堆垛尽化为烟云,流易若无定模,固艺人向往之境也。"[2]可见,"堆垛尽化为烟云",类似于"鹤舞乃至于使人见舞姿而不见鹤体",也类似于"舞人与舞态融合,观之莫辨彼此"[3],乃是钱锺书所赞赏的艺术胜境。

《金陵五记》中《秦淮拾梦记》一文中的以下片段,就颇能展现黄裳"化堆垛为烟云"的功力:

> 我就在这里紧张而又悠闲地生活过一段日子,也并没有什么不满足。特别是从《白下琐言》等书里发现,这里曾

[1] 黄裳:《故人书简》,第173页。
[2] 钱锺书:《管锥编》,中华书局,1986年第2版,第1312页。
[3] 钱锺书:《管锥编》,中华书局,1986年第2版,第1312页。

经有过一座"小虹桥",是南唐故宫遗址所在,什么澄心堂、瑶光殿都在这附近时,就更产生了一种虚幻的满足。这就是李后主曾经与大周后、小周后演出过多少恋爱悲喜剧的地方;也是他醉生梦死地写下许多流传至今的歌词的地方;他后来被樊若水所卖,被俘北去,仓皇辞庙、挥泪对宫娥之际,应当也曾在这座桥上走过。在我的记忆里,户部街西面的洪武路,也就是卢妃巷的南面有一条小河,河上是一座桥,河身只剩下一潭深黑色的淤泥,桥身下半也已埋在土里,桥背与街面几乎已经拉平。这座可怜的桥不知是否就是当年"小虹桥"的遗蜕。

三十年前的旧梦依然保留着昔日的温馨。这条小街曾经是很热闹的,每当华灯初上,街上就充满了熙攘的人声,还飘荡着过往的黄包车清脆的铃声,小吃店里的小笼包子正好开笼,咸水鸭肥白的躯体就挂在案头。一直到夜深,人声也不会完全萧寂。在夜半一点前后,工作结束放下电话时,还能听到街上叫卖夜宵云吞和卤煮鸡蛋的声音,这时我就走出去,从小贩手中换取一些温暖。……[1]

第一段文字,将历史时空与当下景物融为一体,南唐李后主缱绻贪欢、歌吟作乐、屈辱被俘的史实,不再是故纸堆中的冰冷记录,而是近在眼前的生活故事,隐约间似能听到李后主从小虹桥走过的步履声。第二段文字,描述民国时期南京户部街的市井生活,文笔舒展、生动,富有人情味,也极具立体感,读者的听觉、视

---

[1] 黄裳:《金陵五记》,金陵书画社,1982,第138页。

觉、嗅觉均被调动起来,耳边是黄包车的铃声和叫卖夜宵的声音,眼前是咸水鸭的肥白躯体,鼻子里钻进了小笼包开笼后的香味。写活故实,融入当下,沧桑之感与生活实感因而水乳交融,这就是黄裳的本事,也是"化堆垛为烟云"的实质。黄裳自述《金陵五记》创作心路说,"在这个六朝古都,随时随地都会碰到古迹,大有逛古董铺的意味。历史并不都是木乃伊那样的事物,于新鲜的人事往往有着千丝万缕的联系,访古也不只是雅人的行径,这是我在写这些随笔时的真实感受"[1]。这就意味着,黄裳是有意识地将新鲜人事融入他的访古游记,从而赋予历史以性灵,赋予古迹以生命。

《榆下说书》中《晚明的版画》一文中介绍明万历版《青楼韵语》的以下段落,则展现了作者"显质为动"、化古为新的笔力:

> 《韵语》的插图,由武林张梦征摹像,黄桂芳、黄端甫等刻成。"玉斝漫飞淮浦月,锦筝还趁郢人歌"是马湘兰的诗句。原题是"春日诸社丈过小园赏牡丹,各赋绝句见投,用韵和答四首"。画面所写,几乎与今天苏州园林中所见的光景无异。溪流、小桥、湖石、花树都是写实的,三位雅人对花、焚香、吃酒,一面入神地欣赏着"佳人"指上传出的琴声。小桥上一个跑着送来一盘石榴的小僮正和同伴在答话。六个人物的神情动作各不相同,真是栩栩如生。刻工的技巧也完全体现出了画家的意匠。

> 另一幅写的据说是桂英的诗意,那题目就是《送王魁》,

---

〔1〕蔡晓妮:《黄裳和他笔下的金陵旧梦》,《南京日报》,2012年9月11日,B4版。

"灵沼文禽皆有匹,仙园美木尽交枝。无情微物犹如此,何事风流言别离"。《焚香记》《情探》里的女主角竟自有作品流传,真是不可思议的事。当然我们不必浪费精力去考证那真伪。这幅画描写的是情人在分离之前依依惜别的情景。画家用浓墨重笔尽情渲染了蓊郁的林荫,枝叶交柯,仿佛有一种浓重阴凉的草木气息扑面而来。执手无语、双目交视的一对情人,与桥头整顿着琴囊书卷的小僮,溪中戏水的鸳鸯,互为映衬。小桥一过,就是咫尺天涯,离别的情味真是浓极了。[1]

这两节文字简洁自然,清雅秀逸,将故纸堆中凝固的插图活化为灵动的生活场景与自然景观,宛如《陶庵梦忆》《西湖梦寻》中的一则小品,颇得张岱遗韵。尤其是"小桥一过,就是咫尺天涯"一语,看似平淡写实的一笔,却蕴蓄着极大的张力和极深的情感底蕴,堪称自然而妙,可爱极了。

钱锺书格外推崇苏东坡行云流水般"自在活泼"的文风[2],一再讽刺学究谈艺不得要领,主张"化书卷见闻作吾性灵"[3],对于学究之诗中那种"学问的展览和典故成语的把戏"嗤之以鼻[4]。黄裳的游记、书话能够活用典故,"显质为动",赋予历史以性灵,正与钱锺书以"性灵"为宗的治学理念相通,也和他的以"自在活泼"为尚、以"骨董葛藤"为弊、以"化堆垛为烟云"为理想

〔1〕黄裳:《榆下说书》,第141—142页。
〔2〕钱锺书:《宋诗选注》,人民文学出版社,1958,第71页。
〔3〕郑朝宗:《续怀旧》,见《海夫文存》,厦门大学出版社,1994,第83页。
〔4〕钱锺书:《宋诗选注》,第25页。

境界的创作观、审美价值观相通。这一点应是他激赏黄裳散文的主因。

在上引书信中，钱锺书称赞黄裳的报刊文章有"穿穴载籍""着手成春"之妙，并戏评说，"东坡称退之所谓云锦裳也，黄裳云乎哉"。其中的"云锦裳"之说见苏东坡《潮州韩文公庙碑》。在此诗中，苏轼以"手抉云汉分天章，天孙为织云锦裳"形容韩愈的文章，意为其文如织女用彩云织出的锦缎，其华彩如彩云组成的花纹。钱锺书借用苏东坡的"云锦裳"之喻形容黄裳之文，自是深赏其文如"云裳天章"，述古不泥，举重若轻，正与其"化堆垛为烟云"的评价相呼应。

三　文化散文与文化断裂

自民国以降，喜欢黄裳文字的文史名家颇多，如叶圣陶、唐弢、吴晗、何满子等。据当代小说家叶兆言介绍说："黄裳先生与他们家有很多来往，祖父（叶圣陶）很欣赏，一直让我们读他的文章。他文章中的书卷气息、独立的文化判断以及轻松有趣的笔调，依旧是我们难以超越的写作范本。"[1]《文汇报》创办者徐铸成认为，黄裳擅长以"活的眼光"看"死东西"，使其"另有一番生气"。[2] 史家吴晗回忆初读黄裳散文时的感受说，"几年前（抗战胜利后——笔者按）在昆明，从上海的《周报》上，读到黄裳先生

---

〔1〕唐骋华：《黄裳：沉默的少数》，《生活周刊》第 1435 期，2012 年 9 月 11 日—17 日。

〔2〕黄裳：《旧戏新谈·徐序》，开明出版社，1994，第 1—3 页。

关于美国兵的文章,生动的文笔,顿时吸引住了我",还感叹说,"一个翻译官而写出如此情趣如此风调的文章",不由"肃然了一下"。[1] 研究鲁迅的专家唐弢评论说,"我读作者的散文很早,深知他爱好旧史,癖于掌故",但他的《旧戏新谈》"常举史事,不离现实,笔锋带着感情,落墨不多,而鞭策奇重",令人"百感交集",堪称"卓绝的散文",而"作者实在是一个文体家"。[2] 著名杂文家何满子对黄裳的评价更高,他认为,黄裳是"当代中国散文领域中的第一支笔",而且,"自'五四'新文学运动以来,散文造诣能达到黄裳的水平者也屈指可数"。他指出,黄裳的《蠹鱼篇》《四库琐话》《四库余话》等系列作品,"谈今议古,文情并茂,虽然仔细辨认,可看出是眼前读书所得,即兴拈题之作,但绝无现炒热卖饾饤成文的痕迹"[3]。

以上诸位名家的评论皆为知音之言,其中尤以何满子的评价与钱锺书最相契。钱锺书的"酌古斟今"[4]"化堆垛为烟云"二评语与何满子的"谈今议古""绝无饾饤成文的痕迹"二评语,虽然在语体上有文白之别,但在内容上并无二致。所谓"绝无饾饤成文的痕迹",不正是"化堆垛为烟云"之意?很显然,钱、何二氏均注意到了黄裳旧学修养深厚,但又不至为古所泥的特点。

---

〔1〕黄裳:《旧戏新谈·吴序》,第4—5页。

〔2〕黄裳:《旧戏新谈·唐跋》,第190—191页。

〔3〕何满子:《黄裳片论》,《文学自由谈》2006年第4期,第87—88页。

〔4〕黄裳:《故人书简》,第168页。据黄裳自述,钱锺书在1979年9月写给他的信函,是两人暌隔三十年后钱锺书寄给他的第一通来函,信中说:"年光逝水,世故惊涛。海上故人,零落可屈指。而酌古斟今,雅人深致,首数贤者与陈君西禾。契阔参商,如之何勿思。"(第167—168页)信中提到的陈西禾,民国时期毕业于上海大夏大学,是老一辈文化人、电影人,在戏剧、电影、翻译等方面有一定造诣,著有话剧剧本《沉渊》《春》,译有法国拜尔纳剧本《玛婷》,导演过根据巴金原著改编的电影《家》,成果寥寥,声名寂寂,却令钱锺书难忘。

更重要的是,钱、何二氏均是以当代作家的作品为参照,彰显黄裳散文的卓异不凡。

钱锺书所谓"比见《人民日报》及读书杂志中大作,均隽妙迥异凡响""每于刊物中睹大作,病眼为明,有一篇跳出之感""虽考订之文,亦化堆垛为烟云",均以时人的作品,尤其是以当代作家的散文作品(即"时贤小品")为参照。钱锺书毫不留情地讽刺说,一些当代作家的抒情、写景之作,有如"握拳透爪""戴石臼跳舞"。"握拳透爪"的本意是握拳不开、爪透手背。"戴石臼跳舞"应是指勉力而为,不能挥洒自如。如果抒情、写景都如此费劲吃力,就更不必说考订之文。反之如黄裳,连考订之文都能"化堆垛为烟云",更不必说抒情、写景之文。

何满子的对照分析更为直接,他明确地将黄裳创作于20世纪30年代的《蠹鱼篇》《四库琐话》《四库余话》等系列作品与当代的文化散文相对照,讽刺当代的一些文化散文不过是"先立下题目,临时去寻觅材料以炫耀渊博"。他认为,"后者的那点'用假嗓子唱歌'(林贤治语)的捉襟见肘的文化含量,较之六七十年前黄裳作品的文化底蕴来,也已相形见绌;更不说黄裳中年以后日益炉火纯青之难以企及了"[1]。

文化散文这一散文类型的勃兴,以1992年余秋雨《文化苦旅》的出版为肇因。在此之后,涌现了一大批以历史文化反思为基本取向的文化散文,形成了文化散文的创作热潮。文化散文多以历史事件与名胜古迹为题材,抒发作者的沧桑之感和对历史因果与人类文明走向的个性化感悟。除余秋雨的《文化苦旅》之外,

---

〔1〕何满子:《黄裳片论》,《文学自由谈》2006年第4期,第87—88页。

较有代表性的文化散文集有夏坚勇的《湮没的辉煌》、南帆的《辛亥年的枪声》、祝勇的《凤凰：草鞋下的故乡》、高洪雷的《另一半中国史》等。公允地说，在当代众多的文化散文中，还是颇有一些佳作的，如余秋雨的《白发苏州》《一个王朝的背影》，夏坚勇的《东林悲风》等。这些作品熔历史悲慨与感性体验于一炉，思绪凝重，气象恢宏，确有"大散文"的格局，也开拓了当代散文艺术的疆域，具有一定的文学史地位，其审美价值不应轻易否定。当然，确有部分文化散文既无灵性，也无独到史识，只是为了充实作品的文化含量而大量堆砌历史材料，貌似渊博，实则笨拙。林贤治所谓"用假嗓子唱歌"，钱锺书所谓"戴石臼跳舞"，正是对这类作品的传神评价。这种情况的出现，除作者的天赋、悟性不足等因素之外，主要是因为文化断裂所造成的后遗症。余秋雨的《文化苦旅》虽然可算是文化散文中的上乘之作，文笔富于灵性华彩，历史感悟也颇为深邃，却因为文史知识上的差错较多而引起了很大争议。这些差错的出现，部分是由于粗心失察，部分是由于积淀不深，后者恐怕也与文化断裂有关。

所谓文化断裂，是指中国文化传统的缺位。百余年来，中国文化传统多次受到冲击。那些在古典文化空气较稀薄的环境里出生、成长并接受教育的作家，深受文化断裂的影响，历史文化修养大多不高，就算后来加以弥补，成效毕竟有限，无法和黄裳之类早年就有较好古典文化修养且长期浸润古代典籍的文人相比。由于文化散文特别考验一个作家的历史文化修养，如果本身并无深厚积淀，只是如何满子所说"临时寻觅材料"，就难免会有勉强造作之弊。

钱锺书指出，"大学问家的学问跟他整个的性情陶融为一片，不仅有丰富的数量,还添上个别的性质;每一个琐细的事实,都在他的心血里沉浸滋养,长了神经和脉络,是你所学不会,学不到的。反过来说,一个参考书式的多闻者(章实斋所谓横通),无论记诵多么广博,你总能把他吸收到一干二净"[1]。这一观点将"大学问家"与"参考书式的多闻者"明确区分开来,揭示了真正的学问并非知识的机械积累,而是与学者的性情相陶融,被学者的心血所滋养,富于个性和有机联系,旁人无法照搬、模仿。文化散文的写作如欲达到较高境界,就要求作者具有"大学问家"的历史文化修养,不但积累丰厚,而且灵光灼灼。一个"参考书式的多闻者",一个现炒现卖的二道贩子,绝对写不出上乘的文化散文。黄裳"爱好旧史,癖于掌故"(前述唐弢语),颇具雅人深致,其记游之作,虽不以文化散文自居,却能于不经意间臻于文化散文之妙境。这就印证了钱锺书所谓"今日之性灵,是昔日学问之化而相忘,习惯以成自然者也"[2]。

概而言之,黄裳的部分白话散文作为新文学的典范,黄裳的部分历史游记、文史随笔(如《榆下说书》中的《陈圆圆》《杨龙友》《关于柳如是》等)作为文化散文的早期佳作,妙处在于活,在于化,述旧而能开新,论史而寓人情,既超越了新旧文化的对立,也超越了历史与现实的鸿沟,从而达到"酌古斟今""化堆垛为烟云"的境界,的确高于包括诸多文化散文在内的众多"时贤小品"。而作为钟情明末张岱散文的新文学家,黄裳也不愧现代文体家之誉。

---

〔1〕钱锺书:《谈交友》,见《钱锺书散文》,第71页。
〔2〕钱锺书:《谈艺录》,中华书局,1984,第206页。

钱基博对"文学革命"的退让与反击

　　新文化运动时期,以陈独秀、胡适、鲁迅、蔡元培、钱玄同、刘半农等人为代表的革新派文人与以林纾、刘师培、陈拾遗等人为代表的复古派文人就文言的存废、文言白话的优劣等问题展开激烈论战,为推行白话和促成国语统一取得了舆论上的优势。1920年1月24日,北洋政府《教育部令第七号》通令全国国民小学一、二年级改国文为语体文,废除古文,以期收言文一致之效。同年颁布的《教育部令第八号》通令小学读本"宜取普通语体文,避用土语,并注重语法之程式"[1]。其后,学衡派、甲寅派重弹文言优长的旧调,两度掀起争端。鲁迅讽刺拒发白话文的《甲寅周刊》,说他们"不过以此当作讣闻,公布文言文的气绝罢了";他同时宣告,即使真的"将有文言白话之争,我以为也该是争的终结,而非

---

〔1〕黎锦熙:《国语运动史纲》,上海书店,1990,第110—111页。

争的开头"。[1] 不过,从中国现代语言文学的实际发展进程来看,文言文并未因为白话文的通行而"气绝"、消亡,文言白话与新学旧学之争也并未终结。现代古文家与国学名家钱基博(1887—1957)就是一个坚持文言写作且以旧文化续命者自任的博学鸿儒,他在文学革命方兴未艾之时,未正面撄其锋,但在革新势头减弱之后,他的反击格外凌厉,对胡适由原来的尝试接受转向严词批判,彰显了中国新文学叙事的否定之维。

钱基博字子泉,号潜庐,乃博学鸿儒,为人敦厚而风骨卓然,其学以经史为根底,以集部之学为渊薮,涉猎广博,多有建树,于艺文之道、经子之学造诣殊深。其文化立场以张之洞"中学为体、西学为用"之说为宗,故于究心国粹之余,颇能融化新知,通经致用,著述有《经学通志》《周易解题及其读法》《现代中国文学史》《孙子章句训义》等十余种。近代诗评巨擘陈衍赞其"学贯四部,著述等身,肆力古文词,于昌黎习之,尤哜其胾而得其髓。其致吴稚晖一书,不亚乐毅《与燕惠王书》"[2]。现代史学巨匠钱穆于回忆中称:"余在中学任教,集美无锡苏州三处,积八年之久,同事逾百人,最敬事者,首推子泉。生平相交,治学之勤,待人之厚,亦首推子泉。"[3]探究这位古文家对胡适及新文化运动、新诗运动的评价,可揭示其对文学革命所持态度的微妙转变,也可窥知其守旧诗观。

---

〔1〕鲁迅:《答 KS 君》,1925 年 8 月 28 日刊发于《莽原》周刊第 19 期,载鲁迅《华盖集》,人民文学出版社,1980,第 103 页。

〔2〕陈衍:《石遗室诗话·续编》,卷一,人民文学出版社,2004,第 549 页。

〔3〕钱穆:《八十忆双亲·师友杂忆》,三联书店,2005,第 128 页。

一 钱基博对胡适及其所倡导的新文化运动的评价

钱基博生于 1887 年,长胡适四岁。胡适乃文学革命、新文化运动主将,倡白话文、白话文学及民主、科学,力主废除文言文与儒家道统。其西化理念与钱基博"中体西用"之旨相抵牾。因此,钱基博素不喜胡适。1932 年 11 月 17 日,钱基博署名"哑泉"致信其子钱锺书,对他与新派人物过从甚密、思想学风受其影响颇为不满:

> 迭阅来书及《大公报》《新月》杂志,知与时贤往还,文字大忙! 又见汝与张杰书云,孔子是乡绅,陶潜亦折腰。看似名隽,其实轻薄! 在儿一团高兴,在我殊以为戚![1]

《大公报》是民国时期影响最大的报纸之一,于 1902 年创办于天津,1926 年复刊后,总编为著名报人张季鸾。1936 年,《大公报》拓展至上海,销量突破 10 万份,成为影响全国的大报和舆论中心。《新月》杂志是新月社的代表性刊物,由新月社成员胡适、徐志摩等人于 1928 年创办于上海,对中国现代文学与文化的发展影响深远。该刊编辑除胡适、徐志摩,还有梁实秋等人。

1932 年,尚在清华大学外文系就读的钱锺书在《新月》杂志和《大公报》的《世界思潮》副刊,发表了《中国新文学的源流》《旁

---

[1]钱基博:《谕儿锺书札两通》,《光华大学半月刊》第 1 卷第 4 期,1932 年 12 月。

观者》《为什么人要穿衣》《休谟的哲学》等诸多书评。钱基博显然关注到了钱锺书在《大公报》《新月》杂志上频频发文，所以才会有"文字大忙"的观感。钱基博还注意到其子与时贤颇有交往，但未点名。照时间推测，其中应当包括清华哲学教授张申府。在1932年至1933年期间，张申府在《大公报》主编《世界思潮》副刊，介绍新思想、新科学、新书刊。张申府在刊于《世界思潮》中的一篇文章说："钱锺书和我的兄弟张岱年并为国宝。"[1] 由此可见，张申府对青年钱锺书的推崇。

钱基博对其子因为接触、趋奉新思潮而对孔子口齿轻薄，深感忧戚。其实，钱锺书对孔子的不敬，一方面固然是因为新文化运动反传统思想的影响，另一方面则是基于他本人的心性。钱锺书骨子里是个精灵佻达、尚趣崇智的人，不喜欢道学先生，不喜欢道德说教，远道学而亲老庄是他的一贯倾向。

从钱基博的谕儿信可见，钱锺书讥讽孔子、陶渊明的言论出自写给张杰的一封信。张杰曾是钱锺书的室友，其生平事迹已湮灭于历史中，幸在钱基博的《自我检讨书》中留下了印记。

1952年，知识分子思想改造运动如火如荼，钱基博写下《自我检讨书》。文中说："当国民党得意时候，大学的学生，往往有些受政府或党的金钱津贴；做特务工作，监视同学，按月报告；有的因邀功，有的为挟嫌，常常无事生风，兴起党狱，被捕累累，其中真正有政治嫌疑的，据我旁观的眼光，不知十成中有几成！一次最多的，是民国二十二年十二月，上海各大学，被捕二百多人……"[2]

---

〔1〕常风：《和钱锺书同学的日子》，《山西文学》2000 年第 9 期。
〔2〕钱基博：《自我检讨书》，《天涯》2003 年第 1 期。

钱基博讲述的情况表明,民国时期党狱颇盛。钱锺书的室友张杰就是国民党党狱的牺牲品,他被抓捕后,不知所终。从钱基博的检讨书中可知,张杰是光华大学附中国文教员,与时任光华大学英文讲师的钱锺书同住于他的隔壁房间,而且是对面床。

　　钱锺书与张杰应当是同受新文化运动激荡的意气相投的好友,他写信给张杰,讽刺"孔子是乡绅""陶潜亦折腰"[1],折射出他们的叛逆精神。钱基博深知当时的民国距"政治有办法,社会上轨道"的境地尚远,而且党狱盛行,纵才使气、喜发高论的人很容易受人陷害,遭遇"圣知之祸",因此,他以南朝名臣王僧虔、王俭叔侄自比他们父子说,"我不患此儿无名,正恐名太盛耳"[2]。他希望钱锺书细思乱世的"处法",学习王僧虔的"文情鸿丽,学解深拔,韬光潜实,物莫之窥"[3],并期望他成为诸葛亮、陶渊明式的淡泊明志、宁静致远的人物,而不要效仿胡适、徐志摩,以犀利之笔,发激宕之论,迎合社会浮动浅薄的心理。在钱基博看来,"今之名流硕彦,皆由此出,得名最易,造孽实大!"[4]其所谓名流硕彦,自然首推胡适。

　　1923年春,胡适应清华大学学生之请,开列了一份共计185种的《最低限度的国学书目》,先在《清华周刊》上发表,其后相继在《东方杂志》《读书杂志》《晨报副镌》等报刊刊出,世称"胡目",轰动一时。

　　"胡目"虽以"最低限度"自居,但所列之书,浩瀚无垠,历代

〔1〕钱基博:《谕儿锺书书札两通》。
〔2〕钱基博:《谕儿锺书书札两通》。
〔3〕钱基博:《谕儿锺书书札两通》。
〔4〕钱基博:《谕儿锺书书札两通》。

儒家和诸子经典,宋儒理学名著如《二程全书》《朱子全书》《朱子大全集》《陆象山全集》《王文成公全集》,无不列入,还包括《华严经》《法华经》等佛典,以及历代名人诗文专集数百家、宋元以来通行之词曲小说多种,总量达万卷。如真以"胡目"为最低限度国学书目,则古往今来,几乎无人可以达标。

钱基博因而讽刺说:

> 适才高而意广,既以放废古文,屏斥旧学,放言无忌;而又不耐治科学,则诩诩焉谈科学方法,欲以整理国故;又著一个《最低限度的国学书目》一文以昭天下学者;予智自雄。[1]

对于梁启超与胡适合流,钱基博也颇为不满。他批评二人说:

> 一时大师,骈称梁、胡。二公揄衣扬袖,囊括南北。其于青年实倍耳提面命之功,惜无扶困持危之术。启超之病,生于妩媚;而适之病,乃为武谲。夫妩媚,则为面谀,为徇从;后生小子喜人阿其所好,因以恣睢不悟,是终身之惑,无有解之一日也。武谲则尚诈取,贵诡获;人情莫不厌艰巨而乐轻易,畏陈编而嗜新说。[2]

---

〔1〕钱基博:《现代中国文学史》,江苏文艺出版社,2008,第485页。
〔2〕钱基博:《现代中国文学史》,江苏文艺出版社,2008,第484页。

钱基博的这段批评文字,几乎照抄邵祖平致章士钊函[1],说明他完全赞同"甲寅派"对新文化运动的评价。邵祖平的评语实际上是将胡适与汉代权臣朱博相类比。《汉书·薛宣朱博传》描述朱博的为宦经历说:"其治左冯翊(注:左冯翊是汉代行政区名),文理聪明殊不及薛宣,而多武谲,网络张设,少爱利,敢诛杀。"[2]邵祖平以"武谲"评价胡适,即是借用了《汉书》对朱博的评语。朱博由小吏起家,历位以至宰相。《汉书》总评朱博说,此人"驰骋进取,不思道德",喜弄权,善"行诈"。[3] 在邵祖平看来,胡适薄周孔、非礼教,又以白话文学与"胡目"误导青年、博取大名,和朱博的行径颇为相似。他以"尚诈取,贵诡获"评价胡适,显然是借鉴了《汉书》对朱博的讥评。由钱基博沿袭"甲寅派"的观点将新文化运动主将暗比"不思道德"、狡诈专横的权臣可见,他对新文化运动抵触情绪之大,评价之低。

在撰写于 20 世纪 50 年代的《自我检讨书》中,钱基博以更严厉的语气与胡适相切割,原话如下:

> 我的思想,和胡适思想不相容;……胡适主张全盘接受欧化;他的考古学,也是自己打自己嘴巴,一味替西洋人吹;西洋人的文化侵掠,只有降服之一途;绝不承认民族文化![4]

---

[1]邵祖平乃章士钊弟子,此信原载《甲寅周刊》第 1 卷第 1 号,收入《章士钊全集》第五卷,文汇出版社,2000,第 301—302 页。

[2][汉]班固《汉书》,卷八十三,《汉书》第 10 册,中华书局,1962,第 3402 页。

[3][汉]班固《汉书》,卷八十三,《汉书》第 10 册,中华书局,1962,第 3409 页。

[4]钱基博:《自我检讨书》。

而针对广为流传的胡适所谓"美国的月亮比中国圆"之说[1]，钱基博对其孙女钱瑗说："我也不知道哪国的月亮圆，只知道没有哪个国家写过像中国那么多的月亮诗。一个有修养的中国人，无论走到哪里，看到月亮，就会想起自己的家乡。"[2]且不论哪国的月亮圆，也不论中美文化孰优孰劣，钱的态度至少表明，他对新文化运动的黜旧崇洋倾向以及胡适的全盘西化思想，始终都持批判态度，也再次彰显了他的文化守成主义立场。

二 钱基博对胡适及其追随者的白话文学造诣的评价

胡适是新道德与西方现代文明的倡导者，也是白话文学的探索者。他的白话戏剧《终身大事》、杂文《差不多先生传》、新诗集《尝试集》都是新文学史上的开风气之作。《终身大事》是中国最早的话剧作品之一，内容是应和女性解放、婚姻自由的新思潮。这出独幕剧原用英文撰写，因一个女校要排演这个戏，胡适便把它翻译成中文。可是，由于这出戏里的女主角田女士与人私奔，

---

〔1〕徐敏：《胡适——荒唐的民国范儿》，《书摘》2015 年第 3 期。
〔2〕记载于钱瑗致叶坦的书信，见叶坦《天堂就在她的心里》，杨绛等著《我们的钱瑗》，三联书店，2005，第 104 页。

竟没有女生敢扮演这个叛逆的角色,因而将剧本奉还给胡适。[1]《差不多先生传》这篇文章讽刺了中国人做事随意将就却自诩圆通的陋习痼疾,文笔浅白风趣,是广为流传的现代散文名篇。

《尝试集》作为中国第一部白话新诗集,其幼稚是众所皆知的,比如经常被引为笑谈的《蝴蝶》(原题《朋友》)。诗中说:"两个黄蝴蝶,双双飞上天。不知为什么,一个忽飞还。剩下那一个,孤单怪可怜;也无心上天,天上太孤单。"[2]这类所谓诗歌,粗浅直露,无意境,无留白,几无诗韵可言,当然是尝试的代价。

作为古文学家与旧文化的续命者,钱基博对胡适的白话诗文极为反感。他批评胡适的文章"坦迤明白而无回澜;条理清楚而欠跳荡;阐理有余,抒情不足",又批评胡适的新诗,"伤于率易,绝无缠绵悱恻之致","只耐一回读"。[3]但在白话文运动如火如荼之时,他却编撰出版了一部白话文教材《语体文范》。教材中收录了新文化运动主将陈独秀、胡适、蔡元培等人的白话文,显示出作为古文家的编者试图努力接纳并理解白话文。

1920年,北洋政府教育部通令国民学校教授语体文。时任无锡县署三科科长的钱基厚,提出无锡国民学校教授语体文的暂定施行办法。作为其中的一项措施,由钱基厚之兄钱基博编著的白话文教材《语体文范》由无锡县署三科于当年7月出版发行。

---

[1]《终身大事》刊于《新青年》第6卷第3号(1919年3月),胡适在"跋"中对此事作了说明:"这出戏本是因为几个女学生要排演,我才把它译成中文的。后来因为这戏里的田女士跟人跑了,这几位女学生竟没有人敢扮演田女士,况且女学堂似乎不便演这种不道德的戏!所以这稿子又回来了。我想这一层很是我这出戏的大缺点。我们常说要提倡写实主义。如今我这出戏竟没有人敢演,可见得一定不是写实的了。这种不合写实主义的戏,本来没有什么价值,只好送给我的朋友高一涵去填《新青年》的空白罢。"

[2]胡适:《朋友》,《新青年》第2卷第6期,1917年2月。

[3]钱基博:《现代中国文学史》,第479页。

《语体文范》共分三门七类,在"序跋类"下收入胡适的《〈中国哲学史大纲〉导言》以及钱基博自己所写的《题庞生文后》。《中国哲学史大纲》是胡适在学术上的成名作,此书只有上卷,主要探讨先秦哲学,下卷一直未完成。

钱基博对胡适的《中国哲学史大纲》导言的文字艺术赞赏有加。他认为,此文有条有理,说来头头是道,真可称得"言有序"[1];又引用韩愈"文从字顺各识职"的观点评价说,"胡先生这篇文章,真正周密极了"。[2] 但他也指出,虽然胡适标榜《中国哲学史大纲》除去所引用的古书,其余文字全用白话,却在行文中着实带着文言的色彩,并未做到言文一致:

> 胡先生这部书,和这篇导言,不但"引用古书","还用原文"的文言,就是胡先生自己发表意见,也着实带着文言的色彩。有些是胡先生自己的文言功夫,从前做得过深,"之""乎""者""也"的习惯成自然了,一时改不过来。然而也有些竟是不能用白话写出来,不能不夹着文言。所以不但胡先生如此,现在大名鼎鼎的几个提倡白话的文家,我读他们的文章,几乎无一不如此。所以"文言一致",还是一句话,要真实做到,却是难!难![3]

胡适《中国哲学史大纲》导言中有一段开宗明义的话:

---

〔1〕钱基博:《语体文范》,见傅宏星主编《钱基博集·文范四种》,华中师范大学出版社,2012,第172页。

〔2〕钱基博:《语体文范》,见傅宏星主编《钱基博集·文范四种》,第174页。

〔3〕钱基博:《语体文范》,见傅宏星主编《钱基博集·文范四种》,第173页。

我的理想中,以为要做一部可靠的中国哲学史,必须要用这几条方法。第一步须搜集史料。第二步须审定史料的真假。第三步须把一切不可信的史料全行除去不用。第四步须把可靠的史料仔细整理一番:先把本子校勘完好,次把字句解释明白,最后又把各家的书贯穿领会,使一家一家的学说,都成有条理有统系的哲学。做到这个地位,方才做到"述学"两个字。然后还须把各家的学说,笼统研究一番,依时代的先后,看他们传授的渊源,交互的影响,变迁的次序:这便叫作"明变"。然后研究各家学派兴废沿革变迁的缘故:这便叫作"求因"。然后用完全中立的眼光,历史的观念,一一寻求各家学说的效果影响,再用这种影响效果来批评各家学说的价值:这便叫作"评判"。[1]

　　这段文字虽然写于1918年,却已是相当成熟的白话文,和当今学术著述的语体、文风几无二致。其中的"述学""明变""求因"等词,显示出的胡适的文言功夫,却是当简则简,并非如钱基博所说,这是因为"不能用白话写出来,不能不夹着文言"。事实上,融铸文言以完善白话,本就是中国语文的进化之道。[2]

　　在较全面评估胡适白话文学造诣的基础上,钱基博指出,鲁迅、徐志摩是胡适的追随者之中造诣最高的两位,他们分别以小说和新诗践行了胡适的文学革命论。

　　钱基博评价鲁迅、徐志摩的小说与新诗造诣说:

　　〔1〕胡适:《〈中国哲学史大纲〉导言》,见胡适《中国哲学史大纲》(卷上),东方出版社,1996,第25页。
　　〔2〕详见拙文《朱光潜与文白之争——兼谈学习和创作文言文的现实意义》,《社会科学论坛》2016年第1期,第127—135页。

树人著小说,工为写实,每于琐细见精神,读之者哭笑不得。志摩为诗,则喜堆砌,讲节奏,尤贵震动,多用迭句排句,自谓本之希腊;而欣赏自然,富有玄想,亦差似之;一时有诗哲之目。[1]

随后,钱基博笔锋一转指出,当时的青年对鲁迅、徐志摩的作品"始读之而喜,继而疑,终而诋",原因在于,相较于新文艺中最新潮的普罗文学,鲁迅、徐志摩的作品不过是小资产阶级文学,并非真正的民众文学。[2] 当时有论者批评说:"树人颓废,不适于奋斗。志摩华靡,何当于民众。志摩沉溺小己之享乐,漠视民之惨沮,唯心而非唯物者也。至树人所著,只有过去回忆,而不知建设将来;只抒小自己愤慨,而不图福利民众。"[3] 钱基博因而下断语说,鲁迅、徐志摩"以文艺之右倾,而失热血青年之希望",并且认为,鲁迅、徐志摩分别参与创建的文学研究会、新月社均代表右倾。[4] 这一评价对鲁迅和徐志摩都不公平。鲁迅自始至终都是剑指统治阶层的批判者,徐志摩自始至终都是灵魂自由的捍卫者,怎么可能代表右倾?

总体来看,钱基博对徐志摩的白话文学尚有所肯定,并多次赞许徐志摩的新诗"富于玄想",对于周作人以"流丽清脆"评价徐志摩的散文,他也没有异议。[5] 但是,对于徐志摩与胡适相似

[1]钱基博:《现代中国文学史》,第495页。
[2]钱基博:《现代中国文学史》,第495—496页。
[3]钱基博:《现代中国文学史》,第495—496页。
[4]钱基博:《现代中国文学史》,第496页。
[5]钱基博:《现代中国文学史》,第495页。

的"以犀利之笔、发激宕之论"的言论风格，钱基博却非常反感。他因而劝诫其子钱锺书勿效徐志摩。其实，钱锺书并不欣赏徐志摩，他讥讽徐志摩如同一个被宠坏的孩童："从审美和艺术气质上看，徐志摩好像仍处在孩童般天真地享受美好生活的阶段。他主要的忧怨，就如同一个被宠坏的孩童，要么为了吃不够糖果，要么因吃得太多肚子不舒服而闹腾。"〔1〕此外，钱锺书在《围城》中假董斜川之口讽刺说："我那年在庐山跟我们那位老世伯陈散原先生聊天，偶尔谈起白话诗，老头子居然看过一两首新诗，他说还算徐志摩的诗有点意思，可是只相当于明初杨基那些人的境界，太可怜了。"〔2〕

三　钱基博对新诗运动的评价

在胡适于 1920 年出版《尝试集》后，钱基博评论当时的盛况说："自适《尝试集》出，诗体解放，一时慕效者，竞以新诗自鸣。"〔3〕所谓"诗体解放"，即是"有什么话，说什么话；话怎么说，就怎么说"，既不应使用已成为"死语言"的文言，也不必受格律与

---

〔1〕钱锺书：《评吴宓先生其人其诗》(A Note on Mr. Wu and His Poetry)，《钱锺书英文集》，外语教学与研究出版社，2005，第 76 页。英文原文如下：Hsu Tse-mo, for all his aestheticism and artiness, is still a baby who can enjoy innocently the pleasures of life; His fits of unhappiness are those of a spoiled child who wails either because he has not got enough of sweets to eat or because he has eaten more than is good for his stomach.

〔2〕钱锺书：《围城》，人民文学出版社，1997，第 83 页。

〔3〕钱基博：《现代中国文学史》，第 493 页。钱氏此说基本照抄其光华大学同事周瓆的《十年来之中国文学》，见《光华大学半月刊》第三卷第九、十期合刊，1935 年 6 月。

古人的束缚。[1] 胡适指出，"自由诗之提倡，（康）白情、（俞）平伯之功不少"，可是，俞平伯虽然主张努力创造民众化之诗，但他本人的诗作却"往往索解不得"，达不到"民众化"的目标。[2] 钱基博因而指出，"深入浅出，文学别有事在；而不在白话与非白话也"[3]。意思是说，文学表达能否做到深入浅出，自有美学原理可循，并非取决于语言载体。因此，文白之别，不等于深浅之别。

钱基博随后根据他对新诗运动的观察，提出了"新诗四变"说：

> 厥后新体之诗，始仅蔑弃旧诗规律，犹未脱旧诗之音节，再变而为无韵之诗，三变而为日本印度之俳句短歌，四变而至西洋体诗。[4]

在钱基博看来，新诗历经四变依然未上轨道，因此需要改弦易辙，另寻出路。他引用陈勺水、闻一多、梁宗岱等新诗运动者所谓"新诗无韵脚、平仄、音数，故体貌未具""惟不能诗者，方以格律为束缚""谁谓典故窒塞情思？谁谓规律桎梏性灵"等诗论，并以朱湘的《石门集》（其第三编收录 71 首十四行体格律诗）为例指出，"新体诗之穷而当变，思复其初矣"[5]。他又盛赞黄庐隐《读

---

〔1〕钱基博：《现代中国文学史》，第 494 页。
〔2〕钱基博：《现代中国文学史》，第 494 页。
〔3〕钱基博：《现代中国文学史》，第 494 页。
〔4〕钱基博：《现代中国文学史》，第 494 页。钱基博所引"自由诗之提倡，白情、平伯之功不少"之说，原文如下："自由（无韵）诗的提倡，白情、平伯的功劳都不小。但旧诗词的鬼影仍旧时时出现在许多'半路出家'的新诗人的诗歌里。平伯的《小劫》，便是一例……"（胡适《〈蕙的风〉序》）
〔5〕钱基博：《现代中国文学史》，第 494 页。

诗偶得》中"诗不可学,然亦不能不学。……不可不学者,则其描写之技巧,如音调之铿锵,声律之和协等,皆由于锻炼而成""以太白大才尚分而学之,则吾人学诗尤不能不揣摩各家之长""诗不可绳之以逻辑。其绝不通处,正其绝妙处"等诗观"皆合旧说"〔1〕,并感慨道:

> 使十年以前而言者,当无不目为迂腐,斥为狂惑。曾几何时,穷则反本。不式古训久矣,今乃转闻诸素习新诗之作家,尝试未成,悔其可追!不用典而顿悟用典之妙,不摹仿而转羡摹仿之功,悠悠苍天,此何心哉?〔2〕

钱基博此处所谓"十年以前",是指文学革命与新文化运动时期。1917 年,胡适在《文学改良刍议》中提出"不摹仿古人""不用典""不讲对仗"等主张〔3〕,拉开了文学革命的序幕。1920 年,胡适又在《谈新诗》一文中明确提出了"诗体解放"的观点:"直到近来的新诗发生,不但打破五言七言的诗体,并且推翻词调曲谱的种种束缚;不拘格律,不拘平仄,不拘长短;有什么题目,作什么诗;诗该怎样作,就怎样作。这是第四次的诗体大解放。这种解放,初看去似乎很激烈,其实只是《三百篇》以来的自然趋势。"〔4〕钱基博对胡适的"文学改良"与"诗体解放"的主张都不认同,但他在新潮澎湃之际,却不敢正面撄其锋,甚至以古文家的

---

〔1〕钱基博:《现代中国文学史》,第 494—495 页。

〔2〕钱基博:《现代中国文学史》,第 495 页。

〔3〕胡适:《文学改良刍议》,《新青年》2 卷 5 号,1917 年 1 月。

〔4〕胡适:《谈新诗》,姜义华主编《胡适学术文集·新文学运动》,中华书局,1993,第 389 页。

身份编了一本白话文选《语体文范》,直到部分新诗运动者如闻一多、朱湘、梁宗岱等因"尝试未成"而重提格律、用典、摹仿古人之时,他才理直气壮地痛诋胡适"放废古文""放言无忌"。[1]

很显然,陈匀水所谓"新诗无韵脚、平仄、音数,故体貌未具"之说,为钱基博的复古思想提供了最有力的依据。然而,平仄韵脚只是诗之形,气韵意境才是诗之魂。"诗有别材,非关学也"。[2] 无坦荡之襟怀,超俗之才情,即无真诗、大诗。至于平仄韵脚,则手持一二韵书即可征验校核,非难事也。况世易时移,言、音俱变,岂可死守成规而自缚手脚? 天道有常,文体代兴,自白话、新韵取代文言、旧韵以来,自由诗成为主流乃大势所趋,其中佳制,实非胡适、康白情、俞平伯、周作人等人尝试之作可及。观乎中华诗词百年嬗变,亦呈近体与新体并行之势。为近体者,当严守旧法,依律腾挪,自出机杼;为新体者,当守正出新,运用之妙,存乎一心。诗之高下,在性情才气,而非用不用典,用不用韵。自由诗是以气驭剑,不以音韵胜,而以气韵胜,虽短短数行,亦需奇气贯注。诗语有如淬剑,烈焰激情须猝然冷却,而锋芒更甚。能从庸常中逼出哲性、诗意,即是高手。

---

〔1〕钱基博:《现代中国文学史》,第485页。

〔2〕[宋]严羽著,郭绍虞校释《沧浪诗话校释》卷一《诗辨》,人民文学出版社,1961,第26页。

第二辑

钱锺书、杨绛与小说艺术

钱锺书小说在德国的反响

1988 年,德国法兰克福岛屿出版社(Insel Verlag,Frankfurt am Main)出版了《围城》德译本,译名为"*Die umzingelte Festung:Ein chinesischer Gesellschaftsroman*",即"围城:一部中国的社会小说",译者为德国汉学家莫宜佳(Monika Motsch)和她的中国朋友史仁仲(J. Shih),莫教授还为全书做了注释并撰写了后记,钱锺书则应邀撰写了前言。这是最早的《围城》德译本,对于德国汉学界及德国文学界重新认识中国现代文学的价值,发挥了重要作用。

按照鲁迅的小说分类标准,《围城》应当属于"人情小说"或"世情书"。人情小说以"记人事"为主,"大率为离合悲欢及发迹变态之事,间杂因果报应,而不甚言灵怪,又缘描摹世态,见其炎凉,故或亦谓之'世情书'也"。《红楼梦》为明清人情小说的代表作。《围城》一书,记录伪博士方鸿渐留洋归来之后在婚恋、事业上的种种可笑可叹、时喜时悲的际遇,巧妙而深刻地展现了旧上海与民国社会的炎凉世态以及知识阶层的鱼龙混杂、钩心斗角,可以说是很有代表性的民国时期之人情小说。莫宜佳将其定位为"社会小说",应当是从德国文学及西方文学传统的角度着眼。

"社会小说"是西方文学中的一个类型,发端于18世纪,一度流行于19世纪,并成为批判现实主义作家所习用的小说类型。"一战"之后,由于西方社会陷入动荡的转折期,"社会小说"再度勃兴,创作这类小说的作者几乎包括了当时所有重要的人道主义作家,如奥地利作家罗伯特·穆齐尔、赫尔曼·布洛赫,英国作家高尔斯华绥,以及德国作家托马斯·曼。社会小说的基本特点是着重表现人的社会生活以及社会与人性的相互作用。《围城》自序说:"这本书里,我想写现代中国某一部分社会,某一类人物。写这类人,我没有忘记他们是人类,只是人类,具有无毛两足动物的基本根性。"也就是说,作者是要把社会面貌的描写与人性的揭示结合起来,这与社会小说的基本创作倾向如出一辙。西方社会小说常以讽刺和同情的笔调描绘出众生相,《围城》却给一些论者以缺乏同情心的印象。在我看来,《围城》这部小说虽然极尽刻薄之能事,但骨子里却透悲凉之气与悲悯之意。《围城》俄译本译者索罗金称其表现了"社会批评的精神"和"人道主义的倾向",可谓目光如炬。

据莫宜佳自述,她是在1978年参加意大利举行的一次国际汉学会议时,首次接触钱锺书。在那次会议上,钱锺书用英语演讲,完全不需要看讲稿,脱口而就,精彩纷呈。莫宜佳回忆说:"和钱先生的相遇,对我来说,是一个转折点。他给我打开了通向中国文化之门。认识钱先生使我突然发现,我以前想象中的中国不是整体的,只是一个小局部。于是我决定和我的中国朋友史仁仲翻译《围城》。这个工作,为我大大开阔了眼界。"

动手翻译《围城》之后,莫宜佳开始与钱锺书书信来往。钱锺书的信都是用毛笔写的,非常好看,而且经常引用英文、法文、意大利文、德文等。此后,莫宜佳曾亲赴北京向钱锺书讨教。由于所问问题不多,而且全是为了解决翻译《围城》的具体困难,没有什么有关私人生活的问题,深得钱锺书、杨绛夫妇好感。钱锺书在《围城》德译本的前言中也提到了这段文学因缘:"莫妮克博士(莫宜佳)特来中国,和我商谈她的译本。她精细地指出了谁都没有发现的一些印刷错误,以及我糊涂失察的一个叙事破绽。"

《围城》德译本在德国出版发行后,跻身于畅销书(Die Bestseller Bücher)之列。一时间,德国大媒体,像《明镜》周刊(*Der Spiegel*)、《法兰克福汇报》(*Frankfurter Allgemeine Zeitung*)等,纷纷发表书评,给予了很高评价,并认为钱锺书先生完全可以获得诺贝尔文学奖。

莫宜佳评论说,《围城》是第一部中西文学合璧的小说,连书名都是中西"合资"。《围城》不但影射中日战争,同时也暗指法国哲学家蒙田(Montaigne)有关家庭生活的一句名言。《围城》里的年轻人也很巧妙地利用外国知识。方鸿渐买到了假的博士文凭,良心有点儿不安,不但靠孔子、孟子推脱,还扯上了古希腊哲学家柏拉图。这都很有趣,但是还有更深一层的意思,是说钱先生发现不少中西方文化的共同点,也就是《围城》自序所谓"无毛两足动物的基本根性"。莫宜佳指出,人是"无毛两足动物"之说源于希腊柏拉图。人最基本的毛病是人的兽性,人性的自私,用《围城》的一个比喻来讲,是人的猴子尾巴。这个尾巴不但挂在中国人的身上,也挂在西方人的身上。

德国著名汉学家顾彬(Wolfgang Kubin)在他的《二十世纪中

国文学史》（范劲等译，华东师范大学出版社，2008）一书中，特别提到了莫宜佳为德国学界"发现"钱锺书的学术意义。

顾彬认为，当代中国的文学批评常常错失了本来任务，没有从文学角度找出作品成功与不成功之所在，这就必将导致错误的评判。它总是将某个作家定位得不是过高就是过低，这对于中国20世纪中手法最为精湛的叙事者钱锺书来说尤其如此。钱锺书以其少量作品在短短几年内就达到如此高的水平，以至于完全超出到目前为止中国文学批评的能力范围。对德国学界而言，应当感谢波恩的汉学家莫宜佳首先发现了钱锺书的伟大，并在许多文章著作中论述了这一点，而且《围城》的精彩译文也出自她之手。

顾彬评价《围城》说："就其独一无二的构思和深度而言，堪称中国现代小说艺术最为讲究的、在此意义上也是无可逾越的标志。它讽刺性地描写了战争中知识分子的处境，他们的追求、行动的乏力以及最终的没落。"顾彬又指出，钱锺书为数不多的几个短篇水平也绝不亚于这部长篇小说。

钱锺书已出版的短篇小说有四篇，也就是收录在他的短篇小说集《人·兽·鬼》中的《上帝的梦》《猫》《灵感》与《纪念》，已由德国的邓城博士（Dr. Charlotte Dunsing）及孟玉华博士（Dr. Ylva Monschein）译成德文，并以"纪念：钱锺书短篇小说集"（Das Andenken：Erzählungen/Qian Zhongshu）为名，由德国科隆迪特里希出版社（Eugen Diederichs GmbH&Co. KG，Köln）于1986年出版。

从顾彬与莫宜佳对钱锺书小说艺术的评价来看，他们在走进钱锺书的小说世界之时，肯定有一种发现新大陆般的欣悦与狂喜，所以才会不吝溢美之词，其中尤以顾彬为甚。在他对《围城》的评论中，"最为精湛""最为讲究""无可逾越"等一连串顶级形容词就像珠落玉盘一般倾泻而下,叮当作响,光华四射,令人有一种"中国风"再次劲吹欧洲宫廷的幻觉。

顾彬曾任德国波恩大学东方语言系主任,对中国文学研治有年,且视通古今,兼修文哲,堪称当今德国最负盛名的汉学家。他主编的十卷本《中国文学史》,由他和莫宜佳、司马涛等汉学家用德文撰写,堪称迄今世界上规模最大的中国文学史丛书。顾彬的教授资格论文为《空山——中国文学中自然观之发展》,此书的中译本由上海人民出版社于1990年出版,反响甚佳。他的《二十世纪中国文学史》中译本也已于2008年面世,复旦大学陈思和教授对此书评价甚高,认为可以和哥伦比亚大学夏志清教授的《中国现代小说史》并称双璧。2007年,顾彬因炮轰当代中国文学而引起中国文坛、学界的广泛关注。其实这只是他在访谈中的即兴之论,虽然有点信口开河,却也并非无的放矢,如他说莫言的小说落后,王安忆的小说没味,卫慧的《上海宝贝》是垃圾,当代文学不如现代文学等,细思之,也不无道理。

从顾彬的学养来看,他对钱锺书小说艺术的近乎狂热的盛赞,应该不是见树不见林的脱空之论。回顾20世纪中国小说史,兼具精湛叙事手法、工巧构思以及思想深度的作品并不鲜见,如鲁迅的《阿Q正传》、老舍的《骆驼祥子》、巴金的《寒夜》、施蛰存的《梅雨之夕》、沈从文的《边城》、张爱玲的《金锁记》、白先勇的《游园惊梦》、王朔的《动物凶猛》、余华的《活着》、苏童的《米》、陈忠实的《白鹿原》等,如果单就长篇小说而论,堪与《围城》匹敌的作品也有《骆驼祥子》《白鹿原》等数部。顾彬、莫宜佳以至欧美汉学界、文艺界之所以特别看重《围城》,应当和他们的接受视野有关。

早在 1977 年就完成了博士论文《传统的革新：钱锺书与中国现代文学》的美国学者胡志德(T. D. Huters)在悼念钱锺书的文章中感慨说："（在美国）那些略通中国文学者不得不惺惺相惜，期望有一天钱锺书的卓越努力能化解文化差异的坚硬界围，而渗入钱锺书所深谙的欧洲文人世界。"从《围城》的诸多情节与叙事语言中，读者可以充分感受到钱锺书对"欧洲文人世界"的谙熟，他对西方文化知识的化用，可以说是信手拈来、挥洒自如，不像一些崇洋媚外的时髦作家，洋文不识几个，却偏要在作品里掺入冒牌的西方情调，用钱锺书的话来说，那是牙缝中的肉屑，而不是水中之盐。莫宜佳称誉《围城》是世界范围内"第一部中西文学合璧的小说"，确非虚言。西方人在读到这样一部浓缩着"欧洲文人世界"诸多元素的中国小说时，自然会有一种会心处不在远的亲切感，相对而言，《骆驼祥子》《白鹿原》等小说就比较乡土化，如果没有对中国人的喜怒哀乐与中国社会百年沧桑的深切体认，恐怕品不出这几部小说杰作的神味。这和西方人更喜欢《金瓶梅》，却看不懂《红楼梦》，是一个道理。

附：

犯人蒙赦的快活[1]

〔德〕巴特曼/撰　龚刚/译

> 蒙田的智慧在 20 世纪 30 年代末期的中国：钱锺书的
> 小说《围城》。
>
> ——题记

作为 20 世纪中国文学巨著，钱锺书的小说《围城》于 1946 年
面世，首先在杂志上连载，1947 年在上海出版单行本。由于该书
对中国青少年有着负面影响，此后三十年间没有再版。1980 年，
这部小说迎来了第二春。人民文学出版社重新出版了这部小说，

---

[1]本文译自克里斯托弗·巴特曼（Christoph Bartmann）发表在《南德意志报》
（*Süddeutsche Zeitung*，2009 年 2 月 26 日）上的《围城》德译本书评。原文题目为 *Die Freude des begnadigten Verbrechers*，副标题为译者所加。另，巴特曼提到，"回国后，钱锺书完成了婚礼"这是作者的误记，钱锺书、杨绛实际上是在出国留学之前已经举办了婚礼。——译者注

并获得巨大成功。随后,这部小说被译成多国文字,涵盖了所有主要语种,其中德译本出版于 1988 年。钱锺书作为中国诗人、散文家与最负盛名的文学史家,因而被视为诺贝尔文学奖的候选人。

1998 年,钱锺书以高龄逝世于北京。这是一位颇为顾忌自己社会声望的文学人。《围城》德译者莫宜佳(Monika Motsch)在该书后记中介绍:在一次电话通话中,钱锺书劝阻一位希望面见他的英国女学者说,"如果觉得一只鸡蛋好吃,并无必要见那只下蛋的母鸡"。

"围城"这一书名所包含的隐喻令人联想起(16 世纪法国散文家)蒙田关于"围城"的名言,它早已是阿拉伯人的格言,而且也有可能在其他地区流传。全世界各种文化均将婚姻视为"围城":"城外的人想冲进去,城内的人想逃出来。"身处 1937 年中国社会的钱锺书,格外强烈地感受到这一常见的悲喜剧情境,当时的中国同时经受着日寇与内乱的困扰,也可以说是一个政治上的"围城"。

钱锺书年轻时曾赴欧洲留学。他凭借奖学金入读牛津大学并获得学位,此后又和他的小说家太太生活于巴黎。回国后,钱锺书以教授英国文学为业。恰恰是这些主题——海外留学、结婚、归国任教——构成了小说《围城》。在归国的船上,在丧失内地教职的事件中,我们邂逅了方鸿渐。不同于这个人物的塑造者,方鸿渐曾漂泊于英国、法国、德国,并在有益无益的行为中打发时光。此外,他所购买的一所子虚乌有大学的假文凭并没有使他在事业上得益。

虽然这事困扰着方鸿渐,这个百无一用却爱嘴上逞强的小说主角,但他的关注点还是集中在那些甲板上的女人身上,尤其是苏小姐和鲍小姐。方鸿渐本已一只脚踏进围城。他和老家一位世伯的女儿原已订婚,但他父亲在此后的一封家书中告诉他,其未婚妻已死于风寒,"鸿渐看了有犯人蒙赦的快活",小说中这样描述道。

不过,这突来的自由并未给他带来快乐。方鸿渐在柏林听过名闻日本的斯波朗格教授(Ed Spranger)的爱情(Eros)演讲,明白爱情跟性欲一胞双生,类而不同。回国后,遵照老父教诲,他应当结婚,确切地说,是被结婚。钱锺书的小说时时涉及认知的本性与种种情感矛盾。由于生活秩序中欠缺调解的环节,所以只剩下了讽刺。

这是一部厚达540余页的大书,但它的情节并不难厘清。方鸿渐返回中国,和苏小姐假拍拖,随后分手,狂热地爱上苏小姐的表妹唐小姐,结果还是不欢而散,被内地一家新成立的大学聘为逻辑学(对方鸿渐来说是一门新学科)教员,职称是助理教授,其实不如说是讲师。在前往内地的旅途中,方鸿渐和孙小姐相识,后者也被那所大学聘用。经历了情欲的骚动,也经历了学院内部的钩心斗角之后,受够窝囊气的方鸿渐和摇身一变成为方太太的孙小姐最后在上海落脚,却再一次陷入了职场纠葛(此前,那所内地的大学解雇了他)。

婚姻是两个人的事,照蒙田的名言:当人们冲进去之后,就想着冲出来。但这谈何容易?所以人们也就学会了自我调节,同时发现了婚姻牢笼的优点。照方鸿渐的说法:"从前受了气,只好闷在心里,不能随意发泄,谁都不是自己的出气筒。现在可不同了;对任何人发脾气,都不能够像对太太那样痛快。父母兄弟不用说,朋友要绝交,用人要罢工,只有太太像荷马史诗里风神的皮袋,受气的容量最大,离婚毕竟不容易。"钱锺书的小说也有如风神的皮袋,里面满是机智精练的比喻,它们源自作者所汲取的惊人丰富的世界文学知识。总而言之,《围城》是一部饱含人类智慧的文学巨著,历久而常新。

"中年危机"叙事的早期范本

——杨绛与白先勇同名小说《小阳春》比较分析

  杨绛和白先勇都是华语文坛颇为传奇的人物。杨绛生于辛亥革命之年。2016 年 5 月,她以一百零五岁高龄溘然长逝。作为五四新文化运动所孕育的新文人和新型知识分子,她的漫长一生是中国社会百年变迁的重要见证。从她的学术历程,可以看到中国现代知识生产机制的生成与演化;从她的创作经历,可以窥见中国大陆新文学发展嬗变的轨迹。与杨绛相比,白先勇可以说是"后五四时期"的现代文人,他出生于全面抗战爆发之年,抗战期间随家人迁到重庆,此后一迁港,二迁台,三迁美,但他的魂梦所系,依然是精粹的中华古典文艺。从这个意义上说,白先勇堪称近百年来离散型知识分子的典型,与杨绛一内一外,分别代表着本土与海外中国现代文人的心路历程。

  白先勇以文学创作为主业,并以小说名世,他的短篇小说集《台北人》《纽约客》享誉世界文坛。杨绛作为他的前辈,主要身份是学者、翻译家,只是在治学翻译之余,兼写散文、戏剧、小说,却成绩斐然。20 世纪 40 年代,杨绛写出了短篇小说《小阳春》。1961 年,白先勇在他主办的《现代文学》杂志刊出了同名小说。这两部小说的男主角分别是四十岁的俞博士和五十多岁的樊教授,他们都是中年人,都是知识分子,都受到了十月小阳春短暂春意的刺激。两部小说均表现出青春已逝的怅惘和"中年危机"的症候,很有比较分析的价值。

尤为重要的是,这两部小说堪称"中年危机"叙事的早期范本,也是心理危机小说中的名篇。笔者以为,心理小说中着重表现心理危机的作品不妨独立命名为"心理危机小说",可以译为 psychological crisis fiction。心理危机小说的类型包括青春期危机叙事(如郁达夫的《沉沦》、塞林格的《麦田里的守望者》)、认同危机叙事(如伍尔夫的《海浪》、昆德拉的《认》)、信仰危机叙事[(如加缪的《局外人》、王朔的《动物凶猛》,《七年之痒》(*The Seven Year Itch*,1955 年美国电影)式的婚姻危机叙事],以及中年危机叙事等。1980 年,女作家谌容在《收获》杂志发表中篇小说《人到中年》,虽隐约显露出对"中年危机"(midlife crisis)的关注,却未将这一隐含的主题充分加以表现。而对杨绛、白先勇同名小说《小阳春》的"中年危机"主题、表现形式、不同叙事心态予以深入探讨,既可深化对杨绛、白先勇叙事艺术的认识,引发学界对中年危机叙事以至心理危机叙事的进一步关注,也可推动"心理危机小说"研究。

一　不同境遇里的"中年危机"

　　莎士比亚笔下的野心家麦克白在极端的猜忌和恐惧中感叹说："(人生)是一个愚人所讲的故事,充满着喧哗与骚动(sound and fury),却找不到一点意义。"[1]美国作家福克纳在这段独白的感染和启迪下,创作了他的长篇小说《喧哗与骚动》(*The Sound and the Fury*)。

　　相对于《喧哗与骚动》的沉重和压抑,杨绛的短篇小说《小阳春》虽然讲述的也是一个关于喧哗与骚动的故事,却要轻快得多,俏皮得多。这篇短篇小说可以说是中国文学史上第一部较深刻、较全面地揭示"中年危机"问题的小说。小说男主人公俞斌博士堪称中国文学史上第一位遭遇"中年危机"困扰的典型人物。在寒冬降临前的暖和天气里,年届四十、略为发福和秃发的俞斌滋生出对青春流逝的不舍和不甘,也滋生出对浪漫激情的追怀和憧憬。他想和太太找回往日激情,但俞太太却毫不领情。

　　杨绛极具匠心地塑造了两个细节表现俞斌的有"情"与俞太太的无感之间的不对称,以及由此形成的戏剧性反差。第一个细节是,俞斌以"小宝贝"昵称俞太太,俞太太却以为他在叫儿子。[2]第二个细节是,俞斌请太太出外散步,可是俞太太没好气

---

〔1〕Shakespeare:*Macbeth*,5. 5,p165,Edited by David Bevington and David Scott　Kastan,published by Bantam Dell,New York,2005.

〔2〕杨绛:《小阳春》,《杨绛文集》第一卷(小说卷),人民文学出版社,2003,第37页。

地告诉他，要等裁缝来翻做丝绵袍。[1] 俞博士由此醒悟到生命的老化和庸常化，并对自己的发胖和太太的感情懒怠感到焦虑。

俞斌承认，蕙芬是头等好太太。不过，他并不知足。在他看来，一个女人不能满足于做一个好太太，还要兼情人和朋友，否则就"没趣"[2]。可是，蕙芬却丝毫不觉得"没趣"，她只满足于做个好太太，并且"称心满意地发了胖，准备老了！"[3]。俞斌蛮不讲理地认为，他的发胖全是太太传染给他的。[4]

其实，发胖发福，是中年人的特点。生活稳定了，工作稳定了，起居有规律了，不再像青年时期那样自由不羁、饮食无度，也不用为了生计和梦想而煎熬奔波，自然容易发福。因此，中年人的胖不仅是一种生理与身体特征，也反映出一种精神状态。俞斌对这种与年龄相关的胖，极为厌恶，以至于产生对"全身是筋的瘦人"的非理性的渴慕。[5] 与此同时，他对白皮肤也产生了反感。在他眼中，白皮肤"就像生面粉似的"，一点都不可爱，他要"太阳晒熟的颜色。宁可晒焦，不要生的！"。[6] 如果单纯从生理角度来看，白胖可以视为生活富足稳定的标志，黑瘦可以视为生活煎熬奔波的象征。俞斌却偏偏迷恋黑瘦而讨厌白胖。其因有二：一是他对中年状态的恐惧与抗拒，二是他的梦中情人胡若蕖恰恰是黑美人和瘦美人。

俞斌的心地尚算仁厚，他虽然对平庸的中年状态不满，也对

---

〔1〕杨绛：《小阳春》，《杨绛文集》第一卷（小说卷），第38页。
〔2〕杨绛：《小阳春》，《杨绛文集》第一卷（小说卷），第39页。
〔3〕同上。
〔4〕同上。
〔5〕同上。
〔6〕同上。

太太的安心发胖安心变老不满,但他不愿伤害太太,也无意改变现状,只是内心中模糊地有所希冀。胡若蕖的出现虽然令他的希冀有了具体的目标,但他警告自己这是危险的征兆。[1] 而在与胡若蕖的同班男生相对照时,他悲凉地意识到,他不过是"一个秃了顶的老头子",已逐渐丧失了男性魅力。[2] 杨绛的高明处在于,她在演绎师生恋这一校园文学和学院派小说中的常见主题时,巧妙地揭示了当事人的"中年危机"心理。

白先勇笔下的樊教授是个失败的中年人,他依然怀抱着二十岁时的成为伟大数学家的梦想,依然奢望创造一个"最高的抽象观念"。[3] 但现实是,年过五十、头发变白的他,还只能教初等微积分。人生易老,梦想成空,这是樊教授的事业失败之痛。白先勇以细腻的笔触表现出了樊教授的失落和愤懑:

> 当——古钟又鸣了一下,冷涩的泉水快要流尽了,树林子里一直响着颤抖的音丝。樊教授陡然停住了脚,把夹在左肋下那本焦黄破旧的初等微积分拿了下来,一阵说不出的酸楚呛进了他的鼻腔里。他感到有点恼怒,好像失去了些什么东西一样,追不回来,再也追不回来了。他的手紧紧抓住那本翻得书边发了毛的初等微积分,心中窝着一腔莫名的委曲。[4]

---

〔1〕杨绛:《小阳春》,《杨绛文集》第一卷(小说卷),第40页。
〔2〕同上。
〔3〕白先勇:《小阳春》,白先勇《寂寞的十七岁》,广西师范大学出版社,2015,第152页。
〔4〕白先勇:《小阳春》,白先勇《寂寞的十七岁》,第151—152页。

伴随这种事业上的失落感的是对于青春流逝的感伤。当他在水池的倒影中看到两鬓白发在风中颤抖的真实自我，产生了"五十岁的人是应该有这种欠缺之感了"的悲凉感慨。[1] 这种"欠缺"感与俞博士的"没趣"感无疑都是"中年危机"的症候，彰显了人在生命机体由盛转衰的转折期对于人的有限性以及理想与现实的鸿沟的敏锐感知。

此外，樊教授的"欠缺"感还有更深更痛的内涵。他和太太素琴有着很深的隔阂。素琴是天主教徒，当樊教授在书房里空想"最高的抽象观念"之时，她却偏要在隔壁高唱歌颂"主耶稣"的赞美诗。[2] 樊教授不知道，上帝就是素琴眼中的"最高的抽象观念"。她虔信上帝，相信每个人都有罪。复活节那天，女儿丽丽发着高烧，她却锁上门去教堂祈祷。结果一场大火烧死了丽丽。素琴真的有罪了。而樊教授在那一刻觉得，他的前半生的一切都完了。的确，他事业失败，青春已逝，婚姻不谐，又遭遇丧女之痛，前半生落得一场空。他不甘屈服于命运的捉弄，以至将女佣阿娇当成了最后的救命稻草。当她出门之际，樊教授抓住她的手臂大喊道："不要离开我！"[3]这是深陷"中年危机"的失败者的绝望呐喊。

---

〔1〕白先勇：《小阳春》，白先勇《寂寞的十七岁》，第153页。
〔2〕白先勇：《小阳春》，白先勇《寂寞的十七岁》，第155页。
〔3〕白先勇：《小阳春》，白先勇《寂寞的十七岁》，第162页。

二 天人交感:"小阳春"与"中年危机"

每年秋季将要结束、严冬即将来临时会出现回暖天气。在此期间,阳光较足,温风和煦,一些果树会开二次花,呈现出好似阳春三月的温暖天气,这就是民间所说的小阳春。由于这种天气现象通常出现在农历十月,所以农历十月又名小阳春。《红楼梦》第九十四回描写怡红院里的海棠在初冬时节忽然开花,大家都议论这花开得古怪,贾母解释说:"这花儿应在三月里开的,如今虽是十一月,因气节迟,还算十月,应着小阳春的天气,这花开因为和暖是有的。"[1]

杨绛和白先勇的同名小说《小阳春》均从贾母所谓"小阳春的天气"获得创作灵感。这是一种不是春天,又似春天,而且很快就会由暖转寒、由荣转枯的独特天气。它给人以一种春回大地的幻觉,令人滋生别样的憧憬。对于青春已逝而又试图唤回青春的人,这种幻影般的节令特别能够触发他的心绪和感慨。

白先勇笔下的樊教授正是在十月小阳春的璀璨阳光下,一再想起青葱岁月时的自己:

> 就是这种秋高气爽的小阳春,他记得最清楚了,穿着一件杏黄色的绒背心,一听到钟声就夹着书飞跑,脚不沾地似的,从草坡上滑下来,跳上石阶,溜到教室里去,那时他才二

---

[1] 曹雪芹著、无名氏续《红楼梦》(第3版),人民文学出版社,2008,第1300页。

十岁呢![1]

二十岁时的樊教授,步伐何等轻快,行动何等敏捷,就像风一样来去自如,潇洒不羁。那件杏黄色的绒背心,无疑是青春的象征,活力的象征,它多次在樊教授的记忆里闪回出现,俨然是他生命中最深刻、最美妙的印记。当年的樊教授,抱负远大,豪气干云,远道而来的德国教授非常欣赏他的不羁个性和壮志雄心,称赞他是"最有希望的青年数学家"[2]。三十年后,这个"最有希望的青年数学家"已过知天命之年,却依然是个不入流的学者和二流教书匠。小阳春时节充满活力和热力的校园深深刺激着他,触动了他内心深处的痛楚。

与樊教授相比,俞斌是一个功成名就的文科学者,住三层洋房,家庭美满,生活条件优越,堪称成功人生的典范。但人到中年后的发胖、秃顶、生命的老化令他感到焦虑,长期的学院生活、书斋生涯又令他感到厌倦和烦闷。以下这段内心独白就颇具代表性:

> 春天是别人的了。自己的春天已经过去了。就没知觉怎么过去的。挣扎着,挣扎着,为生活,为学问。人生真和流水一般,不舍昼夜。他现在是有声望有成就的俞博士。可是,才站定脚跟,才有闲暇睁眼望望这世界,这世界已经枯黄憔悴,变了颜色。[3]

〔1〕白先勇:《小阳春》,白先勇《寂寞的十七岁》,第150页。
〔2〕白先勇:《小阳春》,白先勇《寂寞的十七岁》,第151页。
〔3〕杨绛:《小阳春》,《杨绛文集》第一卷(小说卷),第45页。

俞斌对流年似水,青春已逝,以及因忙于生计和学问而无暇感受世界的感伤与感喟,与歌德笔下的浮士德颇为相似。浮士德是一个满腹经纶、长期埋首书斋的老学究,面对即将朽坏的身躯,浮士德深感焦虑和惆怅,滋生了"知识久已使我作呕"的强烈反感和不满。[1] 这是浮士德临衰老之际所爆发的精神危机。魔鬼梅菲斯特洞悉了这种危机,他在引诱浮士德与他签署了以死后灵魂交换生前满足的协定后,引导浮士德服下女巫的灵药,令浮士德年轻了三十岁。重返青春后的浮士德所做的第一件事就是在大街上追逐少女玛加蕾特。[2] 杨绛熟知浮士德的故事,她所塑造的俞斌显然有浮士德的影子。"他推开满书桌乱堆着的政治思想社会问题的世界名著。什么研究!什么著作!他只觉得一对脚尖儿,着了魔似的站立不定,不由自主地想跳舞。"[3]这是《小阳春》起首时对俞斌的描写,从中可以看到浮士德的心态,浮士德的危机。而那个"满脸黑毛"[4]的胡若蕖正是俞斌的玛加蕾特。

从心理危机的角度来看,《小阳春》刻画了一个五十岁的数学教授在深秋回暖时节的深深感伤,杨绛的同名小说则表现了一个四十岁文科学者在同样时节里的短暂躁动。以中国传统观念为标准,五十是知天命之年,四十是不惑之年。按照联合国世界卫生组织提出新的年龄分段,中年是指四十五至五十九岁。因此,人过四十,就开始走向中年。五十开外则是地道的中年。俗语

---

〔1〕歌德:《浮士德》(钱春绮译),上海译文出版社,1989,第103页。

〔2〕歌德:《浮士德》(钱春绮译),第157页。

〔3〕杨绛:《小阳春》,《杨绛文集》第一卷(小说卷),第37页。

〔4〕杨绛:《小阳春》,《杨绛文集》第一卷(小说卷),第41页。

说："人到中年万事休。"所谓"万事休"，不是指一切告终，而是指形貌渐老，血气渐衰，待人处世应当看开看淡，不要呈血气之勇，更不要卷入意气之争。毋庸置疑，人到中年是一个分水岭，在此之前，是绚烂的、明媚的、仿佛挥霍不尽的青春，在此之后，是终将远去的韶华和茫茫来日。

1980年，大陆女作家谌容在《收获》杂志发表中篇小说《人到中年》，轰动一时。小说描写了中年眼科大夫陆文婷因工作、家庭负担过重而病累交加、濒临死亡的故事。当时的评论家一致认为，这部小说客观而真实地展现了一代知识分子的艰难人生和生存困境。事实上，这部小说在反思"文革"后知识分子地位、处境的同时，也隐约显露出对"中年危机"的关注（如表现陆文婷在昏迷中回忆青春与爱情），只是较之杨绛、白先勇的《小阳春》，这一隐含的主题并未得到充分表现。

"中年危机"是指人到中年之后生理及行为上的不适应和心理上的不平衡。在此阶段，人的身体面临老化的威胁，其在家庭与社会中的地位也开始发生微妙变化，由此导致内心矛盾重重，滋生出焦虑、紧张、自卑等情绪。杨绛《小阳春》的开头生动表现出俞博士在小阳春的煦暖中向"中年危机"宣战的不服老心态：

> 其实是秋天，俞斌博士心上只觉得像春天。谁说他老了！四十岁正是壮年有为，他皮底下还流着青年的血。他的兴致，像刚去了盖的汽水瓶里的泡沫，咕嘟嘟直往上冒。[1]

---

[1]杨绛：《小阳春》，《杨绛文集》第一卷（小说卷），第37页。

在杨绛通过小说探究"中年危机"的20世纪40年代,"中年危机"问题尚未引起广泛关注。时至今日,"中年危机"已是全球范围内的热点话题,也是中西方当代文学与影视艺术所关注的心理问题。英国当代作家马丁·艾米斯的《信息》,奥地利当代作家格哈德·罗特的《新的早晨》等小说,以及美国电影《美国丽人》《重返十七岁》等影视作品,均是在表现、演绎和探究"中年危机"问题方面颇具代表性的作品。在当代中国文坛和影视界,刘杰的长篇小说《中年危机》以及据谌容中篇小说名作《人到中年》改编的电视剧《人到四十》,堪称是最具影响力的两部反映中国社会"中年危机"问题的文艺作品。

不少学者在评论以"中年危机"为主题的小说或影视作品时,均以分析心理学创始人荣格(Carl Gustav Jung)对中年心理的解析为理论依据。事实上,荣格虽然最早从心理学角度深刻探究了中年转向问题[1],但"中年危机"这一概念的创造者却是美国心理学家雅克(Elliott Jacques)。1965年,也即荣格逝世后第四年,雅克在《死亡和中年危机》(*Death and the Midlife Crisis*)一文中首次提出了"中年危机"这一概念,意指"成年人意识到人生无常和来日无多的那个时期"("a time when adults realize their own mortality and how much time they may have left in their lives")。[2]

很显然,雅克对"中年危机"的定义受到了荣格学说的直接启

〔1〕Cf. Murray Stein(former president of the International Association for Analytical Psychology), *In Midlife: A Jungian Perspective*, Chiron Publications, NC, 2014.

〔2〕Elliott Jacques, Death and the Midlife Crisis, International Journal of Psycho−Analysis46 (1965): 502 – 514.

迪。荣格认为,自我在前半生的发展集中于外在世界,一个人通过做事、实现目标、形成独立的自我以达到对世界的某种征服或掌握。但到了中年,从三十五岁到四十五岁以后,随着潜意识能量的退缩,成年的自我开始感到疏离和缺乏意义,并体验到一种死亡之感。只有当人格发展到更高的层次,成年的自我才能获得再生。所谓中年转向,即是指成年自我由应对外在世界转而聚焦于内在生活,并弥补在前半生未得到发展的方面。荣格的传人沃西本(Michael Washburn)进而将中年转向视为自我回归到其起源从而走向超越的一个例证。他指出,在前半生,力比多朝外在世界的方向流动,自我从集体潜意识(动力基础)中脱离出来,忙于应付外在世界,导向外在的成就。但到了中年,力比多的外向流动开始衰退,因而从外在焦点撤退,开始流回到源泉或动力基础,自我也转向内部,开始对外在世界失去兴趣,转向自身的主体性和潜意识。这种中年转向是回归到起源,使自我回到其最初的作为动力基础的本源所在。[1]

清代诗人黄仲则在年届中年之时吟咏道:"结束铅华归少作,屏除丝竹入中年。茫茫来日愁如海,寄语羲和快着鞭。"[2]所谓"结束铅华""屏除丝竹",正好体现了由外在世界回归本源、回归真我的"中年转向",而"茫茫来日愁如海,寄语羲和快着鞭",既体现了雅克所谓"中年危机"意识,又包含着沃西本所说的超越意识。杨绛和白先勇的《小阳春》均触及了荣格所谓"中年转向"的问题,樊教授回想自己的前半生,萌生了强烈的"欠缺之感",俞博

〔1〕参阅郭永玉《荣格及其学派与超个人心理学》,《武汉大学学报(人文科学版)》2002年第5期。

〔2〕黄景仁:《两当轩集》(李国章校点),上海古籍出版社,1983,第266页。

士也觉得自己的前半生被外在成就所驱使,被学问和生活所束缚,了无生趣,他们也都试图弥补前半生的缺憾,但是,两人都没有朝着荣格及其传人沃西本所指出的积极方向发展,也没有从外在世界转向生命本源,进而实现自我超越。樊教授寄情于女佣,俞博士则陷入了与女学生的婚外情。他们都没有在人格上转向更高层次,从而实现自我的再生。他们的精神困境更符合雅克所定义的"中年危机"。杨绛在《小阳春》的结尾现身评论说:"十月小阳春,已在一瞬间过去。时光不愿意老,回光返照地还在挣扎出几天春天,可是到底不是春天了。"[1]这段话形象诠释了雅克所说的"人生无常""来日无多"的中年意识和中年心境。

三 "残忍"与不忍:"中年危机"主题的不同叙事心态

白先勇是唯美的文学家,也是残酷的天才。在他的小说中,萦绕着生命的悲感与死亡的阴影。据台湾学者施懿琳统计,在白先勇三十七篇作品中叙及死亡的有二十五篇,占了百分之六十七强,死亡人物则多达四十八人。[2] 令人印象深刻的有玉卿嫂将出轨恋人庆生割颈后自杀,孽子阿凤被同性恋人龙子一刀夺命,放荡一生的"谪仙"李彤自沉威尼斯,失恋丧母的吴汉魂自沉密歇根湖,还有《那片血一般红的杜鹃花》中的男佣王雄,《花桥荣记》

---

〔1〕杨绛:《小阳春》,《杨绛文集》第一卷(小说卷),第41页。
〔2〕施懿琳:《白先勇小说中的死亡意识及其分析》,《台湾的社会与文学》(龚鹏程编),东大图书公司,1995,第195—234页。

中的国文老师卢先生,《永远的尹雪艳》中的企业老总徐壮图,或跳海自杀,或溺毙于水沟,或被手下发狂刺死,都不得善终。

从白先勇的众多死亡叙事中,可以感受到作者内心深处浓烈的死亡意识,以及在这种死亡意识背后对于人生不完美的悲感体验和月满则亏的无常感。白先勇感叹说:"美的东西不长存,一下子就会消失,人也如是,物与风景也如是。"〔1〕的确,流年似水,好花不常,人人渴望留住的青春、至亲与生命,终将一一逝去。此外,人的一生中充满了不确定性的因素,也难免矛盾纠葛,甚或剧烈的冲突,而且,冲突不一定能和解,矛盾纠葛也不一定能化解,跌宕起伏的情节,不一定会有大团圆的结局。

白先勇是清醒的智者,他洞悉了人生的无常、人生的不完美,洞悉了人性的弱点、人生的无奈,也深刻地认识到,人类社会或大或小的矛盾冲突不一定以和解告终。他的一系列小说,虽然风格华丽诗意,却毫不留情地揭开了温情脉脉的面纱,将人生的无奈无常,尤其是人生的残酷性,赤裸裸地展现在读者面前,一再地给人以震惊体验。对渴望在审美世界里寻求慰藉、寄托梦想的人来说,对希求诗性正义和大团圆结局的人来说,他不但是清醒的,也是残忍的。

与白先勇形成对照,杨绛虽然也是深知人生三昧的智者,但她不忍直面惨淡的人生,也不忍血淋淋地揭示人生的残酷性。她的小说虽然深刻表现了人生的困境、人性的弱点和人与人之间的矛盾纠葛,却常常以妥协、和解或称心如意的大团圆结局收场。

〔1〕蔡克健:《同性恋,我想那是天生的! ——PLAYBOY 杂志香港专访白先勇》,白先勇《树犹如此》,广西师范大学出版社,2015,第341页。

她的《小阳春》与白先勇的同名小说同样表现"中年危机"、婚姻危机，却以俞博士的迷途知返而告终，其间没有剧烈的冲突，更无死亡的阴影和深重的罪感，一出极可能出现的家庭悲剧被轻描淡写地转化为不乏戏谑意味的轻喜剧。

白先勇的《小阳春》则不但没有将人物之间的矛盾加以化解，也没有将"中年危机"、婚姻危机加以消解，反而以沉痛的笔触，描述了矛盾的深化、危机的深化，以及主人公的挣扎和沉沦。

从小说内容可见，樊教授与樊太太的矛盾与隔阂主要肇因于信仰上的对立。樊太太素琴笃信天主教，认为人类都有罪，但樊教授不认为自己有罪，作为数学教授，他从骨子里排斥素琴所信仰的天主或上帝。这就意味着，樊氏夫妇的失和，并非基于一般意义上的情感隔阂，而是基于科学与宗教的对立。此后，由于他们的独生女丽丽被烧死，两人的婚姻关系到了崩溃的边缘。丽丽是樊教授失败人生中的唯一慰藉，她踮起脚嫩稚稚叫他不许皱眉头的场景，是他永难忘怀的温暖记忆。

丽丽的惨死令樊教授痛不欲生，他发誓要惩罚樊太太，要让她一辈子良心不得安宁。在这样一种悲恸与愤恨交织的心理状态中，本就因事业失败、理想破灭而深陷"中年危机"的樊教授走向了沉沦。他把魔爪伸向了女佣阿娇。小说中对樊教授性侵阿娇的描写，采用了意识流手法，也即是通过阿娇的模糊回忆加以表现，婉曲而隐晦。但阿娇的心理独白——"我早就该杀了他去了，那头脏猪！"[1]，却无情地暴露了真相。白先勇以他迥异于杨绛的彻底而残酷的叙事心态，剥去了最后一道面纱，深刻揭示了

〔1〕白先勇：《小阳春》，白先勇《寂寞的十七岁》，第160页。

人性恶。这种人性恶的根源，是人类与生俱来的本能和欲望。基督教和天主教所谓"原罪"，其实就是人类非理性原欲的象征。

从欲望的破坏性、毁灭性这个意义上说，人类确实是有罪的，也确实有救赎的必要。但是，白先勇的《小阳春》并没有达到陀思妥耶夫斯基《罪与罚》那种穷究罪与罚、罪与赎主题的深度和力度，它只是写出了樊教授的多重痛苦，以及最后的沉沦。因此，这篇小说只能算半截的《罪与罚》。

白先勇在回应法国《解放报》"你为何写作"这个问题时说，"我之所以创作，是希望把人类心灵中的痛楚变成文字"（英文原文是："I wish to render into words the unspoken pain of the human heart."）。[1] 2000 年，他在面对香港中学生的一次讲座中对此解释说：

> 我认为，有很多事情，像痛苦、困境等，一般人可能说不出来，或者说得不好，但作为文学家，比一般人高明的地方，就是用文字把人的内心感受写出来，而且是写得好。我们看了文学作品后，往往会产生一种同情，这个很重要。没有人是完美的，完美只是一种理想。文学作品就是写人向完美的路途上去挣扎，在挣扎的过程中，失败的多，成功的少，但至少是往这一方面走。我想文学是写这一个过程，写一个挣扎，让我们看了以后，感到这种困境，产生同情。[2]

---

〔1〕蔡克健：《同性恋，我想那是天生的！——PLAYBOY 杂志香港专访白先勇》，白先勇《树犹如此》，第 345 页。

〔2〕白先勇：《我的创作经验》，白先勇《树犹如此》，第 137—138 页。

很显然,白先勇的创作观与他的人生哲学是不可分割的。他深刻地意识到了人的不完美,人生的不完美,以及由这种不完美所衍生的痛苦与困境。他同时冷峻地指出,人类试图走向完美的过程,是一个挣扎的过程,而且通常以失败告终。白先勇对文学功能和创作意义的认识正是基于他对人生的悲感体验和他对人类内心挣扎与失败命运的深刻体认。对白先勇来说,文学不是歌功颂德的工具,不是怡情悦性的消遣,不是激励人心的说教,也不是外在现实的镜像,而是人类内心痛楚和挣扎的诗化呈现。作为作家,既应是人类痛苦的代言人,也应是揭示人类困境、激发同情悲悯的哲人。

的确,很多人的内心都有难言之怆、未言之痛(unspoken pain),很多人在寻求完美的过程中经历了挣扎和失败,但是,人类的天性是喜欢炫耀自己的成功,表现自己的喜悦,而不愿在人前诉说自己的失败和痛苦。然而,人性的弱点、生命的无常和人生的不完美注定了罪恶、痛苦和失败的不可避免,而且,从终极意义上来说,再值得留恋的人生都不免寂灭的宿命,再优秀、再幸运的人都难逃由盛而衰的终局,因此,就算是满怀乐观主义、自以为完美的人,也终有一天会萌生樊教授式的"欠缺之感",如果更进一步参悟到修短随化、世事无常,就会滋生超越个人得失悲喜的宗教式悲慨。从这个意义上说,悲感体验实质上是对人生本质的觉悟。

白先勇在初试啼声的少作如《金大奶奶》《青春》《月梦》中即已流露出远超同龄人的悲感体验。而深入揭示人类内心的痛苦,深刻揭示人类的困境,真切表现人性的挣扎,是他一以贯之的创作倾向。《小阳春》也不例外。这篇小说以表现"中年危机"、婚姻危机为切入点，揭示了樊教授的失落、挣扎与沉沦，将他的内心痛楚变成文字，令人心生同情和悲悯。

与白先勇相较，杨绛虽不是"残酷的天才"，却也不是浪漫主义的闺阁作家。杨绛的小说大都取材于大学生和知识分子的日常生活。这些作品看起来是象牙塔里的故事，却表现出象牙塔外的清醒。[1] 杨绛洞悉了人情冷暖，人性弱点，以及人际关系的复杂，她的小说大多以人与人间的矛盾纠葛为叙事动机，细腻揭示了人生的困境、缺憾以及社会的病态，例如《璐璐，不用愁！》里璐璐的失恋，《"大笑话"》里陈倩的被算计，《"玉人"》里郝志杰、田晓夫妇的误会与争执，《鬼》故事里贞姑娘的孤苦挣扎，《洗澡》里许彦成、姚宓的婚外情以及一众知识分子在思想改造运动中的相互倾轧。显而易见，杨绛并不是一个沉浸在书斋雅趣或田园诗意中的造梦者，而是一个对世间的苦难与人生的不完美有着深刻洞察的智者和叙事者。在这一点上，杨绛和白先勇是相通的。两者的区别在于，白先勇是陀思妥耶夫斯基式的"残酷的天才"[2]，他对罪恶和痛苦的揭示锐利、彻底，并且常常诉诸死亡叙事；杨绛则是托尔斯泰式的清醒的博爱主义者，她深刻认识到了人性恶，也深刻认识到了生活的复杂与现实的残酷，但她的温和心性令她不忍血淋淋地解剖人生，也不忍令她的读者感到失望以致绝望，而

---

〔1〕杨绛不是一个多产的小说家，她留存世间的小说仅有九篇，包括短篇小说《璐璐，不用愁！》《小阳春》等七篇，以及长篇小说《洗澡》及其续集《洗澡之后》。

〔2〕白先勇在评论《卡拉马佐夫兄弟》时介绍说："我念大学的时候，在研读过的西洋文学书籍中，可能陀思妥耶斯基的《卡拉马佐夫兄弟》这本小说，曾经给了我最大的冲击与启示。……西方文学的深刻处在于敢正视人类的罪恶，因而追根究底，锲而不舍。看了《卡拉马佐夫兄弟》，'恐惧与悲悯'不禁油然而生。恐惧，因为我们看到人竟是如此的不完美，我们于是变得谦卑，因而兴起相濡以沫的同情。"（见 1998 年 7 月台湾《联合文学》第 4 卷第 9 期《白先勇评〈卡拉马佐夫兄弟〉：恐惧与悲悯的净化》）

她的源自亲情、母爱的博爱与同情，又令她致力于寻求和解与宽恕。因此，尽管杨绛的小说大多描述困境、缺憾、矛盾、纠葛，却多以矛盾的化解、人与人的和解或意外的惊喜收尾。

笔者以为，所有小说、戏剧或影视的结局不外乎大团圆、小团圆、不团圆三种。大团圆是善有善报、恶有恶报、正面人物得偿所愿的圆满结局，如各种喜剧或正剧；小团圆是有缺憾的团圆或失落中有所补偿，如《长生殿》《复活》《倾城之恋》；不团圆是主要人物的毁灭、失败或人物命运未知，如各种悲剧以及多数现代派小说。照此标准，白先勇的小说多为不团圆的结局，而杨绛的小说、戏剧则多为大团圆或小团圆的结局。杨绛的喜剧《称心如意》就是典型的大团圆结局。《洗澡》这部小说所表现的许姚之恋本来是不团圆的结局，但在《洗澡之后》，由于许太太杜丽琳意外出轨，许姚之恋的心理障碍和现实障碍均被扫除，原有的难题和矛盾也彻底化解，原本的不团圆转变成了有情人终成眷属、两代人永叙天伦的大团圆。杨绛在《洗澡之后》的前言中交代了创作心路：

> 我特意要写姚宓和许彦成之间那份纯洁的友情，却被人这般糟蹋（意指有人误解为偷情，——笔者按）。假如我去世以后，有人擅写续集，我就麻烦了。现在趁我还健在，把故事结束了吧。这样呢，非但保全了那份纯洁的友谊，也给读者看到一个称心如意的结局。[1]

---

〔1〕杨绛：《洗澡之后》前言，人民文学出版社，2014，第1—2页。

这段自白虽只是针对《洗澡之后》而发，却彰显了杨绛固有的创作心态。许姚之间明明是"偷情"，但杨绛却不忍正视、不忍揭破，而是以"纯洁的友谊"将其美化或虚化。对于读者，杨绛同样心怀不忍，她要给他们看到"称心如意的结局"。这样的创作心态比较接近沈从文。沈从文在小说《长河》的题记中说：

> 在分析现实，所以忠忠实实和问题接触时，心中不免痛苦，唯恐作品和读者对面，给读者也只是一个痛苦印象，还特意加上一点牧歌的谐趣，取得人事上的调和。……尤其是叙述到地方特权者时，一支笔即再残忍也不能写下去，有意作成的乡村幽默，终无从中和那点沉痛感慨。[1]

和杨绛一样，沈从文也很照顾读者的观感和承受力，不忍心带给读者痛苦印象。因此，当他在分析现实、揭示问题的时候，虽然内心沉痛，却克制住"残忍"的笔，特意加上牧歌谐趣和乡村幽默，以取得人事上的调和。杨绛在《洗澡之后》有意安排许姚之恋的"障碍"——许太太杜丽琳出轨，从而使有情人终成眷属，也使母女分居、婚姻不谐等矛盾与困境俱得圆满化解，即是沈从文式的调和人事，表现出温厚老人对这个世界的期许与祝福。她的《小阳春》虽然写于早期，却同样以人事上的调和结束了一场由"中年危机"引发的婚姻危机，与白先勇的"残忍"书写迥异其趣。然而，和解主义的思维固然美好，却使杨绛以及同类型的沈从文等作家对人性恶和现实矛盾的揭示和反思不能彻底，也就无法达

---

〔1〕沈从文：《长河》题记，《沈从文选集》第五卷（文论），四川人民出版社，1983，第236页。

到陀思妥耶夫斯基、卡夫卡、帕斯捷尔纳克的高度,也不如白先勇的小说更能引发痛切的反思。

杨绛与英国文学的关系
——以小说艺术的对话为中心

　　作为作家,杨绛受到了从弥尔顿(Milton)的诗歌直至柯南道尔(Conan Doyle)的侦探故事等英国文学的影响[1];作为学者,杨绛对英国文学有一定的研究,她对菲尔丁(Fielding)、萨克雷(Thackeray)、奥斯丁(Austen)等18世纪、19世纪英国小说家的评论,是其文论中的重要构成部分;作为翻译家,杨绛翻译过《一九三九以来英国散文作品》(商务印书馆1948年出版)及一些英文诗文,最著者为译自19世纪英国诗人蓝德(Landor)的《我和谁都不争》(*I Strove with None*)。此外,1935年9月至1937年8月,她曾随获庚款资助出国留学的钱锺书于牛津大学自学两年,系统阅读了乔叟(Chaucer)以降的英国经典文学[2]。因此,无论从杨绛研究的角度,还是从中西文学关系史的角度,杨绛与英国文学的

---

〔1〕吴学昭:《听杨绛谈往事》,三联书店,2008,第108—110页。
〔2〕吴学昭:《听杨绛谈往事》,第106页。

关系都是一个重要问题。

2006年3月，杨绛接受《文汇读书周报》的电话采访，扼要介绍了她和英国文学的渊源，是非常珍贵的原始材料，但未引起足够重视[1]。这篇简短的访谈录有三个要点：一是说明了学习、研究英国文学的经历。杨绛指出，她在牛津大学虽不是正式学生，但作为"补课"，她跟着钱锺书读了很多英国文学作品，回国后继续阅读，包括向藏书甚富的邵洵美借阅。20世纪五六十年代她研究英国作家菲尔丁、萨克雷，是因为有研究项目。评论奥斯丁的小说艺术是改革开放以后的事，那个时候人们都写文章赞扬夏洛蒂·勃朗特（Charlotte Brontë）的《简·爱》，同时批评奥斯丁，杨绛感到不服气，因而撰文阐述奥斯丁到底"有什么好"[2]。二是说明了她对英国作家的好恶。杨绛表示，她"很喜欢"艾略特（Gorge Eliot）、奥斯丁，后者论思想性不如艾略特有分量，但文笔轻灵、活泼，塑造人物鲜活，令人过目不忘，相比之下她"不喜欢"夏洛蒂·勃朗特，因为《简·爱》不是纯粹的创作，有大量个人的影子在其中[3]。三是点明了她的小说艺术观，杨绛强调，"好小说一定得塑造鲜明的人物，一定要有生动的情节"，而且最好不要有作者的影子。[4]

杨绛的自述对系统探究她和英国文学的双向关系——她对

---

[1] 2006年后发表的几篇触及杨绛与英国文学关系的代表性论文如许江《福尔摩斯与奥斯丁——重读杨绛的小说》（《文学评论》，2015年第3期），于慈江《取法经典阅世启智——杨绛的小说写作观念》（《中国现代文学研究丛刊》，2013年第1期），均未提及此次电话采访的内容。

[2] 毕冰宾：《杨绛：撤消一次采访的理由》，《文汇读书周报》，2006年3月31日。

[3] 同上。

[4] 同上。

英国文学的研读评论,英国文学对她的创作尤其是小说艺术的影响——是重要指南。笔者拟在前人研究的基础上[1],着重探讨杨绛对菲尔丁"滑稽史诗"理论的阐发,萨克雷的非英雄化叙事模式对杨绛的影响,杨绛与奥斯丁的内在契合,以及杨绛对注重故事性及人物情节的生动逼真的"前现代小说"的辩护,以阐明杨绛与英国文学的核心关联及其小说艺术观的本质。

一　杨绛对菲尔丁"滑稽史诗"理论的阐发

菲尔丁是英国 18 世纪卓具影响力的小说家、戏剧家,他在英国近代文学史上具有重要地位。英国当代著名文学理论家伊格尔顿(Terry Eagleton)的文论名著《文学理论概论》(*Literary Theory: An Introduction*)第一章《英文的兴起》(*The Rise of English*)首先

---

〔1〕迄今为止,在杨绛小说艺术研究或杨绛与英国文学关系研究这两个方面,主要的论著为于慈江《杨绛,走在小说边上》(世界图书出版公司,2014),主要论文有:龚刚《"中年危机"叙事的早期范本——杨绛、白先勇同名小说〈小阳春〉比较分析》(《扬子江评论》,2017 年第 4 期);梅珠迪《杨绛小说中的自欺与自知》(收入雷勤风主编《中国的文学世界主义者:钱锺书、杨绛和文学世界》,荷兰博睿出版公司,2015);许江《福尔摩斯与奥斯丁——重读杨绛的小说》(《文学评论》,2015 年第 3 期);于慈江《取法经典　阅世启智——杨绛的小说写作观念》(《中国现代文学研究丛刊》,2013 年第 1 期);徐岱《大智慧与小文本:论杨绛的小说艺术》(《文艺理论研究》,2002 年第 1 期);白草《杨绛的小说理论》(《朔方》,2001 年第 1 期);林筱芳《人在边缘——杨绛创作论》(《文学评论》,1995 年第 5 期)等。美国明尼苏达大学杰西(Jesse L. Field)在其完成于 2012 年的博士学位论文《描写中国的生活:杨绛个案》中指出,"中国之外的学者对杨绛的作品关注不足"。事实上,在海外较有影响的杨绛作品是《干校六记》,《纽约时报》(2016 年 5 月 26 日)在杨绛逝世后所作报道《杨绛逝于 104 岁》一文中,重点提到的作品仅有《干校六记》;早在 1984 年 11 月 25 日,该报就已刊出署名文章介绍《干校六记》(作者为 Judith Shapiro)。概而言之,相对海外反响的较为冷清,国内学者的杨绛研究成果已相当丰硕,但是,目前尚无系统考察杨绛与英国文学的核心关联并揭示杨绛"前现代"小说美学立场的专论。

介绍了英国18世纪的文学概念(the concept of literature),他提到
的第一个代表性作家就是菲尔丁,伊格尔顿指出:

> 在18世纪的英国,文学这一概念不同于今天所谓"创
> 造性"或"想象性"写作。它涵盖了社会生活范围内所有受
> 到重视的写作形式:哲学、史学、散文、书信,当然包括诗歌。
> ……文学不是"主观体验""个人反应"或"独到想象",这些
> 对我们当代人来说与文学这个概念密切相关的要素,并不
> 是亨利·菲尔丁所格外重视的。[1]

的确,菲尔丁是一个非常重视文学的社会意义和批判教育功
能的作家,他推崇史诗般的纪实和喜剧般的讽刺,所以在现实主
义文论领域受到广泛重视,萧乾于1984年出版的《菲尔丁——英
国现实主义小说奠基人》即是中国学界从现实主义角度高度肯定
菲尔丁文学史地位的代表作。菲尔丁最早被介绍到中国是在五
四时期。1920年,正在美国留学的吴宓发表《红楼梦新谈》,引用
哈佛大学菲尔丁研究学者G. H.麦格纳迪尔在《汤姆·琼斯》导言
中提出的小说杰作的六大特点来评论《红楼梦》:宗旨正大、范围
宽广、结构严谨、事实繁多、情景逼真和人物生动[2]。此文令国
人初步了解了菲尔丁。1954年适逢菲尔丁逝世两百周年,世界和
平理事会把他定为当年纪念的四大世界文化名人之一。当时的

---

〔1〕Terry Eagleton, *Literary Theory: An Introduction* (*Second Edition*), Minneapolis: The University of Minnesota Press, 1998, pp. 15—16.

〔2〕吴宓:《红楼梦新谈》,《中国比较文学研究资料(一九一九—一九四九)》,北京大学出版社,1989,第306页。

苏联学术界对菲尔丁评价很高,甚至发行了菲尔丁纪念邮票。受苏联影响,我国也举办了隆重的纪念活动。10月27日,在北京青年宫举行了纪念大会,老舍主持大会,郑振铎作了"纪念英国伟大的现实主义作家菲尔丁"的主题报告。当时我国仅有的两家全国性文学杂志都发表了译文和纪念文章。《人民文学》1954年第6期刊登了潘家洵译的《汤姆·琼斯》第三卷和萧乾的读书札记《关于亨利·菲尔丁》;《译文》杂志1954年10月号发表了萧乾译、潘家洵校的《大伟人魏尔德传》第四卷[1]。时任社科院外文所研究员的杨绛正是在这种背景下展开菲尔丁研究,并于1957年在《文学研究》(《文学评论》前身)第2期发表了五万字左右的长篇论文《菲尔丁在小说方面的理论和实践》。该文以菲尔丁的滑稽小说理论为主轴,探讨了他的小说艺术观和创作实践,是中国菲尔丁研究领域里程碑式的重要论文。该文经删改修订,以《菲尔丁关于小说的理论》为题,先后收入杨绛本人审定的《杨绛文集》(人民文学出版社2004年版)和《杨绛全集》(人民文学出版社2014年版)。

　　杨绛在文中指出,虽然文学史家公认菲尔丁是英国小说的鼻祖,但历来文学史家忽视了菲尔丁本人的"滑稽史诗"的观念。杨绛认为:"菲尔丁的小说理论,简单来说,无非把小说比做史诗(epic)。"[2]我们知道,史诗是长篇叙事诗,叙述英雄的业绩和漂泊历程,其特点是以诗的形式进行宏大的历史叙事。以小说比附史诗,表明了以史为据且偏爱宏大叙事的创作立场,也表明了在

---

　　〔1〕韩加明:《菲尔丁在中国》,《四川外语学院学报》,2006年7月,第22卷第4期。
　　〔2〕杨绛:《菲尔丁关于小说的理论》,《杨绛文集》第4卷,人民文学出版社,2004,第239页。

菲尔丁的时代,小说的地位并不高[1],所以需要攀附史诗这种崇高的文体以自高身价,犹如清代学者章学诚以史学攀附经学以提升史学的地位。不过,菲尔丁并不想创作崇高悲壮但远离时代的英雄史诗,他感兴趣的是能够揭示 18 世纪扰攘动荡的英国社会现状尤其是其弊端的喜剧性史诗,而且在体例上不愿意受到诗体与古典韵律的束缚。菲尔丁本人将其小说称为"散文体的滑稽史诗"或"滑稽小说",并阐明其性质说:

> 滑稽小说就是喜剧性的史诗,写成散文体。……它和悲剧性的史诗比较起来,在故事和人物方面都有差别。一边的故事严肃正经,一边轻松发笑;一边的人物高贵,一边的地位低,品格也较卑微。此外,在思想情感和文字方面也有不同:一边格调崇高,一边却是滑稽的。[2]

正如塞万提斯创作《堂吉诃德》是为了唤醒骑士小说这种传奇叙事带给世人的迷梦,菲尔丁提倡史诗性叙事也是针对当时流行的传奇小说,在他看来,这类小说脱离人生真相,既没有教育意义,又没有趣味,好的小说"都该在趣味中搀和教训"[3]。换言之,小说应该有趣,但不能徒以滑稽取悦读者,所以还应给人以教益。他要"尽滑稽之能事,笑得人类把他们爱干的傻事坏事统统

---

〔1〕Kathleen Tillotson, *Novels of the Eighteen-Forties*, Oxford: Clarendon Press, 1954, pp. 17—20.

〔2〕杨绛:《菲尔丁的小说理论》,《春泥集》,上海文艺出版社,1979,第 72 页。《菲尔丁关于小说的理论》,《杨绛文集》第 4 卷,第 242 页。

〔3〕杨绛:《菲尔丁关于小说的理论》,《杨绛文集》第 4 卷,第 257 页。

改掉"[1]。杨绛总结说,菲尔丁写小说的宗旨"就是要兼娱乐和教诲,在引乐取笑之中警恶劝善"[2]。以这一认识为指南,杨绛从模仿对象、取材范围、小说的目的、小说家必备的条件、史诗与传记的区别等多个角度全面解析了菲尔丁的"滑稽史诗"理论和创作实践,厘清了菲尔丁小说理论的渊源和脉络,并阐明了菲尔丁小说理论的实质[3]。

杨绛指出,菲尔丁的小说理论的主体就是引用亚里士多德的《诗学》理论[4]。的确,对照菲尔丁关于滑稽小说性质的论述和作为蓝本的《诗学》中的相关论述可见,菲尔丁关于滑稽小说与悲剧性史诗之别等观点明显受到了亚里士多德的影响,更重要的是,菲尔丁显然是以亚里士多德所谓喜剧作家自居,这是亚里士多德诗学理论对于菲尔丁的主导性影响[5]。喜剧作家不同于悲剧作家,他们不写"高尚的人""伟大的事",而是以"卑微的人物和事情"为描写对象,借以展现人性的真实和人的不完美,其创作基调是"讽刺"而非"歌颂"或神化[6]。菲尔丁的代表作《汤姆·琼斯》就是"喜剧性的史诗"也即"滑稽小说"的典型。

不过,诚如杨绛所言,菲尔丁的小说艺术观固然主要源自亚里士多德,但也受到了倡导"临摹活的范本""写来有趣动人"的

---

〔1〕杨绛:《菲尔丁关于小说的理论》,《杨绛文集》第 4 卷,第 257 页。

〔2〕杨绛:《菲尔丁关于小说的理论》,《杨绛文集》第 4 卷,第 258 页。

〔3〕于慈江:《杨绛,走在小说边上》第三章第三节《小说何为——杨绛纵谈"英国小说之父"菲尔丁及其小说》(第 58—105 页)对杨绛的菲尔丁论有详尽解说。笔者主要聚焦于杨绛对菲尔丁小说理论与亚里士多德《诗学》理论之渊源关系的梳理,借以呈现杨绛对"滑稽史诗"理论核心精神的理解。

〔4〕杨绛:《菲尔丁关于小说的理论》,《杨绛文集》第 4 卷,第 241 页。

〔5〕杨绛:《菲尔丁关于小说的理论》,《杨绛文集》第 4 卷,第 243 页。

〔6〕同上。

贺拉斯、塞万提斯等人及主张"贴合人生真相""人物性格适当"的法国 17 世纪古典主义批评家的影响[1]，并有自己的发挥和新见。杨绛指出，菲尔丁的严格按自然描摹人物的理论就是他自己的见解，和《诗学》的主张有显著的不同。《诗学》"泛说艺术创造人物，有的比真人好，有的比真人坏，有的恰如真人的分。接着各举例子，说荷马的人物就比真人好。喜剧的人物总描摹得比真人坏，悲剧的人物总描摹得比真人好"[2]。与此形成对照，菲尔丁虽然写的是喜剧性人物，"但是他并不赞成把他们描摹得比真人坏；他只取一个方法：如实描摹得和真人一样"[3]。所谓"描摹得和真人一样"，就是严格按自然描摹人物，不美化，不丑化，不夸张，这和《诗学》所谓虚构人物可优于或劣于真人的观点确有不同。

此外，菲尔丁主张，小说家虽不是叙述实事，却应该把故事讲得贴合人生真相，仿佛实事一般，因此，小说家在选取题材时需遵守两条规律："（一）不写不可能（impossible）的事；（二）不写不合情理（improbable）的事。"[4]杨绛指出，菲尔丁以上看法也是他自己的见解，跟《诗学》和法国 17 世纪古典主义批评家的理论略有不同："《诗学》以为史诗可以叙述不可能、不合理的事；只要叙述得好，听众也会相信。勒·伯需以为听众如果已经准备着要听奇事，故事略为超出情理也不妨。"[5]从西方文明进程的历史背景

　　〔1〕杨绛：《菲尔丁关于小说的理论》，《杨绛文集》第 4 卷，第 261、251、253、250 页。
　　〔2〕亚里士多德：《诗学》，中译文见杨绛《菲尔丁关于小说的理论》，《杨绛文集》第 4 卷，第 248 页。
　　〔3〕杨绛：《菲尔丁关于小说的理论》，《杨绛文集》第 4 卷，第 248 页。
　　〔4〕杨绛：《菲尔丁关于小说的理论》，《杨绛文集》第 4 卷，第 251 页。
　　〔5〕杨绛：《菲尔丁关于小说的理论》，《杨绛文集》第 4 卷，第 252—253 页。

来看,菲尔丁摒弃"神怪因素"的创作观是文艺复兴运动以来人文主义精神与理性精神的体现,他的关注点是真实的人和真实的事,而不是浪漫传奇或神话传说,用他自己的话说,他的题材无非"人性"(human nature)[1],而作为作家,需有"爱人类的心"(humanity)[2]。但是,菲尔丁虽然着眼于再现现实人生和人性的真实,反对神奇怪诞的故事,却又明确表示,"他的小说不是枯燥乏味的历史,他不是写家常琐屑的人和事,他写的是奇情异事"[3]。既摒弃"神怪因素",又推崇"奇情异事",这两种主张貌似对立,却又辩证统一,恰恰是菲尔丁的高明之处,也是其超越《诗学》和法国古典主义文论之处。人生如梦,世事如棋,离奇的人物和事件多有,但离奇不等于虚妄,不等于臆想,更不等于背离人性之真,所以菲尔丁认为:"小说家果然只写真实的事,也许写得离奇,绝不会不合情理。"[4]他进而主张,"若写得入情入理,那就愈奇愈妙"[5]。这种尚奇而重情理的小说叙事观是菲尔丁对自身创作经验的总结,也是对现实主义小说创作的重要指南。

综观杨绛对菲尔丁小说理论的诠释,她通过系统考察后者散见于小说的献词、序文和《汤姆·琼斯》每卷第一章里的小说艺术观和小说创作观,条理清晰地揭示了菲尔丁"滑稽史诗"理论尚写实、重情理,既摒弃不合人生真相的传奇叙事又主张借助卑微人

---

〔1〕杨绛:《菲尔丁关于小说的理论》,《杨绛文集》第4卷,第254页。
〔2〕杨绛:《菲尔丁关于小说的理论》,《杨绛文集》第4卷,第260页。
〔3〕杨绛:《菲尔丁关于小说的理论》,《杨绛文集》第4卷,第250—251页。
〔4〕杨绛:《菲尔丁关于小说的理论》,《杨绛文集》第4卷,第252页。
〔5〕同上。

物的奇情异事以逗乐劝善的核心精神[1]，不仅有助于认清菲尔丁的小说创作倾向，也对她本人的后期小说创作产生了明显影响。她在1957年发表了《菲尔丁在小说方面的理论和实践》一文之后撰写的第一篇小说《"大笑话"》就是一部兼具讽刺性和趣味性的"滑稽小说"。小说描写20世纪30年代一群知识分子的太太在家属大院温家园里，过着衣食无忧而百无聊赖的生活。随着寡妇陈倩的忽然出现，园子里的表面平静被打破。善妒而工于心计的朱丽设下骗局，令心地单纯的陈倩和号称"不仅怕自己的老婆，谁家老婆他都怕"[2]的林子瑜陷入偷情陷阱，从而制造出"要抢人家情人，给偷掉了自己的丈夫"的"大笑话"[3]。整部小说以细腻诙谐的写实手法，借助非传奇性的"奇情异事"，将民国时期那些仰赖丈夫度日、貌似富贵实则卑微的知识分子太太的空虚内心与猥琐面目，表现得入木三分，在令人发噱的同时，也引人警醒，这正是菲尔丁所谓"尽滑稽之能事，笑得人类把他们爱干的傻事坏事统统改掉"的警戒作用。此外，创作于《"大笑话"》之后的《"玉人"》，也是一个滑稽故事，也同样在引乐逗笑之中，蕴含着对人性弱点的反思。

　　加拿大汉学家雷勤风（Christopher Rea）认为，杨绛和钱锺书作品中"那些轻喜剧笔调的、写中国人历史创伤的作品"，对"现代文学的人文主义"来说具有重要意义[4]。的确，杨绛笔下的滑稽

---

〔1〕《洗澡》《洗澡之后》英译者梅珠迪认为，杨绛通过综合考察菲尔丁的小说论，发展了他的观点。（Christopher Rea（ed.），*China's Literary Cosmopolitans：Qian Zhongshu，Yang Jiang，and the World of Letters*，Leiden／Boston：Brill，2015，p67）

〔2〕杨绛：《"大笑话"》，《杨绛文集》第1卷，第65页。

〔3〕杨绛：《"大笑话"》，《杨绛文集》第1卷，第105页。

〔4〕见上海《文汇报》新闻稿《〈译丛〉秋季号将刊杨绛作品英译》，2011年7月25日。

故事和菲尔丁的滑稽小说一样,在喜剧性逗乐风格的背后是深厚的人文关怀。关于这一点,下文还会论及,兹不赘述。

二　萨克雷的"非英雄"小说对杨绛的影响

杨绛是 20 世纪 40 年代崭露头角的女作家。2003 年,92 岁高龄的她自述其创作心路历程说:

> 我当初选读文科,是有志遍读中外好小说,悟得创作小说的艺术,并助我写出好小说。但我年近八十,才写出一部不够长的长篇小说;年过八十,毁去了已写成的二十章长篇小说,决意不写小说。至于创作小说的艺术,虽然我读过的小说不算少,却未敢写出正式文章,只在学术论文里,谈到些零星的心得。[1]

从这段自述可见,杨绛早年的志向是做一个小说家,而不是学者或翻译家。她遍读中外好小说的目的是洞悉小说艺术的奥妙,以助其写出好小说。在她广泛阅读的中外小说名著里,英国小说占了较大比例,从菲尔丁的《汤姆·琼斯》《约瑟夫·安德鲁斯》《阿米丽亚》(现译《阿米莉亚》)、司各特的传奇小说、萨克雷的《名利场》、夏洛蒂·勃朗特的《简·爱》、奥斯丁的《傲慢与偏见》《诺桑觉寺》直至劳伦斯的《儿子与情人》《羽蛇》等。从杨绛

---

〔1〕杨绛:《杨绛文集·作者自序》,《杨绛文集》第 1 卷,第 2 页。

一生所创作的包括7篇短篇小说、1部长篇小说《洗澡》及其续集《洗澡之后》等为数不多的小说作品可见,英国18世纪、19世纪的小说家对她产生了相当明显的影响,其优雅的知性书写俨然是英国淑女型作家的中国化身。她自谦说,她仅在学术论文里,谈到些小说创作的"零星心得"。事实上,她对菲尔丁以及萨克雷、奥斯丁等英国小说家的评论,不仅是学者对作家的叩问,也是作家与作家的对话:在探讨别人的小说理论和创作艺术的过程中,既以自身的创作经验与其相印证,也逐步确立起自身的小说艺术观,并自觉地应用于后来的写作。

如上节所论,杨绛对菲尔丁小说理论核心精神的探究对其《"大笑话"》等小说产生了明显影响,本节将进一步探讨杨绛对萨克雷《名利场》的艺术特点的领悟和评论,以及对其后期创作尤其是长篇小说《洗澡》的深刻影响。

《名利场》的副标题是《没有英雄的小说》(*A Novel without a Hero*),这也是最初的书名。杨绛指出:"对于这个副题有两种解释。一说是'没有主角的小说',因为不以一个主角为中心;……另一说是'没有英雄的小说',英雄是超群绝伦的人物,能改换社会环境,这部小说的角色都是受环境和时代宰制的普通人。两说并不矛盾,可以统一。"[1]从英国文学史可见,萨克雷非常欣赏菲尔丁,他称赞后者能把真实人性的好坏两面表现出来,又对《汤姆·琼斯》的结构称赏有加[2],因此,萨克雷的非英雄化叙事应该是受到了菲尔丁的影响。前文已指出,菲尔丁以喜剧作家自

---

[1]杨绛:《论萨克雷〈名利场〉》,《杨绛文集》第4卷,第224—225页。

[2]杨绛:《论萨克雷〈名利场〉》,《杨绛文集》第4卷,第226—227页,第231页。

居,不写"高尚的人""伟大的事",而是以"卑微的人物和事情"为描写对象,其小说主调是讽刺而非赞颂。这种小说创作观念以及与之相应的创作实践可以说是西方非英雄化叙事的滥觞,萨克雷只是踵武其后并有所扬厉。杨绛在《名利场》的中译本序言中称,该小说"全部故事里没有一个英雄人物",因而就是"现代所谓'非英雄'的小说",这一点是其"创新"之处[1]。笔者以为,这一观点值得商榷。事实上,菲尔丁的《汤姆·琼斯》《约瑟夫·安德鲁斯》《阿米莉亚》(英文原文为 Amelia,萨克雷《名利场》中的主角之一与其同名,杨绛将菲尔丁笔下的 Amelia 译为阿米丽亚[2],却将萨克雷笔下的 Amelia 译为爱米丽亚[3])等重要作品中的主要人物不是有缺陷的平民、绅士,就是堕落的贵族,没有一个英雄人物,小说的主调也是讽刺性的,而非悲剧性的。因此,西方文学史上"非英雄"小说的开创者并非萨克雷。此外,西方现代的"非英雄"小说与菲尔丁、萨克雷的"非英雄"小说也有深刻的区别。

19 世纪末以来,现代主义思潮中的非道德化倾向改变了作家的社会观和文学观,也直接影响了作品的内容和人物的思想基调。在现代派的人物形象塑造中,出现了"非英雄化"的倾向,昔日传统作家所刻意塑造的完美的理想人物形象,已不复见[4]。这是兴起于文艺复兴时期的人文主义人性论逐渐为科学的发现、现实的非理性化以及人自身的异化动摇的结果,无论是现代派小说中对自身境遇缺乏明确认识的非英雄(non-hero),如乔伊斯

---

〔1〕杨绛:《〈名利场〉小序》,《杨绛文集》第 4 卷,第 213 页。

〔2〕杨绛:《菲尔丁关于小说的理论》,《杨绛文集》第 4 卷,第 237 页。

〔3〕杨绛:《论萨克雷〈名利场〉》,《杨绛文集》第 4 卷,第 221 页。

〔4〕郭绪权:《主角的转换——试论西方现代派人物形象的"非英雄化"倾向》,《暨南学报》(哲学社会科学版),1993 年第 1 期。

《尤利西斯》中的布鲁姆，还是对自身与周围环境的对立有较明确意识的反英雄（anti-hero），如《麦田里的守望者》中的考菲尔德，均有不可自抑的悲观绝望的情绪，异化感和疏离感是他们共同的在世体验[1]。显而易见，菲尔丁、萨克雷笔下的"非英雄"如汤姆·琼斯（Tom Jones）、爱米丽亚（Amelia）、利蓓加（Rebecca Sharp，又称Becky）等人物，虽然都有各自的磨难、挫折或不幸，却不外是人际的倾轧、社会的动荡或现实人生的播弄所致，并无非理性主义影响下的异化和疏离意识，也未触及对存在意义的探问。更显著的区别是，菲尔丁、萨克雷的非英雄化叙事具有明确的道德意识，一个以"警恶劝善"为目的，一个以"讽刺的道德家"[2]自许，不仅要揭露真实，还要宣扬仁爱，而现代主义或后现代主义的"非英雄"或"反英雄"小说都具有非道德或反道德的倾向。

虽然杨绛将萨克雷的非英雄化叙事等同于现代"非英雄"小说的观点有欠周详，但她所谓《名利场》是"没有英雄的小说"和"没有主角的小说"相统一的看法，却是卓见。所谓没有主角，并不是没有主要人物，而是不以一个主角为中心，《名利场》里的爱米丽亚和利蓓加就是正反相衬的两个主要人物，以她们相交织、相对照的故事为主轴，展现出英国19世纪社会的众生相。杨绛概括指出，"萨克雷用许许多多真实的细节，具体描摹出一个社会的横切面和一个时代的片断，在那时候只有法国的斯汤达和巴尔

---

〔1〕赖干坚：《反英雄——后现代主义小说的重要角色》，《当代外国文学》，1995年第1期。

〔2〕杨绛：《论萨克雷〈名利场〉》，《杨绛文集》第4卷，第218页。

扎克用过这种笔法,英国小说史上他还是个草创者"[1]。

杨绛关于《名利场》的上述评论写于 1959 年[2],她唯一一部长篇小说《洗澡》发表于 20 多年之后。对照杨绛对《名利场》的评论和《洗澡》的创作理念、结构模式和表现手法,明显可以看到萨克雷对杨绛的小说艺术的影响。

杨绛在《洗澡》前言中介绍该小说的结构特点和人物性质说:

> 《洗澡》是新中国第一部反映知识分子思想改造的长篇小说,它借一个政治运动作背景,描写那个时期形形色色的知识分子。[3]

又在《洗澡之后》的前言中补充说明道:

> 我当初曾声明:故事是无中生有,纯属虚构,但人物和情节却活生生地好像真有其事。姚宓和许彦成是读者喜爱的角色,就成为书中主角。既有主角,就改变了原作的性质。原作是写知识分子改造思想;那群知识分子,谁是主角呀?[4]

从杨绛的自述可见,她本来是要写一部既没有主角也没有英雄的小说,事实上,这部小说的确不是由一个主角贯连全部,也不

---

[1]杨绛:《论萨克雷〈名利场〉》,《杨绛文集》第 4 卷,第 235 页。
[2]杨绛:《杨绛生平与创作大事记》,《杨绛文集》第 8 卷,第 389 页。
[3]杨绛:《洗澡·前言》,《洗澡》,人民文学出版社,2004,第 1 页。
[4]杨绛:《洗澡之后·前言》,《洗澡之后》,人民文学出版社,2014,第 2 页。

是以一个主角为中心，而且，小说中的人物如杨绛所言，的确是一群需要"洗练"自己的知识分子，余楠、施妮娜这类不学无术的小丑就不用说了，傅今、朱千里这类卓有学识的学者也是洋相频出，就算是姚宓、许彦成、罗厚这几个相对正面的形象也未在不公不义前表现出不凡的勇气，而是更多地拘执于私情私谊，因此，《洗澡》这部小说从叙事模式上来看，正是萨克雷式的非英雄化叙事。不过，在这部表现知识分子群像的小说中，姚宓、许彦成的婚外情无疑是一条若隐若现的主线，杨绛作为叙事者对这两人也倾注了更多的同情，这就影响到了读者的观感，因此出现了杨绛所谓读者出于喜爱而将这两人看成主角的情况。杨绛进而指出，读者自设主角的阅读反应"改变了原作的性质"。这是文学接受中很有趣的读者反应改变作者意图的现象。但从客观结构来看，这部小说仍然是一部"非英雄"小说。

此外，《洗澡》与《名利场》的相似性还表现在均通过选取"一个社会的横切面和一个时代的片断"来反映现实、反思人性。诚如杨绛所言，《洗澡》这部小说是"借一个政治运动作背景，描写那个时期形形色色的知识分子"，这与萨克雷的《名利场》以拿破仑统治法国时期的欧洲战争冲突为背景，刻画英国社会形形色色的中等阶级的叙事模式大体一致，二者都不是"史诗性的结构"，也都不是《巴黎圣母院》式的表现各阶层差异和复杂关系的全景描写。杨绛在评论《名利场》里的人物时说，他们是"沉浮在时代浪潮里的一群小人物，像破产的赛特笠，发财的奥斯本，战死的乔治等；甚至像利蓓加，尽管她不肯向环境屈服，但又始终没有克服她的环境。他们的悲苦的命运不是悲剧,只是人生的讽刺"〔1〕。其实,杨绛笔下的人物也多是沉浮在时代浪潮里的小人物,不仅是《洗澡》里的人物,也包括《"大笑话"》《"玉人"》《事业》等写于 20世纪 70 年代的短篇小说中的陈倩、郝志杰、陈倚云等人,他们都有点像利蓓加,都不肯向环境屈服,但又始终没有克服所在的环境,他们的故事,不是凄惨的悲剧,只是"人生的讽刺",令读者在轻松一笑的背后洞见人的不完美和现实世界的吊诡。

三 捍卫"前现代小说"的价值:杨绛与奥斯丁

英国著名文学批评家李维斯(F. R. Leavis)在 1948 年出版的《伟大的传统》(*The Great Tradition*)一书序言中称:"英国最伟大的小说家是简·奥斯丁、乔治·艾略特、亨利·詹姆斯、约瑟夫·康拉德、D. H. 劳伦斯。"〔2〕李维斯所说的伟大传统的精神实质,类似于中国学界在 20 世纪 90 年代人文精神大讨论中所提倡的人文关怀、道德关怀,他将奥斯丁列为英国文学伟大传统缔造者的首位,不仅仅是对其文学造诣的肯定,也是对其小说所蕴含的人文情怀的表彰。

奥斯丁出生于英格兰南部汉普郡,其父是学问渊博的牧师,其母是乡绅之女,文化修养颇高。奥斯丁虽然没有进过正规学校,但儒雅开明的知识分子家庭氛围既培育了她的知识女性的不

---

〔1〕杨绛:《论萨克雷〈名利场〉》,《杨绛文集》第 4 卷,第 225 页。
〔2〕F. R. Leavis, *The Great Tradition*: *a Study of the English Novel*, New York.: Doubleday, 1954, p. 9.

俗气质,也培养了她写作的兴趣。与奥斯丁相似,杨绛也出生在一个知识分子家庭,其父杨荫杭是民国时期著名法学家、时事评论家,学术文化气息浓厚的家庭氛围也同样培育了杨绛的不俗气质和写作兴趣。更重要的是,这两位生活于不同历史时期的中英女作家均有洞悉世态人情的智慧和眼光,也都有恬淡幽默的心性与温厚的仁爱精神。正是这种内在的契合,使得杨绛格外推崇奥斯丁[1]。前文指出,杨绛是因为对改革开放初期"人们都写文章赞扬夏洛蒂·勃朗特(Charlotte Brontë)的《简·爱》,同时批评奥斯丁"感到"不服气",才发力撰写了可以称之为"为奥斯丁一辩"的长文——《有什么好?——读奥斯丁的〈傲慢与偏见〉》。这篇重要论文既是对奥斯丁小说艺术的辩护,也是杨绛本人的小说艺术宣言,并且是"前现代小说"守护者对于伍尔夫所代表的"现代小说"观的一份掷地有声的美学檄文。

杨绛在文中开宗明义地指出:

> 议论一部作品"有什么好",可以有不同的解释:或是认真探索这部作品有什么好,或相当干脆的否定,就是说,没什么好。两个说法都是要追问好在哪里。这里要讲的是英国 19 世纪初期的一部小说《傲慢与偏见》。女作者珍妮·奥斯丁是西洋小说史上不容忽视的大家,近年来越发受到重视。爱好她的读者,要研究她的作品有什么好;不能欣赏她的人,也常要追问她的作品有什么好。……本文就是要

---

〔1〕对于杨绛与奥斯丁的契合,学界已有探讨,如许江《福尔摩斯与奥斯丁——重读杨绛的小说》(《文学评论》,2015 年第 3 期)等论文。笔者主要着眼于杨绛对"前现代小说"价值的辩护。

借一部国内读者比较熟悉的西洋小说,探索些方法,试图品尝或鉴定一部小说有什么好。[1]

这段开场白有两个要点:一是文学批评最基本的功能就是鉴定一部作品的好坏,但不能简单地肯定或否定,而必须指出有什么好或有什么不好;二是对于《傲慢与偏见》的评价存在分歧,有人爱好它,有人不能欣赏它,杨绛在注释中特地说明,同样被李维斯列入英国文学伟大传统的康拉德就曾质疑奥斯丁"有什么好"(What is there in her?)[2]。因此,她对奥斯丁的赞赏也是对康拉德的回应。

在参照福斯特《小说面面观》,布斯《小说修辞学》,韦勒克、沃伦《文学理论》等西方文论经典的基础上,杨绛首先阐明了她对小说本质的认识。概而言之,对杨绛来说,小说本质上就是以文字为载体的编故事的艺术,人物、情节、布局及语言都占有重要地位,她特别强调,"如果故事的情节引人,角色动人,就能抓住读者的兴趣,捉搦着他们的心,使他们放不下,撇不开"[3]。以上述颇为传统的小说艺术观为依据,杨绛从题材选择、创作角度、讽刺的内容及方式、布局手法、塑造人物方式、叙事方法以及语言艺术等多个角度细致解析了《傲慢与偏见》的妙处。

奥斯丁冷眼观世,擅长刻画可笑的人物、可笑的情节,她的小说因而堪称喜剧性小说,并且具有菲尔丁所推崇的人生之镜的功用。镜子能够照出丑人丑事,可充针砭,可当鞭挞,不仅反映人

---

〔1〕杨绛:《有什么好?——读奥斯丁的〈傲慢与偏见〉》,三联书店,1986,第51—52页。
〔2〕杨绛:《有什么好?——读奥斯丁的〈傲慢与偏见〉》,《关于小说》,第52页。
〔3〕杨绛:《有什么好?——读奥斯丁的〈傲慢与偏见〉》,《关于小说》,第53页。

生,且具警戒作用。《傲慢与偏见》的警戒功能的实现,主要通过"理智的笑",而不是泼辣的嘲讽或犀利的批判,奥斯丁聪慧而温和,从不正面教训人,只用她"智慧的聚光灯照出世间可笑的人、可笑的事,让聪明的读者自己去探索怎样才不可笑,怎样才是好的和明智的"[1]。在格外推崇《傲慢与偏见》以"理智的笑"为核心精神的喜剧风格的同时,杨绛对于《傲慢与偏见》的人物塑造与布局手法,也是由衷赞赏。她认为,奥斯丁最感兴趣而最拿手的本领是创造人物,其全部作品写的都是平常人,不仅个个特殊,而且都是"精雕细琢,面面玲珑"[2]。从小说布局上来看,《傲慢与偏见》里没有不必要的人物,没有不必要的情节,故事虽然平淡,但每个细节都令人关切,更重要的是,一般小说的布局总不免显出人为的痕迹,但《傲慢与偏见》的布局却是既严密又自然,"读者不觉得那一连串因果相关的情节正在创造一个预定的结局,只看到人物的自然行动。作者当然插手安排了定局,不过安排得轻巧,不着痕迹"[3]。

综观杨绛对《傲慢与偏见》及奥斯丁小说艺术的评价,她的确富有说服力地回应了包括康拉德在内对这部小说"有什么好?"的质疑,全面而细致地揭示了奥斯丁化平凡为神奇、寓警戒于谐趣的出色技艺,也同时彰显了她和奥斯丁以至菲尔丁颇为相契的小说艺术观。如果对照伍尔夫的现代小说理论,杨绛的小说艺术思维无疑还停留在"前现代"。她对人物、情节与结构完整性的重视,对"情节引人,角色动人"的小说艺术的欣赏,及对文学作品的

---

[1]杨绛:《有什么好? ——读奥斯丁的〈傲慢与偏见〉》,《关于小说》,第 65 页。
[2]杨绛:《有什么好? ——读奥斯丁的〈傲慢与偏见〉》,《关于小说》,第 69 页。
[3]杨绛:《有什么好? ——读奥斯丁的〈傲慢与偏见〉》,《关于小说》,第 66 页。

镜像式的客观反映功能的推崇等,都与现代派作家的取向有异。

西方意识流小说代表作家伍尔夫(Virginia Woolf)在《现代小说》一文中将菲尔丁、奥斯丁列为古典作家的代表,并语带嘲讽地评论说:

> 对现代小说作任何考察,哪怕是作最随便最粗疏的考察,也难免产生想当然的看法,以为这门艺术在现代的实践中总会比从前迈进了一步。凭着当时各人的简单工具和粗陋原料,可以说菲尔丁干得不坏,简·奥斯丁干得还要好,……他们的那些杰作确实都有些如今罕见的质朴风味。[1]

她随后不客气地批评了在当时英国文坛地位甚高的威尔斯、贝内特、高尔斯华绥这三位创作手法传统的能工巧匠。在她看来,传统小说为了证明故事的可靠逼真而付出的巨大劳动,往往把力气用错了地方,"错到遮暗了挡断了内心所感受的意象的程度",作家似乎是被逼着提供故事情节,提供喜剧、悲剧、爱情穿插,提供一副逼真的外表,"连外衣的每个纽扣都符合当时的时装式样"[2]。她认为,只要"向内心看看",生活远非像传统小说描述的那样,因此,小说家应该面向内心改变写法,挣脱艺术陈规的束缚:

> 如果作家是个自由人而不是奴隶,……如果他的作品

---

〔1〕伍尔夫:《现代小说》,赵少伟译,伍蠡甫、胡经之主编《西方文艺理论名著选编》,北京大学出版社,1987年,第149页。

〔2〕伍尔夫:《现代小说》,第152—153页,《西方文艺理论名著选编》。

能依据他的切身感受而不是依据老框框,结果就会没有情
节,没有喜剧,没有悲剧,没有已成俗套的爱情穿插或是最
终结局,也许没有一颗纽扣钉得够上邦德街裁缝的标准。
……生活是一圈光晕,一个始终包围着我们意识的半透明
层。传达这变化万端的,这尚欠认识尚欠探讨的根本精神,
不管它的表现会多么脱离常规、错综复杂,而且如实传达,
尽可能不羼入它本身之外的、非其固有的东西,难道不正是
小说家的任务吗?[1]

伍尔夫的上述观点涵盖了现代派小说的基本精神,彰显了现
代派作家试图打破传统小说注重故事情节、人物的逼真性、戏剧
性效果与严密结构的老框框,并在对生活本质重新认识("生活是
一圈光晕")的基础上崇尚表现内心意象的创作新思维。对伍尔
夫来说,菲尔丁、奥斯丁等古典作家正是老框框的搭建者,她要感
激的先行者是哈代、康拉德,她所激赏的先锋小说是乔伊斯的《一
个青年艺术家的肖像》和《尤利西斯》。

如果说,伍尔夫的《现代小说》是现代派小说的宣言书,杨绛
的《有什么好?》就是"前现代小说"的辩护状。她对菲尔丁、奥斯
丁所代表的喜剧性小说传统的推崇,她对小说的故事性以及客观
反映人生的镜像功能的肯定,她对情节生动性、人物逼真性、布局
严密性的高度重视,她对小说的警恶劝善作用(与现代派文学及
后现代文学的非道德化或反道德化倾向相对立)的认同,均表明
了她是"前现代小说"价值的捍卫者。从她本人的小说创作历程

---

〔1〕伍尔夫:《现代小说》,《西方文艺理论名著选编》,第153页。

可见,她虽然在早期尝试过浪漫传奇的写作,20世纪70年代又写过一个富有《聊斋志异》风味的"鬼故事"(《鬼》),其创作主调却是喜剧化的写实风格,她后期创作的短篇小说《"大笑话"》《事业》,长篇小说《洗澡》及其续作《洗澡之后》,均是以描摹世态人情见长并以奥斯丁式的"理智的笑"为创作精神的写实性小说,相对于新时期、后新时期先锋文学、实验小说的创作热潮,她的冷眼观世又富于谐趣的客观化书写(包括其大部分散文),是一股宁静的清流,与世无争却引人入胜。

笔者以为,伍尔夫主张以人物心理为中心,轻视小说的故事性与情节塑造,是一种突破了传统小说阅读者期待视野的小说艺术观,彰显了现代派作家的探索精神与求新意识。不可否认,方法创新、叙事实验都有其积极意义,但要把握得住,也要贴合小说的特点,不能不把小说当小说。小说说到底是讲故事的艺术,人物、情节、布局都应重视,能把三方面处理圆熟而又能以独到传神的语言风格加以演绎的,就是一流的小说。因此,现代派并非好小说的代名词,"前现代"的小说美学也不一定落伍,甚至更契合广大读者的阅读心理。2015年9月,《中国青年报》刊文指出,路遥的《平凡的世界》和霍达的《穆斯林的葬礼》在茅盾文学奖获奖作品中最为畅销,二书累计销售均超过三百万册。[1] 笔者在近期所作的"影响当代中国的中外小说"的网络调查中发现,《平凡的世界》及武侠小说是在各阶层中拥有最广泛读者的当代中国小说。众多网友的反馈表明,凡真切表现人之悲欢离合及挣扎求生的小说,或是能够满足读者"白日梦"的小说,都能引起共鸣,也最

---

〔1〕林蔚:《茅奖作品销量两重天》,《中国青年报》,2015年9月25日。

受欢迎。[1]《平凡的世界》作为一部写法相对传统,对小说的故事性与人物、情节塑造高度重视的写实小说就是一段真切表现人性和人生的奋斗史,它能够成为当代中国受众最广泛的小说之一,恰恰证明"前现代"小说美学依然具有很强的生命力。此外,杨绛本人的兼具人文关怀和修辞机趣的写实性书写也同样深受当代广大读者喜爱,在当当网公布的"2017 年备受欢迎女性作家名单"中,杨绛位列第一,其次是《摆渡人》作者、英国作家克莱儿·麦克福尔(Claire McFall)以及王安忆、迟子建、阿加莎·克里斯蒂等人。[2] 由此可见,无论是学院写作还是民间叙事,只要能够真诚地表现人生的探索和思索,只要能够真切地呈现生活的质感和生命的温度,就能引发广泛的共鸣,并获得各阶层读者的喜爱。

从杨绛与英国文学的总体关系来看,她可以说是菲尔丁、奥斯丁这两位伍尔夫眼中过时的古典作家所代表的英国喜剧性小说传统的阐释者和守护者,也是狄更斯、萨克雷所代表的英国批判现实主义文学的同路人,她对《傲慢与偏见》的爱赏与推崇,则彰显了遥隔百余年的两位中英女作家在性情心性及小说艺术观上的高度契合,其《有什么好?》一文作为"前现代小说"的辩护状是对伍尔夫《现代小说》一文所代表的现代派小说观的有力回应,必将在现代文论史上占据重要地位。

---

〔1〕龚刚:《哪些中外小说最受国人喜爱?》及续篇,《澳门日报》,2018 年 1 月 9 日、1 月 30 日。

〔2〕王一鸣:《她们,为何成为当当 2017 备受欢迎的女性作家?》,《中华读书报》,2018 年 3 月 14 日。

第三辑

钱锺书对中国古典文学英译本的评论

钱锺书对陆游诗英译本的评论

　　1946 年，英国汉学家凯德琳·扬（Clara M. Candlin Young）出版了她的英译陆游诗集《陆游的剑——中国爱国诗人陆游诗选》（*The Rapier of Lu, Patriot Poet of China*），配有生平简介性质的导言与陆游年表，并由桃乐丝·路特富德（Dorothy Rutherfurd）作序，收入伦敦约翰·默里（John Murray）出版公司"东方智慧丛书"。[1] 早在 1933 年，凯德琳·扬曾于同一家出版社出版《风信：宋代诗词歌赋选译》（*The Herald Wind, translations of Sung Dynasty Poems, Lyrics and Songs*），并由胡适作序。

　　《陆游的剑》面世后，钱锺书撰写了长篇英文书评，发表在南京中央图书馆英文馆刊《书林季刊》1946 年 12 月第 3 期。

　　在这篇书评中，钱锺书对中西方陆游研究者过于突出其爱国

---

〔1〕钱锺书：《批评札记三》（*Critical Notice* Ⅲ），《钱锺书英文文集》，外语教学与研究出版社，2005，第 333 页。

志士的情怀气概而无视其稍显市侩的一面,提出了犀利批评,也毫不留情地挑出了译诗中存在的大量错谬,有些简直可以当作译林笑话来看。例如,《雪中忽起从戎之兴》的"桑干",本指桑干河,却被译作"枯萎的桑树"(withered mulberry trees)[1];又如,《关山月》中的"朱门沉沉按歌舞",本指边庭守将的官邸深处,伶人载歌载舞,却被译作"残破的,残破的,红色门/唱歌,跳舞,演出"(Ruined,ruined,red doors/ singing,dancing,acting)[2],令人捧腹。其中"桑干"之误为"枯桑",正如"银河"(Milky Way)之误为"牛奶路",堪称中英文相互误译中的绝配。

在批点凯德琳·扬的译艺,揭示她对中国古典诗词审美形式的陌生及对陆游形象的片面解读的同时,钱锺书借他人酒杯,浇自己块垒,旁征博引,兼采多文(法文、德文、意大利文、拉丁文等),辛辣而风趣地阐述了他对陆游的诗艺、人格及后世影响的多方面看法,其中陆游形象的单一化、陆游的人性弱点、陆游诗的主题及分类标准等话题,尤其值得关注。

一　剑气诗心：爱国诗人的符号效应

在书评的开头,钱锺书颇为俏皮地玩味了一番"陆游的剑"这个书名。劈头第一句是,"这书名太有想象力了吧?"(Why this fanciful title?)[3]随后调侃说,这样的书名类似一个不起眼的便

---

[1]钱锺书:《批评札记三》(*Critical Notice* III),《钱锺书英文文集》,第343—344页。

[2]《批评札记三》,《钱锺书英文文集》,第342—343页。

[3]《批评札记三》,《钱锺书英文文集》,第333页。

士变为两个光鲜便士的把戏,不过,陆游确实常以剑客自许,而且对自己年少时的英武神勇念念不忘。在陆游的诗中可以找到多首以剑为题材的诗作,最奇特的一首描写某一晚梦见一把闪光的短剑穿过右臂直刺前方,不知道弗洛伊德学派对此作何解释。奇怪的是,陆游的这些咏剑诗凯德琳·扬一首都未选,也许对她来说,剑这种武器只是尚武精神的象征,就像19世纪德国爱国诗人吕克特(Friedrich Rückert)将他的诗集命名为"披着盔甲的十四行诗"(geharnischte sonete)。[1]

　　钱锺书统计指出,凯德琳·扬一共选译了四十多首陆游的诗作,其中仅有九首爱国诗篇,而且还有两篇绝非尚武之作。[2] 就是在这仅有的七首尚武之作中,也只在《闻虏乱有感》一首中出现了"剑"的意象:

> 前年从军南山南,夜出驰猎常半酣。
> 玄熊苍兕积如阜,赤手曳虎毛毵毵。
> 有时登高望鄠杜,悲歌仰天泪如雨。
> 头颅自揣已可知,一死犹思报明主。
> 近闻索虏自相残,秋风抚剑泪汍澜。
> 洛阳八陵那忍说,玉座尘昏松柏寒。
> 儒冠忽忽垂五十,急装何由穿袴褶?
> 羞为老骥伏枥悲,宁作枯鱼过河泣。[3]

――――――――――――――――――――

〔1〕《批评札记三》,《钱锺书英文文集》,第333页。
〔2〕《批评札记三》,《钱锺书英文文集》,第333—334页。
〔3〕陆游:《闻虏乱有感》,钱仲联校注《剑南诗稿校注》,上海古籍出版社,1985,第346—347页。

此诗作于宋孝宗乾道九年。当时传闻金廷内乱,各部相残,诗人闻讯后,在猎猎秋风中手按利剑,老泪纵横("近闻索虏自相残,秋风抚剑泪汍澜"[1])。此时的诗人年近半百("儒冠忽忽垂五十"),血犹未冷,依然渴望从戎报国、战死沙场("一死犹思报明主")。凯德琳·扬将此诗的题目译为"On Hearing of Disorder amongst the Prisoners of War"[2],又将"头颅自揣已可知""秋风抚剑泪汍澜""儒冠忽忽垂五十,急装何由穿袴褶"三句分别译为:

> A Skull I saw;
>
> my own head came to mind.[3]

> In the autumn wind
>
> I grasp my rapier
>
> With surging tears.[4]

> I, who wear a scholar's cap,
>
> suddenly, arrived at fifty years,
>
> impatiently a soldier's cloak
>
> and breeches don.[5]

从译文可见,扬女士真是用了心。可惜她的汉学功力有限,

---

[1]《钱锺书英文文集》中将"秋风抚剑泪汍澜"一句中的"汍澜"误为"汛澜",第 334 页。

[2]《批评札记三》,《钱锺书英文文集》,第 343 页。

[3]同上。

[4]《批评札记三》,《钱锺书英文文集》,第 334 页。

[5]《批评札记三》,《钱锺书英文文集》,第 343 页。

连诗题都译错了。事实上,诗题中的"虏"就是诗中的"索虏"。南北朝时,北朝人有辫发,南人对北人蔑称"索虏"。陆游诗中的"索虏",意指屡犯宋境的金人,是对异族宿敌的一种贬称。扬女士不了解中国的历史文化,所以才会望文生义地把诗题中的"虏"译为"战俘"(the Prisoners of War),诗题的意思也就成了"听闻战俘骚乱",而不是"听闻金廷内乱"。这两件事看来相似,但性质完全不同,一字之差,改造了整首诗的内涵与基调。

钱锺书调侃"头颅自揣已可知"的译文说,现实的情形哪有这么恐怖?陆游所谓头颅,不过是指头皮毛发,而不是指头骨,全句的意思是说,抚摸满头白发,感受到自己的苍老,而不是扬女士理解的那样,诗人因为看到一个头骨,想到了自己的脑袋。[1] 对于第二则译文,钱锺书幽默地指出,这是让女人的武器——泪水,玷污了男人的脸颊(This is surely letting women's weapons, water-drops, stain his man's cheeks.)。[2]他紧接着指出,以"grasp my rapier"翻译"抚剑"一词,不够准确,因为"抚"这个词的意思是抚摸或触摸,"grasp"意为抓住、抓紧,更能凸现男性的力量。[3] 其实,"抚剑"也有"按剑"的意思,不能简单地理解为"抚摸",凯德琳·扬的译文似可备为一说,不必一棍子打死。

钱锺书介绍《闻虏乱有感》一诗的背景说,当时盛传女真族(the Jurchens)内乱,面对收复故土的良机,年近五十的诗人虽然血气已衰,却依然热情高涨,可是,"唉,就像力士参孙"(alas! like

---

〔1〕《批评札记三》,《钱锺书英文文集》,第343页。
〔2〕《批评札记三》,《钱锺书英文文集》,第334页。
〔3〕同上。

Samson)〔1〕,此时的诗人,思绪万千,难以自已——"时光流逝,我曾是谁,如今又是谁?"〔2〕凯德琳·扬没能传达这种情绪,因为她没有读懂陆游的沧桑之感。

在为凯德琳·扬的英译陆游诗选所作的序言中,桃乐丝表情夸张、语调亢奋地渲染了陆游诗的爱国热情、尚武精神在中国抗战时期的巨大影响:"由于陆游所处时代与现代中国颇为相似,当今的爱国青年因此常常吟诵着陆游那些激动人心的诗句。……在今天的中国,人们纷纷诵读、引用陆游的诗歌,狂热地崇拜他,其影响力超过了任何其他作家。"〔3〕钱锺书调侃说,这是典型的文学推销员口吻,如果信以为真,就会陷入真假莫辨的窘境(To take it seriously is not to know how to be serious.)。〔4〕

客观而言,陆游作为爱国诗人的形象确实非常突出,这一方面是因为他的诗作中确实包含着大量奔涌着为国从戎的热忱与收复故地的梦想的篇什与佳作,另一方面是因为南宋以来历朝士人、诗家的大力揄扬。中国知识分子向有报国安邦、兼济天下的理想,在基于陆游的爱国尚武诗篇及其从军生涯而衍生的想象中,这种理想似乎成了触手可感的现实与激情涌动的生命气息,因此,陆游就成了一个可以让后世爱国诗人、热血男儿投射自身激情与抱负的巨大符号。钱锺书介绍说,"约 20 年前(也就是1926 年前后——笔者按),一位中国女作家写了一部激情昂扬但有失片面的评述陆游之作,题为'爱国诗人陆游'。文学史中的粗

---

〔1〕《批评札记三》,《钱锺书英文文集》,第 334 页。
〔2〕同上。
〔3〕《批评札记三》,《钱锺书英文文集》,第 334—335 页。
〔4〕《批评札记三》,《钱锺书英文文集》,第 335 页。

浅错误很难根绝;抗日战争又为错误的延续提供了契机。一些大学里的中国文学教授发现,描写爱国志士是一条抒发爱国热情的好路子,陆游的诗于是成了他们写作时的主题或触媒。如今,一个遥远的域外独唱者的声音加入了这个大合唱。……在陆游所处的时代,复仇主题常见于作家笔下,正如在色当战役之后,法国知识分子对复仇这个话题也是念兹在兹"[1]。早在1899年,也就是戊戌变法失败后的翌年,近代启蒙思想家梁启超写下了《读陆放翁集》一诗,在这首诗中,陆游作为集剑气、诗心于一身,融诗魂、国魂于一体的爱国诗人的符号效应放大到了极致,诗云:

> 诗界千年靡靡风,兵魂销尽国魂空;
> 集中什九从军乐,亘古男儿一放翁。
> 辜负胸中十万兵,百无聊赖以诗鸣。
> 谁怜爱国千行泪,说到胡尘意不平。[2]

事实上,在陆游流传于世的九千余首诗中,表现"从军乐"的诗作还不够半数,其余的大量诗篇表现了多种情感意向,比较突出的有农家乐,如"莫笑农家腊酒浑,丰年留客足鸡豚"(《游山西村》)、"小园烟草接邻家,桑柘阴阴一径斜。卧读陶诗未终卷,又乘微雨去锄瓜"(《小园》)、"高柳簇桥初转马,数家临水自成村。茂林风送幽禽语,坏壁苔侵醉墨痕"(《西村》);怀旧情,如"城上斜阳画角哀,沈园非复旧池台。伤心桥下春波绿,曾是惊鸿照影

---

〔1〕《批评札记三》,《钱锺书英文文集》,第347页。
〔2〕梁启超:《读陆放翁集》,《饮冰室文集之四十五(下)》,中华书局,1936,第4页。

来"(《沈园》);客中愁,如"世味年来薄似纱,谁令骑马客京华。小楼一夜听春雨,深巷明朝卖杏花"(《临安春雨初霁》)、"衣上征尘杂酒痕,远游无处不消魂"(《剑门道中遇微雨》);也不乏文人墨客常有的伤春悲秋之感,如"山村病起帽围宽,春尽江南尚薄寒。志士凄凉闲处老,名花零落雨中看。断香漠漠便支枕,芳草离离悔倚栏。收拾吟笺停酒碗,年来触事动忧端"(《病起》)等。陆游的异代知音梁启超所谓"集中什九从军乐"固然是夸大之词,其异国"粉丝"凯德琳·扬、桃乐丝"不爱红装爱武装",热衷于渲染陆游的尚武精神,也难免片面之嫌。诚如钱锺书所言,"成为一个爱国者是一回事,成为一个爱国主义诗人是另一回事"(But it is one thing to be a patriot, and quite another to be a poet of patriotism.)[1]。也就是说,身为爱国者的诗人,不一定仅以爱国主义为创作主题。

钱锺书还特别指出,凯德琳·扬的最大问题在于,她"只看到了陆游作为爱国诗人的单一形象,而忽视了他在作品中所显示出的人性弱点"(Mrs Young's Lu You is every atom the patriot-poet and has no such human weakness in his composition.)[2]。这种从主观需要出发突出某位诗人单方面特质的思路与操作方式,往往会将复杂多元的诗人形象简化、锐化为象征某一类精神的显赫符号,陆游形象在后世塑造乃至域外传播中的际遇,就是这方面的代表。

---

〔1〕《批评札记三》,《钱锺书英文文集》,第347页。
〔2〕《批评札记三》,《钱锺书英文文集》,第335页。

二 罗马三神与陆游诗的分类问题

尽管如钱锺书所言,凯德琳·扬过于突出了陆游的爱国诗人形象,但从凯德琳·扬对陆游诗的分类来看,她也并非对陆游形象与陆游创作倾向的其他一些侧面毫无所知。按照钱锺书本人的介绍,凯德琳·扬将她所译的陆游诗作以"爱国主义"(patriotism)、"自然"(nature)和"旅行"(travel)为主题分为三类。[1] 但她错将《书愤》一诗置于"旅行"诗之列,又莫名其妙地(for some inexplicable reason)将《睡觉闻儿子读书》一诗看作题咏"自然"之作。事实上,《书愤》应属"爱国主义"诗篇,而且泛览陆游诗作就会发现,他的众多爱国诗篇都被冠以"书愤"之名。[2] 陆游"好誉儿,好说梦"[3],"好谈心性之学"[4],《睡觉闻儿子读书》一诗可以说兼而有之:

> 梦回闻汝读书声,如听箫韶奏九成。
>
> 且要沉酣向文史,未须辛苦慕功名。
>
> 人人本性初何欠,字字微言要力行。
>
> 老病自怜难预此,夜窗常负短灯檠。[5]

---

〔1〕《批评札记三》,《钱锺书英文文集》,第338页。

〔2〕同上。

〔3〕钱锺书:《谈艺录》(补订本)第三七则"放翁二痴事二官腔",中华书局,1984,第132页。

〔4〕同上。

〔5〕陆游:《睡觉闻儿子读书》,《剑南诗稿校注》,第1818页。

凯德琳·扬将这首七律的尾联译为：

Self-pity, age and illness,

These are hard to face.

Often study in the night

At your window

Leaning on the low

Lamp-table.[1]

这段译文可以直译为：

自怜,苍老与病痛,

教人难以面对。

许多个夜晚,

坐在窗边读书,

靠着矮矮的灯台。

钱锺书调侃说,这种译法真够"离奇"(quaintly)! 确切来讲,这两句诗是说诗人"年老体衰,没法在灯下读书太久"(too stricken in years to burn much midnight oil)。[2] 钱锺书又语带揶揄地评价陆游的原诗说,在这首"散文化的说教诗"(prosily didactic poem)[3]中,满是关于学问人生的训诫,看不到一丁点儿"自然"的

---

〔1〕《批评札记三》,《钱锺书英文文集》,第338—339页。

〔2〕《批评札记三》,《钱锺书英文文集》,第338页。

〔3〕同上。

踪影,简直令人怀疑是《哈姆雷特》里那个御前大臣波洛涅斯(Polonius) 又在好为人师地讲其大道理。[1]

在批点了一番凯德琳·扬对陆游诗的分类及误译问题后,钱锺书按照自己的思路将陆游诗分为四类:爱国诗(poems on the patriotic motif)、情诗(love poems)、田园诗(poetry of nature)、说教诗(moralising and philosophizing pieces)。[2] 钱锺书认为,陆游的爱国诗只是在数量上超过了所有同时代的诗人,但在质量上却未必优于同代人(True, he wrote more—I will not say"better"—poems on the patriotic motif than all his contemporaries,……)。[3] 元朝诗人方回《跋遂初先生尚书诗》说:"宋中兴以来,言治必曰乾、淳,言诗必曰尤、杨、范、陆。"[4]尤、杨、范、陆即尤袤、杨万里、范成大、陆游,并称"南宋四大家",大致可算同时代人。尤、杨、范三位和陆游一样,都对山河破碎、异族欺凌满怀忧愤,也对南宋小朝廷偏安一隅、不思恢复心怀不满,他们的诗作中也不乏爱国诗篇,部分作品造诣颇高,如尤袤的《落梅》:"清溪西畔小桥东,落月纷纷水映红。五夜客愁花片里,一年春事角声中。歌残《玉树》人何在?舞破《山香》曲未终。却忆孤山醉归路,马蹄香雪衬东风。"[5]杨万里《初入淮河》其一:"船离洪泽岸头沙,人到淮河意不佳。何必桑乾方是远,中流以北即天涯。"[6]……如果算上张元幹的《贺新

---

〔1〕《批评札记三》,《钱锺书英文文集》,第 338 页。

〔2〕《批评札记三》,《钱锺书英文文集》,第 347 页。

〔3〕同上。

〔4〕方回:《跋遂初先生尚书诗》,《桐江集》,宛委别藏本,江苏古籍出版社,1988,第 28 页。

〔5〕尤袤:《落梅》,李庆甲校点《瀛奎律髓汇评》,上海古籍出版社,1986,第 832 页。

〔6〕杨万里:《初入淮河》,辛更儒校《杨万里集笺校》,中华书局,2007,第 1403 页。

郎·寄李伯纪丞相》、张孝祥《六州歌头》等悲歌慷慨、英气俊发的天才之作，陆游的爱国诗篇就更难称独领风骚。

为了形象地阐明陆游诗作的主题与类型，钱锺书请来了古罗马神话中的三位神祇：维纳斯（Venus）、萨卢斯（Salus）、维尔图斯（Virtus）。维纳斯是从大海中升起的爱神、美神，同时又是执掌生育与航海的女神，对应希腊神话中的阿芙罗狄忒（Aphroditē）。她的形象出现在诸多西方油画和文学作品里，影响力最大的艺术品是 1820 年在爱琴海米洛斯岛的山洞中发现的断臂维纳斯雕像。在西方文化中，她是爱与美的象征。萨卢斯是司健康、幸福和兴盛的女神，在拉丁文中则变成带有祝贺、问候之意的名词，后来成为英文单词 salubrious（有益健康的）、salutary（有益的）、salute（致敬）等的字根。萨卢斯相当于古希腊神话中的健康女神海吉尔（Hygieia）。海吉尔手中所拿的蛇和令牌，代表医药的意思，后来成驱除病魔、追求健康的象征，许多医疗机构也都以蛇杖作为自身的标志，世界卫生组织即是其中之一。英语中的 hygiene 就是卫生的意思。维尔图斯是象征男性的勇气和美德的神，对应古希腊神话中英勇无畏的美德女神阿瑞忒（Areta）。Virtus 在拉丁文里是美德的意思，在英文里演变为 Virtue。钱锺书认为，陆游的诗作统摄了这三位神祇所代表的严肃诗歌中的三大常见主题（Thus, Venus, Salus and Virtus, the three themes of serious poetry, are all present in his works）。[1] 如果简单地把他看作代表萨卢斯精神的诗人，那是心智不全和小报思维的体现，简直就是罪过。这和文学批评无关，而是战时的宣传口号（To regard him as essentially a

---

[1]《批评札记三》，《钱锺书英文文集》，第 347 页。

poet of Salus is to be guilty at once of mental squint and tabloid think-ing. It leads not to literary criticism, but to catchword or cant which is indeed good enough for wartime propaganda and ought to be reserved for it)。[1]此外,赞许陆游具有尚武精神("warlike or military spir-it")也很可疑。事实上,诗歌是恨不能吞火的爱国主义者的最后一块飞地。纸上的英雄诗体正和纸上的英雄相辉映,这在现代文人的笔下并不鲜见,不值得特别予以嘉许(Poetry, I should say, is the last refuge of such a fire-eating patriot. Heroics on paper are wor-thy only of heroes en carton, and rather too common a practice among modern men of letters to deserve any special praise)。[2]钱锺书的意思是说,陆游的诗歌具有多种价值取向和精神内涵,有时流连于爱与美,这个时候的陆游,有如维纳斯附体;有时着眼于健康和世俗的幸福,这个时候的陆游,显现出萨卢斯的气质;有时慷慨激愤,恨不能横戈跃马、斩将搴旗,这个时候的陆游,展现出阿瑞忒的勇气和精忠报国的美德。总之,陆游的内心世界波澜起伏,陆游的外在形象丰富多元,不能将其标签化、符号化,也不能把纸上的宣言等同于剑及履及的功业。

三 陆游的"人性弱点"

前文提到,钱锺书认为,陆游诗英译者凯德琳·扬的最大问

---

〔1〕《批评札记三》,《钱锺书英文文集》,第348页。
〔2〕同上。

题在于,她"只看到了陆游作为爱国诗人的单一形象,而忽视了他在作品中所显示出的人性弱点"。

　　具体而言,陆游的人性弱点主要体现在以下三个方面:一是乐衷炫耀其功名(In Lu Yu's patriotic poems, I find one phrase recurring with disagreeable insistence, to wit, "deed and glory". Indeed, there is a good deal of what the French call panache in his patriotism)[1];二是为家业所累,未能坚守节操,甘于清贫(with him, wife and child are indeed hostage to fortune and impediments of virtue)[2];三是耳软心活,易受"枕边风"(curtain lectures)影响,他晚年巴结"口碑不佳的政客"(unpopular politician),名节受损,就是受了小妾的教唆。[3]

　　钱锺书所谓"口碑不佳的政客"系指南宋的权臣韩侂胄。韩侂胄在庆元二年实施"党禁",宣布朱熹理学为"伪学",其同党为"伪党",深受士林诟病;又于开禧二年发动北伐,时人已有异议,及至失败之后,一般人都认为他是专权误国,《宋史》甚至把他列入《奸臣传》。钱锺书对韩侂胄的评价显然受到以《宋史》为代表的主流意见的影响。《陆游传》作者朱东润认为,"要理解陆游,必须抓三个关键:隆兴二年他在镇江的工作,乾道八年他在南郑的工作,和开禧二年他对于韩侂胄北伐所取的政治态度"[4]。嘉泰二年,年事已高的陆游因受韩侂胄赏识,被授予中大夫兼同修国史等职,主要担任修史工作。要全面认识陆游的为人,无疑应当

---

〔1〕《批评札记三》,《钱锺书英文文集》,第348页。
〔2〕《批评札记三》,《钱锺书英文文集》,第335页。
〔3〕同上。
〔4〕朱东润:《陆游传》序,华中科技大学出版社,2019年6月。

对陆游如何看待韩侂胄北伐及陆游与韩侂胄的关系有准确的了解。

据刘埙《隐居通议》载,陆游本欲高蹈,"一日有妾抱其子来前曰:'独不为此小官人地耶?'乃降节从侂胄游"。[1] 朱东润驳斥说,其时陆游的幼子子聿已逾二十,岂有可抱之理?[2]《宋史·陆游传》载,"晚年再出,为韩侂胄撰《南园记》《阅古泉记》,见讥清议"。[3] 这条记载的弦外之音是说,陆游为了求官或保住官位而作此二记。朱东润质疑说,陆游应韩侂胄之命撰写《南园记》的当年和次年都没有做官,因此作记和做官并无连带关系。从记中可见,陆游其时尚在山阴,并没有和侂胄见面,而且一称"老病谢事",再称"又已挂衣冠而去",这也指出了他自己无意出山。更何况,《南园记》的命意是勉励侂胄秉承其祖韩琦之志,"谦恭抑畏","勋在社稷",主旨在于"劝勉"而非"阿谀"。[4]《阅古泉记》的写作在《南园记》之后,其时陆游已完成修史工作,他在记中提出了辞都还山的愿望,而且就在同一年,他如愿回到山阴,重享"风林烟草"[5]之趣。这一篇记和求官保官更无瓜葛。

那么,陆游为什么会答应撰写这两篇应酬之作呢?

朱东润认为,《南园记》的写作,主要还是出于一种畏惧的心理,不是求福而是避祸。但是陆游在立场上还是相当坚定,他没有因此求官,也没有为了作《南园记》而忘却了作《祭朱元晦侍讲

---

〔1〕刘埙:《隐居通议》,丛书集成初编本,商务印书馆,1935,第213页。

〔2〕《陆游传》序。

〔3〕脱脱:《宋史·陆游传》,中华书局,1977,第12059页。

〔4〕《陆游传》。

〔5〕陆游:《跋韩晋公牛》,《陆游集》,中华书局,1976,第2267页。

文》。〔1〕也就是说，陆游并没有因为朱熹被韩侂胄列为"伪党"而与其划清界限。《阅古泉记》的写作在嘉泰三年，这个时候，庆元党禁已经解除，《孝宗实录》五百卷、《光宗实录》一百卷也已告成，对于韩侂胄有意北伐，陆游不但衷心赞许，而且满怀憧憬，在《韩太傅生日》一诗中，陆游吟诵道："问今何人致太平，绵地万里皆春耕。身际风云手扶日，异姓真王功第一。"在《送襄阳郑帅唐老》一诗中，诗人期许受侂胄之命出镇襄阳的郑唐老"出师有路吾能说，直自襄阳向洛阳"。在上述背景下，陆游应韩侂胄之邀，为其府中的阅古泉作记，应当是出于酬报知己之心，而非慑于权臣淫威。不过，通观《南园记》《阅古泉记》二文，虽有勖勉之意，却也不乏溢美夸大之处，如"韩氏子孙，功足以铭彝鼎、被弦歌者，独相踵也"〔2〕，又如"及左顾而右盼，则呀然而江横陈，豁然而湖自献，天造地设，非人力所能为者"〔3〕。二文"见讥清议"，也不谓无因。

由上可见，陆游的晚年再出，及为韩侂胄撰《南园记》《阅古泉记》二记，虽有可议之处，但是否如钱锺书所言，这是陆游易受"枕边风"影响以及为家业所累未能坚守节操这两个"人性弱点"的体现呢？笔者以为，陆游在庆元党禁期间为韩侂胄撰写《南园记》，确有屈事权贵、全身自保之嫌，这也的确是人性弱点的体现，但易受"枕边风"影响云云，如朱东润所言，其事未必可靠，近于捕风捉

---

〔1〕《陆游传》。

〔2〕陆游：《南园记》，按：这两篇文章并未被陆游收入文集中，叶绍翁"闻并《阅古记》不登于作记者之集，又碑已仆，惧后人无复考其详，今并载二记云"，收入《四朝闻见录》，中华书局，1989，第187页。

〔3〕陆游：《阅古泉记》，《四朝闻见录》，第185页。

影。陆游晚年再出,为朝廷修史,又与韩侂胄过从甚密,后人讥其为"权门清客"[1],也未免持论过苛。韩侂胄立意北伐,终不失大丈夫之志,陆游与其过从,不止于闲玩林泉,也有共襄北伐大业的一面,"清客"之讥,未免持论过苛了。

那么,陆游是否如钱锺书所言,乐衷于炫耀功名呢?朱东润指出,陆游对于建立功名的向往,一向没有讳言过,他在《太息》一诗中表白说,"早岁元于利欲轻,但余一念在功名。白头不试平戎策,虚向江湖过此生"。[2] 朱东润辨析说,"利欲"和"功名"是两种不同的观念。"利欲"是从个人利益出发的,因此是坏的,是对于集体、对于国家不利的;"功名",在为人民立功的意义上,是从事业前途出发的,因此是好的,是对于集体、对于国家有利的。陆游的诗作,正是要把这两种不同的观念,加以应有的区别。[3]

诚如朱东润所言,"功名"不同于"利欲"。从字面来看,"功名"包含"事功"和"名誉"两个方面,钱锺书将其译为"deed and glory"(见上引文),颇为贴切。孔子说,"君子疾没世而名不称焉"(《论语·卫灵公》),屈原说,"老冉冉其将至兮,恐修名之不立"(《离骚》),司马迁说,"立名者,行之极也"(《报任安书》)。可见,名誉一事,为历代士人所推重。此外,儒家倡言"三不朽",其中之一是"立功"。《左传·襄公二十四年》载,春秋时鲁国的叔孙豹与晋国的范宣子曾就何为"死而不朽"展开讨论。范宣子认为,他的祖先从虞、夏、商、周以来世代为贵族,家世显赫,香火不绝,这就是"不朽"。叔孙豹则以为不然,他认为这只能叫作"世

---

〔1〕《陆游传》序。

〔2〕陆游:《太息》,《剑南诗稿校注》,第 2413 页。

〔3〕《陆游传》,第 297 页。

禄"而非"不朽"。在他看来,真正的不朽应是:"'大上有立德,其次有立功,其次有立言',虽久不废,此之谓不朽。"〔1〕孔颖达在《春秋左传正义》中注解说,"立功谓拯厄除难,功济于时"。〔2〕合而观之,"功名"二字本非贬义。古往今来,凡有经世之志者,莫不有"功名"之心。赵子龙所谓"天下女子不少,但恐名誉不立,何患无妻子乎?"虽然出自小说家言,确也道破了历代士子的心声。不过,如果忘了功名之立,应以经世济民为念,以致走上为利禄而功名、为功名而功名的歧途,那就不可取了。从陆游的诗文、生平可见,他确实常怀功名之心,也未摒弃利禄之途,年近耄耋,仍应召出仕修史,但他还不至于肤浅到以功名自炫的地步。钱锺书以为他"乐衷炫耀其功名"(见上引文),虽有一定依据,但评断偏重,失之于严。

和诸多传记作者一样,学者朱东润对他的传主陆游也寄予了更多的同情。但他并没有曲笔护"主",对于陆游在成都流连酒肆歌院的"浪漫"生活,他比较客观地做了揭示和批评:

> 乾道九年的春初,陆游在成都安抚史的衙门中,担任着参议官的名义,这是一个空衔,公事是没有的,正如他自己所说的"冷官无一事,日日得闲游"。他的时光多半消磨在酒肆和歌院当中。……宋代衙门中有官伎,军中也有营伎。……陆游《九月一日夜读诗稿有感走笔作歌》的"宝钗艳舞光照席"是写的营伎。……马可·波罗在游记中曾经写到

---

〔1〕杨伯峻编《春秋左传注(全三册)》,中华书局,2018年6月,第939页。
〔2〕孔颖达疏《春秋左传正义·襄公二十四年》,阮元校刻《十三经注疏》,中华书局,1980,第1979页。

南宋末年临安的伎女。陆游所见的成都伎女，因为和宋末时代相去不远，又是在同样的商业大都市中，她们的生活可能也和临安的情况差不多。她们是被损害和被侮辱的，而这种生活方式的存在，恰恰控诉了那个封建社会的罪恶。陆游到歌院去的目的，只是在醇酒妇人的生活中，寻求一些精神上的安慰。他的生活不够严肃，从我们这个时代来看问题，这样的行为是应该受到批判的。[1]

陆游的《成都行》写尽了他在成都买醉寻欢的"浪漫"：

> 倚锦瑟，击玉壶，吴中狂士游成都。
> 成都海棠十万株，繁华盛丽天下无。
> 青丝金络白雪驹，日斜驰遣迎名姝。
> 燕脂褪尽见玉肤，绿鬟半脱娇不梳。
> 吴绫便面对客书，斜行小草密复疏。
> 墨君秀润瘦不枯，风枝雨叶笔笔殊。
> 月浸罗袜清夜徂，满身花影醉索扶。
> 东来此欢堕空虚，坐悲新霜点鬓须。
> 易求合浦千斛珠，难觅锦江双鲤鱼。[2]

此诗作于乾道九年(1173)，其时，陆游已从成都转赴嘉州(今乐山)出任闲职，所以有"东来此欢堕空虚""难觅锦江双鲤鱼"之叹。全诗于抒发"狂士"逸兴悲情之余，还嵌入了一个双鲤相戏的

---

〔1〕《陆游传》。
〔2〕陆游：《成都行》，《剑南诗稿校注》，第345页。

情节:先是"燕脂褪尽见玉肤,绿鬢半脱娇不梳",后是"月浸罗袜清夜徂,满身花影醉索扶"。其中的寓意,不言自明。

在赋闲成都之前,陆游曾在接近抗金前线的南郑担任四川宣抚史王炎的幕僚。在此期间,陆游积极为王炎的抗金大计出谋划策——"南山南畔昔从戎,宾主相期意气中。渴骥奔时书满壁,饿鸥鸣处箭凌风"(《怀南郑旧游》),也曾亲与战事——"我昔从戎清渭侧,散关嵯峨下临贼。铁衣上马蹴坚冰,有时三日不火食"(《江北庄取米到作饭香甚有感》)。可是,就在这短暂的戎马生涯中,陆游也曾耽于诗酒风流之乐。朱东润这样写道:

> 那时军中的生活,总不免有些浪漫的,而我们的诗人也还是一位浪漫的诗人。高楼的长夜,照耀着无数的灯烛。幕府和将领,诗人和武士,他们痛快地喝酒赌钱,喝过了再喝,赌完了还要赌。一阵嘻笑的声音从浓重的香味中透过来。是谁呀?是歌女,当时也称为歌伎,宋代的官衙中都有,军队中更不必说了。[1]

淳熙二年(1175),陆游在《关山月》一词中吟诵道,"和戎诏下十五年,将军不战空临边。朱门沉沉按歌舞,厩马肥死弓断弦"。[2] 这是对南宋朝廷文恬武嬉的嘲讽。可是,对照陆游在南郑军中的诗酒风流,又是何其讽刺。也恰恰是在淳熙二年,陆游因"不拘礼法"而被人讥为"颓放",他干脆自号"放翁"。[3] 梁启

---

[1]《陆游传》。
[2]陆游:《关山月》,《剑南诗稿校注》,第623页。
[3]《宋史·陆游传》,第12058页。

风雅变古今:"大钱学"视野下的钱锺书研究 136

超盛赞陆游"集中什九从军乐,亘古男儿一放翁",并借此鞭挞销尽"国魂""兵魂"的"诗界千年靡靡风",殊不知,陆游的"从军乐"中也有销魂之乐,在他留存至今的九千多首诗中,除了尚武、爱国之作,也不乏《成都行》之类的"靡靡风"。"放翁"之名,不乏自嘲。

　　西方俗谚说:"有缺点的人才是真实的人。"(It's okay to have flaws,which make you real.)陆游就是一个"有缺点的人",他为权臣韩侂胄撰写的《南园记》《阅古泉记》二记,的确有溢美之嫌,他在南郑、成都的风流逸乐,也难免好色之讥,后人实不必为尊者讳,也不应将一个有血有肉、立体多元的陆游形象,简化为单一的爱国主义符号。在陆游身上,"人性的弱点"和人性的高贵表现得同样明显。二者的结合,才是真实的陆游。

钱锺书对苏东坡赋英译本的评论

英国学人李高洁(Le Gros Clark)曾在 20 世纪 30 年代先后出版了两个版本的苏东坡赋英译本:第一版名为《苏东坡集选译》(*Selection from the Works of Su Tung-Po*),系由伦敦 Jonathan Cape 出版社于 1931 年出版;第二版易名为《苏东坡的赋》(*Su Tung-Po's Prose-poems*),系由上海 Kelly & Walsh 出版社于 1935 年出版。钱锺书先后为《苏东坡集选译》和《苏东坡的赋》撰写了英文书评与英文序言。其英文书评刊登在《清华周刊》1932 年第十一期,署名为"Dzien Tsoong-su";其英文序言在《苏东坡的赋》出版之前,经译者本人许可,先行刊登在《学文月刊》一卷二期(1934 年),也就是《苏东坡的文学背景及其赋》(*Su Tung-Po's Literary Background and his Prose-poetry*)一文。钱锺书对这一段中英学人间的文缘颇为看重,从《谈艺录》第一则里可以找到如下记录:"李高洁君(C. D. Le Gros Clark)英译东坡赋成书,余为弁言,即谓时

区唐宋,与席勒之诗分古今,此物此志。"〔1〕

在上述这两篇英文文章中,钱锺书高度肯定了苏东坡赋的美学价值与历史地位。在他看来,苏东坡赋是"苏东坡最高艺术成就的体现"("Famed in all great arts,Su is supreme in prose-poetry or Fu(赋)")〔2〕;他同时认为,苏东坡是"庾信之后最伟大的赋作者"["He is by far the greatest fu-writer since Yü Sin(庾信)"]〔3〕。

在给予苏东坡赋极高评价的基础上,钱锺书对苏赋英译的学术意义,李高洁译本的遴选标准、文化误读、风格失真及误译漏译等问题,进行了要言不烦的评说。总的说来,钱锺书对李高洁的译本虽有诸多批评,但还是持一种嘉许、勉励的态度,相较之下,吴世昌先生的评论就显得丝毫不留情面,他在《评李高洁〈苏东坡集选译〉》(《新月》4 卷 3 期,1932 年)一文中说,"译者的博学与精技,实在有点不大高明。翻开第一篇,那是《前赤壁赋》,就有许多莫名其妙的大大小小的错误"〔4〕,"若仔细考覆起来,几乎每句每字都有商量的余地","我认为这位李高洁先生对于中文的理解力极差"。〔5〕

〔1〕钱锺书:《谈艺录》(补订本)第一则,中华书局,1984,第 3 页。
〔2〕钱锺书:《序〈苏东坡的赋〉》(*Forward to the Prose-poetry of Su Tung-Po*),即《苏东坡的文学背景及其赋》,外语教学与研究出版社,2005,第 49 页。
〔3〕同上。
〔4〕吴世昌:《评李高洁〈苏东坡集选译〉》,《新月》4 卷 3 期,1932 年。
〔5〕同上。

一

在《苏东坡的文学背景及其赋》一文中，钱锺书对苏东坡赋的美学价值及历史地位做了如下评论：

> 苏东坡在诸多艺术领域皆受称誉，但其最高艺术成就的体现则是散文诗（赋）。在其他创作领域，他只是在继承前贤的基础上有所发展；但他的赋却是文学史上令人惊艳的一笔。在他的赋中，我们可以重新发现一种已经被遗忘了几个世纪的艺术。在整个唐代，赋这个领域几乎是一片空白。韩愈和柳宗元的一些词赋名篇只是对前代作品的生硬模仿，所以只能算是二流之作。欧阳修在其华美丰赡的《秋声赋》中展示了一种新的写作途径，苏东坡则将其发扬光大。在他的笔下，赋这一文体获得了自由，赢得了新生；在他笔下，整齐一律的正步操练变成了闲庭信步，有时简直就是天马行空；他也不再像前代的赋作者那样乐衷于炫耀为文的巧丽。他是庾信之后最伟大的赋作者。如果说庾信向人们展示了如何在词赋的严苛对偶格式下体现出婉转优美的话，苏东坡则成功地柔化和融解了这种僵硬的骈偶形式，磨光了其棱角，使生硬的对偶调和无间。唐子西称许苏东坡赋"一洗万古"，并非夸张之论。由于此处不过是一篇序言的结尾，因此无法详论苏东坡赋的文学成就。在苏东坡的赋中，我们会发现作者所惯有的奇思妙想、轻快语气、

幽默以及博喻。批评家们虽然注意到了这些特点，却忽略了苏东坡的赋与其他文体作品的区别，亦即是速度上的差异。苏东坡的一贯风格是"迅急"，正如阿诺德对荷马的评价，但在他的赋中，他却放缓了速度，让人感觉到他似乎在玩赏着每一个字眼。如《前赤壁赋》苏子问客曰"何为其然也?"以下的段落，便有意采用了慢镜头般的舒缓节奏。当然上述评价并不适用于《延和殿奏新乐赋》《复改科赋》等失败之作……

（Famed in all great arts, Su is supreme in prose-poetry or Fu（赋）. In other species of writing, he only develops along the lines laid down by his immediate predecessors; but his prose-poetry is one of those surprises in the history of literature. Here is an art rediscovered that has been lost for several centuries. The whole T'ang dynasty is a blank as far as prose-poetry is concerned. The famous prose-poems by Han Yu（韩愈）and Liu Tsung-yuan（柳宗元）are all stiff-jointed imitative and second-rate. Ou-yang Hsiu（欧阳修）first shows the way by his magnificent Autumn Dirge, and Su does the rest. In Su's hands, the Fu becomes a new thing he brings ease into what has hitherto been stately; he changes the measured, even-paced tread suggestive of the military drill into a swinging gait, even now and then a gallop; and he dispenses altogether that elaborate pageantry which old writers of fu are so fond of unrolling before the reader. He is by far the greatest fu-writer since Yü Sin

（庾信）．While Yü Sin shows how supple he can be in spite of the cramping antithetical style of the Fu, Su succeeds in softening and thawing this rigid style, smoothing over its angularity and making the sharp points of the riming antitheses melt into one another. T'ang Tsu-his（唐子西）does not exaggerate when he says that in Fu Su "beats all the ancients". The fag-end of a foreword is not the place for a detailed discussion of the literary qualities of Su's Fu's. Su' usual freakishness, buoyancy, humour, abundance of metaphor are all there. But critics, while noting all these, have overlooked that which distinguishes his Fu's from his other writings —— the difference in tempo. Su's normal style is "eminently rapid", as Arnold says of Homer, in his prose-poems, however, he often slackens down almost to the point of languidness as if he were caressing every word he speaks. Take for instance the section in Red Cliff Part I beginning with Su's question "Why is it so?" it moves with the deliberate slowness and ease of a slow-motion picture. What is said above does not apply, of course, to such sorry stuff as Modern Music in the Yen-ho Palace, On the Restoration of the Examination System, etc.[1]）

钱锺书在弱冠之年写下的这段评论有以下几个要点：

其一，沿袭明清李梦阳、程廷祚等人的"唐无赋""唐以后无

---

[1]钱锺书：《序〈苏东坡的赋〉》（*Forward to the Prose-poetry of Su Tung-Po*），第49—50页。

赋"之说,指出,"在整个唐代,赋这个领域几乎是一片空白",在苏东坡之前,赋是一种"已经被遗忘了几个世纪的艺术",韩愈、柳宗元的词赋名篇仅为二流之作。

其二,从宋赋演变的角度指出,苏东坡承继并完善了欧阳修对赋体的变革。

其三,在中国赋文学发展演变的历史视野内,高度赞赏苏东坡突破赋体的僵化形式、赋予赋体以自由和新生的卓越贡献,并誉其为南北朝词赋宗匠庾信之后最伟大的赋作者。

其四,在对苏东坡各类文学与艺术创作(诗、词、文、书、画等)的总体评价中,将苏东坡的赋视为其最高文学成就,同时也是最高艺术成就。

其五,指出苏东坡的赋与其他文体作品在文风上的根本区别在于"速度(tempo)"上的差异,具体而言就是由"迅急"(eminently rapid)变为"舒缓"(the deliberate slowness and ease)。

从词赋研究自民国所取得的进展来看,钱锺书所谓词赋艺术在苏东坡前"被遗忘了几个世纪"之说恐已过时。台湾政治大学陈成文教授认为,"从元明清到民国以来,唐赋的评价有渐渐上升的趋势。比较开始从文学史的角度来肯定唐赋价值的,大概要数明代公安派的袁宏道,他从文学新变角度来肯定(唐)赋的价值。到了清代,李调元和王芑孙又先后各自就律赋之典范,文学史发展等角度来弘扬唐赋之价值,其中王芑孙更是完整地弘扬了唐赋的地位和价值。配合清代科举考律赋的环境,大概可以看到清代对唐赋的肯定。(清以后)从马积高 1987 年著成的《赋史》开始,对唐赋有了正面的评价。台湾学界中则有简宗梧在著作中肯定唐赋的价值。从文学史、赋史专书到学位论文等,学界不仅对唐赋有更高的评价,也注意到唐赋除了律赋,还有古赋等其他不同面貌"[1]。陈成文同时指出,"民国以来,早期文学史家还是常把'唐赋'视为赋体文学的衰变,甚至有把'唐赋'等同于'律赋'的倾向,这或许可以视作是'唐无赋'说的回留"[2]。钱锺书在1934年提出的词赋艺术在苏东坡前"被遗忘了几个世纪"之说,恰好为陈成文的说法提供了一个例证,与此同时,陈的说法也点出了钱锺书之说的症结所在。事实上,钱锺书之所以在对苏东坡赋的评论中着重提到了欧阳修的《秋声赋》与苏东坡的《前赤壁赋》,却独独遗漏了与这两篇文赋齐名的杜牧的《阿房宫赋》(有学者认为,《阿房宫赋》开了文赋的先河[3]),恐怕也是因为钱锺书在词赋发展上的见宋不见唐。

其次,钱锺书所谓苏东坡承继并完善了欧阳修对赋体的变革之说,似已成为学界常谈。[4] 不过,钱锺书应当是较早明确指出苏东坡在赋体的变革上承继并完善了欧阳修的论者。欧阳修对赋体的变革,简单说就是以文为赋、以散驭胼,将平实的文风带入赋体写作。钱锺书在指出苏东坡将欧阳修对赋体的变革"发扬光大""不再像前代的赋作者那样乐衷于炫耀为文的巧丽"的同时,以非常漂亮的比喻对苏东坡赋的挥洒自如做了形容,"在他笔下,

---

[1]台湾政治大学中国古典文艺思潮研读会第三十五次研读会"唐赋之传承与开拓"会后公告,2009年3月5日。

[2]同上。

[3]参阅程观林《名文评注:〈阿房宫赋〉》,《天津师范学院学报》,1980年第6期;王西平、张田《略论杜牧的文和赋》,《齐鲁学刊》,1985年第3期。二文分别提出《阿房宫赋》开文赋先河,杜牧的文与赋显示从唐向宋过渡印迹并奠定骈散结合的文赋基础等观点。

[4]如沈谦在《〈赤壁赋〉赏析》一文中指出,宋代的文赋,首先由欧阳修倡导,到苏东坡则以高妙的才情继踵于后,灌注清新流畅之貌。(台湾《明道文艺》69期,1981年。)翻阅各类诗文鉴赏词典,类似的评论俯拾皆是。

整齐一律的正步操练变成了闲庭信步,有时简直就是天马行空",这样的比喻可以说是相当传神地揭示了苏赋的风格与魅力,在苏东坡赋的评笺中,留下了精彩一笔。

二

相较而言,钱锺书关于苏东坡赋的后三个论点,至今仍属较新颖的评价。

如前所述,钱锺书将苏东坡的赋视为其最高艺术成就的体现。这个论点能否成立,恐怕是见仁见智,很难做出定论。苏东坡为世所公认的旷代奇才,在诗文书画诸文学艺术领域皆有极高造诣:其诗,与黄庭坚并称"苏黄";其词,与辛弃疾并称"苏辛",其文,与韩柳等并称"唐宋八大家";其书,与黄庭坚、米芾等并称"宋四家";其画,开文人画之风。对苏东坡各文学艺术门类的作品,历代论者各有偏好。从文字艺术而言,有重其诗者,有重其词者,有重其散文者,也有重其赋者(如明末茅维《苏文忠公全集》第一卷即是赋),但如钱锺书那样将苏赋拔高到冠绝各体作品之高度者,确实比较少见。究其因,恐怕是因为钱锺书其时方弱冠之年,钟情既深,便发为奇论。中年之后,钱锺书的看法稍有调整,如他在《宋诗选注》苏轼小传中说,"他一向被推为宋代最伟大的文人,在散文、诗、词各方面都有极高的成就"。[1] 在这一评语中,钱锺书虽然将苏东坡的文置于诗词之上,却并未突出他的赋,

---

〔1〕钱锺书:《宋诗选注》,人民文学出版社,1982,第71页。

可见钱锺书对早期的观点已有所校正。尽管如此，其苏赋至上论，仍可备为一说。

再看钱锺书对庾信与苏东坡赋的比较论述，"他是庾信之后最伟大的赋作者。如果说庾信向人们展示了如何在词赋的严苛对偶格式下体现出婉转优美的话，苏东坡则成功地柔化和融解了这种僵硬的骈偶形式，磨光了其棱角，使生硬的对偶调和无间"。钱锺书的这个说法透露了三点信息，一是他对庾信的赋甚为欣赏；二是苏东坡对赋体僵化形式的突破，其远源在于庾信，而不仅是继踵同代的欧阳修；三是在词赋领域，庾、苏可以并称，且后者是南北朝之后词赋第一人。

综观钱锺书的早期著述，他对庾信的赋作确实备极推崇，且有深刻感印。《中书君诗初刊》自序（1933年中秋前作）描述其乞食海上窘况，有"境似白太傅原草之诗，情类庾开府枯树之赋"之语[1]，所谓"枯树之赋"，即是指庾信的《枯树赋》；在首印于1948年的《谈艺录》小引中，有"兰真无土，桂不留人"[2]之慨，其中"兰真无土"用宋末画家郑思肖典[3]，"桂不留人"则是反用《枯树赋》"小山则丛桂留人"之意；《谈艺录》小引篇末云，"知者识言外有哀江南在，而非自比'昭代婵娟子'也"，所谓"言外有哀江南在"，当是指《谈艺录》这部诗学著述中蕴含着庾信《哀江南赋》的悲慨之意，这与《谈艺录》序起首所谓"《谈艺录》一卷，虽赏析之作，而实忧患之书也"，是一个意思。观乎《谈艺录》序并小引之行

---

〔1〕《中书君诗初刊》为钱锺书早年诗集，自费刊印于1934年，收录于拙著《会通与新变：钱锺书研究》，韩国：新星出版社，2003。

〔2〕钱锺书：《谈艺录》小引。

〔3〕郑思肖精于墨兰，宋亡后，他画兰不画土，兰根无所凭。有人曾问其故，郑思肖回答说："土为番人夺去矣。"

文,骈词俪句,悲思郁结,颇有庾信《哀江南赋》《枯树赋》之风。钱锺书主张"骈体文不必是,而骈偶语未可非"[1],恐怕也有为其自辩之意。

在《谈艺录》第九十则,钱锺书对庾赋的风格演变、审美特质及庾信诗赋之别,做了极为精美的评点,钱氏文评重妙悟、重兴会、重词采,深得传统诗话文评神理之谈艺风致,于此可见一斑:

> 子山词赋,体物浏亮、缘情绮靡之作,若《春赋》《七夕赋》《灯赋》《对烛赋》《镜赋》《鸳鸯赋》,皆居南朝所为。及夫屈体魏周,赋境大变,惟《象戏》《马射》两篇,尚仍旧贯。他如《小园》《竹杖》《邛竹杖》《枯树》《伤心》诸赋,无不托物抒情,寄慨遥深,为屈子旁通之流,非复荀卿直指之遗,而穷态尽妍于《哀江南赋》。早作多事白描,晚制善运故实,明丽中出苍浑,绮缛中有流转;穷然后工,老而更成,洵非虚说。至其诗歌,则入北以来,未有新声,反失故步,大致仍归于早岁之风华靡丽,与词斌之后胜于前者,为事不同。《总目》论文而不及诗,说本不误。陈氏所引杜诗,一见《咏怀古迹》:"庾信哀时更萧瑟,暮年词赋动江关",一见《戏为六绝句》:"庾信文章老更成,凌云健笔意纵横。今人嗤点流传赋,不觉前贤畏后生",皆明指词赋说。[2]

---

〔1〕《管锥编》,中华书局,1979,第 1474 页。
〔2〕《谈艺录》第九十则,第 300 页。

周振甫认为,钱锺书的这一评语是对庾信作品的较全面评价。[1] 概括而言,这一节关于庾信赋的评点文字纠正了清陈沆(字太初,有《诗比兴笺》四卷,即引文中所谓陈氏)混淆庾信诗赋之失,肯定了《四库全书总目提要》对庾信骈文及词赋的评价[2],同时以诗化的文字揭示了庾信后期赋的审美特质。

钱锺书指出,庾信北迁后的词赋"明丽中出苍浑,绮缛中有流转",这个说法和他在《苏东坡的文学背景及其赋》一文中对庾赋的评语正好相呼应:"Yü Sin shows how supple he can be in spite of the cramping antithetical style of the Fu."(庾信向人们展示了如何在词赋的严苛对偶格式下体现出婉转优美)。他进而指出,苏东坡比庾信更进一步,"成功地柔化和融解了这种僵硬的骈偶形式,磨光了其棱角,使生硬的对偶调和无间。唐子西称许苏东坡赋'一洗万古'[3],并非夸张之论"。这就是说,苏东坡对赋体僵化形式的突破,其远源在于庾信,庾信是"绮缛中有流转",苏东坡则

---

〔1〕全文如下:"钱先生又讲到庾信的赋,认为庾信在梁朝所作赋,是缘情绮靡之作。如《春赋》:'宜春苑中春已归,披香殿里作春衣。新年鸟声千种啭,二月杨花满路飞,河阳一县并是花,金谷从来满园树。一丛香草足碍人,数尺游丝即横路。……'到梁朝灭亡,庾信屈留在西魏北周,像《小园赋》:'遂乃山崩川竭,冰碎瓦裂,大盗(指侯景)潜移,长离永灭。摧直觜于三危,碎平途于九折。荆轲有寒水之悲,苏武有秋风之别。关山则风月凄怆,陇水则肝肠断绝。……'写亡国之痛,就是杜甫所谓'庾信文章老更成,凌云健笔意纵横'了。《哀江南赋》,是他的凌云健笔的代表作了。这是较全面地评价庾信的作品。"(周振甫等《〈谈艺录〉读本》)

〔2〕《谈艺录》第九十则:"《总目》卷一百四十八谓:'庾信骈偶之文,集六朝之大成,导四杰(王、杨、卢、骆)之先路,为四六宗匠。初在南朝,与徐陵齐名。故李延寿《北史·文苑传》称徐庾意浅文匿,王通《中说》亦谓徐庾夸诞,令狐德棻《周书》至斥为词赋罪人。然此自指台城应教之日,二人以宫体相高耳。至信北迁以后,阅历既久,学问弥深,所作皆华实相扶,情文兼至,抽黄对白,变化自如,非陵之所能及矣。杜甫诗曰:'庾信文章老更成。'则诸家之论,甫固不以为然矣。"

〔3〕原文如下:"余作《南征赋》,或者称之,然仅与曹大家辈争衡耳。惟东坡《赤壁》二赋,一洗万古,欲仿佛其一语,毕世不可得也。"(《唐子西文录》)

是以散驭骈、"一洗万古"。前文提到,有不少学者认为,宋代的文赋首先由欧阳修倡导,到苏东坡则以高妙的才情继踵于后,也有学者将宋代文赋骈散结合的风格成因,上溯到杜牧以《阿房宫赋》为代表的赋作,可是像钱锺书那样将苏东坡在赋体变革上的远源上推至庾信的论者,确实比较鲜见。从钱锺书对庾信与苏东坡的比较论述来看,他其实更推崇苏东坡的赋,因为庾信后期的赋作虽然已脱"风华靡丽"之风,可是还是受到骈俪之体的掣肘,直到苏东坡的笔下,赋这一文体才真正"获得了自由""赢得了新生",他还特别引用了唐子西称许苏东坡赋的评语——"一洗万古",并认为这个评价并非"夸张之论"。更有意思的是,钱锺书将"一洗万古"译为"beats all the ancients"(打败所有前人),这就更明白无误地透露出,在早年的钱锺书看来,苏东坡不仅是庾信之后最伟大的赋作者,而且是比庾信还要伟大的词赋家。

三

钱锺书在后期著述中调整了对庾信的看法。《管锥编》第二五七则至二六二则,对庾信的文、赋做了较全面细致的评说,其中颇多贬语。如其总评庾信之文说,"庾信诸体文中,以赋为最;藻丰词缛,凌江驾鲍,而能仗气振奇,有如《文心雕龙·风骨》载刘桢称孔融所谓'笔墨之性,殆不可任'[1]。然章法时病叠乱复沓,运典取材,虽左右逢源,亦每苦支绌,不得以而出于蛮做杜撰"。这

---

[1]刘勰:《文心雕龙·风骨》。

一评价在肯定庾赋"藻丰词缛""仗气振奇"的同时,从章法、运典两方面指出了其作"叠乱复沓""蛮做杜撰"等弊端,这与《谈艺录》称许后期庾赋"善运故实""绮缛中有流转""穷然后工"等夸赞之词,形成了较大反差,这就意味着钱锺书对庾信赋的审美评判经历了一个由早年的钟情甚深、偏于主观到后期的冷眼静观、更趋理性的过程。[1]

钱锺书在评论《小园赋》时又称,"庾信赋推《哀江南赋》为冠,斯篇亚焉,《枯树赋》更下之,余皆鳞爪之"[2]。这样的排序,可称允当。不过,从苏东坡赋与庾信赋的比较而论,位列庾赋三甲之末的《枯树赋》与苏赋代表作《前赤壁赋》之间,似有更大相似性。

《枯树赋》为抒情骈赋,共分四节,全文以树喻人,寄托盛衰忧思,凄怆感发,忉怛惽恻,兹录此赋与《前赤壁赋》可相比照者于后:

> 殷仲文风流儒雅,海内知名。世异时移,出为东阳太守。常忽忽不乐,顾庭槐而叹曰:"此树婆娑,生意尽矣。"至如白鹿贞松,青牛文梓,根柢盘魄,山崖表里。桂何事而销亡,桐何为而半死?昔之三河徙植,九畹移根,开花建始之殿,落实睢阳之园,声含嶰谷,曲抱云门。……
>
> 况复风云不感,羁旅无归,未能采葛,还成食薇,沈沦穷

---

[1] 民初诗评家陈衍先生曾针对钱锺书早期诗作的"绮靡"之风,告诫其"汤卿谋不可为,黄仲则尤不可为"(见陈衍《石遗室诗话续编》,无锡国专丛书)。观乎钱锺书后期诗作,确较其少作浑朴简妙。正如庾信的赋当作前后期看,钱锺书的学风、诗风也有前后之别。

[2]《管锥编》第二五七则,第 1518 页。

巷,芜没荆扉,既伤摇落,弥嗟变衰。《淮南子》云:"木叶落,长年悲。"斯之谓矣。乃为歌曰:"建章三月火,黄河千里槎。若非金谷满园树,即是河阳一县花。"桓大司马闻而叹曰:"昔年移柳,依依汉南;今看摇落,凄怆江潭。树犹如此,人何以堪。"(《枯树赋》)

于是饮酒乐甚,扣舷而歌之。歌曰:"桂棹兮兰桨,击空明兮溯流光。渺渺兮予怀,望美人兮天一方。"客有吹洞箫者,倚歌而和之。其声呜呜然:如怨如慕,如泣如诉,余音袅袅,不绝如缕。舞幽壑之潜蛟,泣孤舟之嫠妇。

苏子愀然,正襟危坐而问客曰:"何为其然也?"

客曰:"月明星稀,乌鹊南飞,此非曹孟德之诗乎?西望夏口,东望武昌,山川相缪,郁乎苍苍,此非孟德之困于周郎者乎?方其破荆州,下江陵,顺流而东也,舳舻千里,旌旗蔽空,酾酒临江,横槊赋诗,固一世之雄也,而今安在哉?况吾与子渔樵于江渚之上,侣鱼虾而友麋鹿,驾一叶之扁舟,举匏樽以相属。寄蜉蝣于天地,渺沧海之一粟。哀吾生之须臾,羡长江之无穷。挟飞仙以遨游,抱明月而长终。知不可乎骤得,托遗响于悲风。"

苏子曰:"客亦知夫水与月乎?逝者如斯,而未尝往也;盈虚者如彼,而卒莫消长也。盖将自其变者而观之,则天地曾不能以一瞬;自其不变者而观之,则物与我皆无尽也,而又何羡乎?且夫天地之间,物各有主,苟非吾之所有,虽一毫而莫取。惟江上之清风,与山间之明月,耳得之而为声,目遇之而成色,取之无禁,用之不竭,是造物者之无尽藏也,

而吾与子之所共适。"(《前赤壁赋》)

《枯树赋》借东晋名士殷仲文的感叹起兴,又以东晋简文帝时大司马桓温的悲慨收尾,虽未如《前赤壁赋》那样采用汉大赋的主客问答结构,却隐有对答应和之势,可以说是采用了隐性的问答形式,而且所传达的都是微眇个体面对盛衰盈虚时的沧桑之悟、时间之悟,只是苏东坡以他的豪放旷达消解了飘逝与永恒的对立,从而走出了庾信式的盛年难再、繁华成空的悲情,我们因此大可将《前赤壁赋》中的"客"看成庾信的替身,而苏子的答客问则是对魏晋南北朝时期遍被华林的人生苦短、及时行乐的悲观主义人生观的回答与调解。从语言风格上来看,《枯树赋》的运句行文虽然能在骈体文的框格内展现腾挪之巧,颇合于《四库全书总目》所谓"华实相扶,情文兼至,抽黄对白,变化自如"的评价,却到底比不上《前赤壁赋》的潇洒灵动、斧凿无痕,这就印证了钱锺书对苏、庾二人的评价,"如果说庾信向人们展示了如何在词赋的严苛对偶格式下体现出婉转优美的话,苏东坡则成功地柔化和融解了这种僵硬的骈偶形式,磨光了其棱角,使生硬的对偶调和无间"。[1]

钱锺书又指出,"在苏东坡的赋中,我们会发现作者所惯有的奇思妙想、轻快语气、幽默以及博喻。批评家们虽然注意到了这些特点,却忽略了苏东坡的赋与其他文体作品的区别,亦即速度上的差异。苏东坡的一贯风格是'迅急',正如阿诺德对荷马史诗的评价,但在他的赋中,他却放缓了速度,让人感觉到他似乎在玩

---

〔1〕见本文第一节译文。

赏着每一个字眼。如《前赤壁赋》苏子问客曰'何为其然也?'以下的段落,便有意采用了慢镜头般的舒缓节奏。当然上述评价并不适用于《延和殿奏新乐赋》《复改科赋》等失败之作……"

钱锺书以音乐术语"速度(tempo)"评价苏东坡的赋,并指出苏东坡的赋与其他文体作品在文风上的根本区别就是由荷马式的"迅急"变为"舒缓",可以说是打通了文学与音乐的界限,又包含着中西文学的比较,确实颇有新意。tempo 为意大利文,原意为时间,复数形式为 tempi,乃常用音乐术语。在音乐中,时间被分成均等的基本单位,每个单位称为一拍。"拍(beat)"是给演奏者指示(如以指挥的手或指挥棒的动作或以节拍器的滴答声)的时间单位或速度单位。拍子的时值是一个相对的时间概念,比如当乐曲的规定速度为每分钟 60 拍时,每拍占用的时间是一秒,半拍是二分之一秒;当规定速度为每分钟 120 拍时,每拍的时间是半秒,半拍就是四分之一秒。每分钟多少拍的英文简写是 bpm(beat per minute),常见于乐谱前端,以标示音乐行进的速度,如急板(Presto)的行进速度为 168~200 bpm,也就是每分钟 168~200 拍;快板(Allegro)的行进速度为 120~168 bpm,也就是每分钟 120~168 拍;行板(Andante)的行进速度为 76~108 bpm,也就是每分钟 76~108 拍;柔板(Adagio)的行进速度为 66~76 bpm,也就是每分钟 66~76 拍。Presto、Allegro、Andante、Adagio 都是意大利文,本义为 very fast,fast and bright,at a walking pace,slow and stately,从这些词的本义来看,钱锺书所谓"迅急"(eminently rapid)与舒缓(the deliberate slowness and ease)分别相当于音乐里的急板与柔板(也称慢板)。这就是说,在钱锺书看来,苏东坡诗词散文的韵律多为急板,其赋作的韵律则多为柔板,由诗词散文的文势迅急变为赋作的行文舒缓,就如同西洋乐曲的从急板变为柔板,也好比古琴演奏的从"骤急"变为"清徐"。

钱锺书以西洋乐理论苏赋,确实给我们提供了一个新颖的视角,也确实有助于揭示苏赋的审美特质。以《前赤壁赋》为例,此文与《江城子·老夫聊发少年狂》《石鼓歌》《六月二十七日望湖楼醉书》《刑赏忠厚之至论》《教战守策》等诗文相比,确实放缓了行文速度,有一种清徐之逸兴;再从文章布局来看,"苏子愀然,正襟危坐而问客曰:'何为其然也?'"一节,从文义上来看,可有可无,因为主客饮酒江上、箫歌和鸣所生之悲感已足可为下一节人生须臾之哀叹起兴,但从文章的乐感上来看,这一节又绝不可弃,如果少了这一节,行文的速度就降不下来,柔板的韵味就会减损许多,也收不到引人遐思、引人入胜的效果。

不过,苏赋的韵律并非都是柔板风味,如《延和殿奏新乐赋》《复改科赋》等钱锺书所谓"失败之作"自不必提,他如《滟滪堆赋》《屈原庙赋》《洞庭春色赋》等,语密词繁,亦不如《前赤壁赋》《后赤壁赋》之舒缓灵动、清徐秀逸;与此同时,苏东坡的诗词散文也并非都是文势"迅急"之作,如《定风波》一词就颇有柔板风味,其中的短语"谁怕?",上承"竹杖芒鞋轻胜马"之轻快,下启"一蓑烟雨任平生"之豪兴,颇似"苏子愀然而问"一节,具有放缓文势、引人遐思之效。

在《苏东坡集选译》书评中,钱锺书谈道,"苏东坡的俏皮与哲思在李高洁的译文中变成了笨拙与说教(Su's playfulness becomes almost elephantine in the translation, and his philosophisings read so pontifical in English.)"[1]。此亦无可如何之事,苏东坡诗文妙品之纵逸自如、潇洒不羁,即便是精于汉语文学者尚不能把捉,又岂能苛责于外人?

余论:关于今人作赋

自苏东坡《前赤壁赋》出,赋之境界全开,诚可谓"一洗万古"。今人作赋,当效其神理,以散驭骈,自如挥洒。

苏东坡上承庾子山、杜樊川、欧阳永叔,以文豪之大手笔,开文赋之新天地。我辈处白话通行之世,傥习为赋作,自以采文赋之体为宜,亦可兼纳律赋之音色,骈赋之工对,骚赋之比兴。

自篇幅体制而论,我辈可于抒情小赋一体多所修习,务求以灵动之文,写真挚之情,不溢美,不流俗,庶几有成。至如汉大赋之体,本为宫廷文学,绣错绮文,体制恢宏,且不免粉饰夸大之嫌,非今人所宜尤而效之矣。

---

〔1〕钱锺书:《评〈苏东坡集选译〉》(*A Book Note on Selection from the Works of Su Tung-P' o*),《清华周刊》第十一期英语增刊(English Supplement),1932年,第747页。

美文自古如名马

——钱锺书苏赋论申说

意大利当代小说家卡尔维诺(Italo Calvino)向新千年文学推荐了六种价值,第二种为"迅速"。卡尔维诺对这一文学价值的推崇与19世纪英国批评家马修·阿诺德(Matthew Arnold, 1822—1888)对荷马史诗的评价遥相呼应。钱锺书则以西方音乐术语"速度"评价苏东坡的赋,并指出苏东坡的赋与其他文体作品在文风上的根本区别就是由荷马式的"迅急"变为"舒缓"。

钱锺书认为,历代批评家们忽略了苏东坡的赋与其他文体作品的区别,亦即速度上的差异。苏东坡的一贯风格是"迅急",正如阿诺德对荷马史诗的评价,但在他的赋中,他却放缓了速度,让人感觉到他似乎在玩赏着每一个字眼。

钱锺书以西方音乐术语"速度"评价苏东坡的赋,并指出苏东坡的赋与其他文体作品在文风上的根本区别就是由荷马式的"迅急"变为"舒缓",可以说是打通了文学与音乐的界限,又包含着中西文学的比较,确实颇有新意,笔者拟结合英国维多利亚时期的

诗人兼批评家马修·阿诺德对荷马史诗的评论、荷马史诗英译者
纽曼(Francis W. Newman)对阿诺德的回应、意大利当代小说家卡
尔维诺的以马喻文等诗学思想,进一步探讨钱锺书的苏东坡诗文
"速度"说所彰显的"文字艺术的快与慢"问题。

一 荷马的"迅急"

1860 年 11 月至 12 月,阿诺德在剑桥大学做了三场关于荷马
史诗各英译本得失的讲座,三篇讲演稿汇集为《论荷马史诗的翻
译》(On Translating Homer)一文,后来成为西方文学批评及译介
学名作。阿诺德在文章中总结了荷马史诗的四个特点,分别为
"迅急"(eminently rapid),"运思与表达的爽利(eminently plain
and direct both in the evolution of his thought and in the expression of
it)","思想本身的爽利"(eminently plain and direct in the sub-
stance of his thought),还有"高贵"(eminently noble)。阿诺德认
为,和他同时代的赖特先生(Mr. Wright)及英国早期浪漫主义先
驱诗人威廉·考珀(William Cowper)的荷马英译本,都未能表现
出"迅急"这一特点。[1]

阿诺德进而指出,考珀的弥尔顿式的精致风格迥异于荷马史
诗行云流水般的迅捷,这令他的译文与荷马原文之间隔着一层迷
雾(between Cowper and Homer there is interposed the mist of Cow-

---

〔1〕Matthew Arnold. *On Translating Homer*. A printed version of the series of public lectures
at Oxford ,1861.

per's elaborate Miltonic manner, entirely alien to the flowing rapidity of Homer)[1];弥尔顿的无韵诗(亦称素体诗,不押韵,每行五音步)格律精严,迥异于荷马史诗的迅急(Homer is eminently rapid, and to this rapidity the elaborate movement of Miltonic blank verse is alien.)[2]。阿诺德还特意引用了考珀本人关于荷马与弥尔顿行文风格之别的论述:

> 弥尔顿与荷马的行文风格的区别在于,任何一个熟知这两位作家的人在阅读其中任何一位的作品时都会深刻感受到两者的不同;这位英国诗人与古希腊诗人在中断(breaks)与停顿(pauses)的处理方面截然不同。[3]

阿诺德阐发考珀的观点说,弥尔顿、但丁的倒装句法(inversion)、蕴藉风格(pregnant conciseness)与荷马的直捷(directness)、流畅(flowingness)恰异其趣。在荷马史诗中,无论是最简单的叙事还是最深邃的抒情,均体现出直捷流畅的风格。[4] 阿诺德随后笔锋一转,批评考珀的英译本常常背离了荷马的风格,他还精心选取了考珀所译《伊利亚特》第八卷、第十九卷中的两个段落作为例证:

> 就像这样,特洛伊人点起繁星般的营火,

---

[1]Matthew Arnold. *On Translating Homer*. A printed version of the series of public lectures at Oxford ,1861.
[2]同上。
[3]同上。
[4]同上。

在伊利昂城前,珊索斯的激流和海船间。[1]

So numerous seem'd those fires the banks between
Of Xanthus, blazing, and the fleet of Greece
In prospect all of Troy;[2]

不是因为我们腿慢,也不是因为漫不经心,
才使特洛伊人抢得铠甲,从帕特罗克洛斯的肩头;
是一位无敌的神祇,长发秀美的莱托的儿子,
将他杀死在前排的战勇里,让赫克托耳获得光荣。[3]

For not through sloth or tardiness on us
Aught chargeable, have Ilium's sons thine arms
Stript from Patroclus' shoulders; but a God
Matchless in battle, offspring of bright-hair'd
Latona, him contending in the van
Slew, for the glory of the chief of Troy.[4]

　　阿诺德认为,第一个段落中出现的"blazing"(熊熊燃烧)一词
歪曲了荷马的风格,在原文中,荷马只是朴素地描述了特洛伊人

---

　〔1〕见陈中梅译《伊利亚特》,花城出版社,1994。
　〔2〕Matthew Arnold. *On Translating Homer*. A printed version of the series of public lectures at Oxford , 1861.
　〔3〕见陈中梅译《伊利亚特》,花城出版社,1994。
　〔4〕Matthew Arnold. *On Translating Homer*. A printed version of the series of public lectures at Oxford , 1861.

在伊利昂城外点起营火。[1] 第二个段落内容相对复杂,这段话描述阿喀琉斯谴责他的战马将帕特罗克洛斯遗弃在战场后,他的战马所做的答复。阿诺德认为,考珀译文中的第一个倒装句(have Ilium's sons thine arms stript from Patroclus' shoulders)带给读者不同于荷马的节奏感,第二个倒装句(a God him contending in the van Slew)带给人的这种印象比前者强烈十倍。[2] 当读者在阅读荷马史诗原文的时候,感到顺畅流利、毫无阻滞,可是在读考珀的译文时,却被打断了两次。荷马史诗中的简单段落与精心锤炼的段落,都是一样的行文朴素(simplicity)而迅捷(rapidity)。[3]

阿诺德随后着眼于荷马史诗翻译中的韵脚(rhyme)问题,对蒲伯、查普曼的译本与原著的风格差异进行了解析。他认为,蒲伯所译的《伊利亚特》比考珀的译本更接近原著风格,因为前者的节奏更快。然而,蒲伯的节奏仍然不同于荷马。[4] 究其因,在于韵脚的运用。阿诺德认为:"韵脚的运用会不可避免地将原文中独立的句子改造为对偶句,从而改变原文的节奏。"(rhyme inevitably tends to pair lines which in the original are independent, and thus the movement of the poem is changed.)他选取了查普曼所译《伊利亚特》第十二卷中萨耳裴冬(Sarpedon)对格劳科斯(Glaucus)所说的一段话作为例证:

---

[1]Matthew Arnold. *On Translating Homer*. A printed version of the series of public lectures at Oxford ,1861.

[2]同上。

[3]同上。

[4]同上。

我的朋友啊,要是你我能从这场战斗中生还,

得以长生不死,拒老抗衰,与天地同存,

我就再也不会站在前排里战斗,

也不会再要你冲向战场,人们争得荣誉的地方。

但现在,死的精灵正挨站在我们身边,

数千阴影,谁也逃身不得,(以下略)[1]

O friend, if keeping back

Would keep back age from us, and death, and that we might not wrack

In this life's human sea at all, but that deferring now

We shunn'd death ever,—nor would I half this vain valour show,

Nor glorify a folly so, to wish thee to advance;

But since we must go, though not here, and that besides the chance

Propos'd now, there are infinite fates, &c.[2]

阿诺德认为,查普曼由于押韵的需要(以第五行最后一字"advance"与第六行最后一字"chance"相押),改造了荷马的句式,从而"彻底改变和破坏了原文段落的节奏"(entirely changes and

---

[1]见陈中梅译《伊利亚特》,花城出版社,1994。

[2]Matthew Arnold. *On Translating Homer*. A printed version of the series of public lectures at Oxford ,1861.

spoils the movement of the passage）。[1]   为了清楚显示译文效果和
原文效果的差别,阿诺德还从希腊文原文直译相关段落如下:

> 我就再也不会站在前排里战斗,
> 也不会再要你冲向光荣的战场。
> Neither would I myself go forth to fight with the foremost,
> Nor would I urge thee on to enter the glorious battle.[2]

对比查普曼的意译与阿诺德的直译可以看到,荷马的行文直
截了当,不像查普曼的译文那样曲折。阿诺德分析此句的上下文
关系说,荷马在此句后稍作停顿(也就是在句末加上冒号),随后
从语态和文意上作出"转折"(an opposed movement)[3]:

> 但是——上千个死的精灵正挨站在我们身边,
> But—for a thousand fates of death stand close to us al-
> ways—[4]

阿诺德认为,荷马在构造这一诗行的时候,希望以"最快的速
度"(the most marked rapidity)摆脱前面的诗行,但查普曼为了押
韵,却把前后诗行紧密结合起来。当人们读到查普曼译文中的
"chance"一词时,会不由自主地将它与上文的"advance"一词相对

---

〔1〕Matthew Arnold. *On Translating Homer*. A printed version of the series of public lectures at Oxford ,1861.
〔2〕同上。
〔3〕同上。
〔4〕同上。

照,并随之将阅读视线拉回到以"advance"结尾的前一诗行。这不是荷马的节奏。"按照荷马的节奏,读者应该将前面的诗句抛诸脑后,毫不停歇地往下阅读。"[1]

押韵诚然可以通过强化句子间的对偶关系以彰显彼此间的相对"独立"(separation),整饬的对偶也确实富有上佳的修辞效果,这正是蒲伯译文的特点,却完全背离了荷马的风格。蒲伯的译文未能表现出荷马的直截了当,这正是他的失败之处。荷马习惯于以由此及彼的移动(moving away)令句子与句子分离,蒲伯却喜欢以对偶(antithesis)显示句子间的相对独立。阿诺德自信地宣称,他所引用的查普曼的译文,就是最好例证。[2]

二 苏东坡的"速度"

钱锺书在评论苏东坡的文学风格时,参照了阿诺德对荷马诗风的评价。在他看来,苏东坡诗文的总体风格是荷马史诗般的"迅急",只是在赋这一体裁上,放缓了速度。换句话说,苏东坡的一般诗文有如急管繁弦,其赋作则有如轻柔慢板。

根据上文所述,荷马史诗般的"迅急",是一种直截了当、顺畅流利、促使读者不停往下阅读的文风,既不像弥尔顿、但丁的诗作那样由于喜用倒装句法而使行文曲折,也不会像查普曼那样由于押韵的需要而强化句子间的对偶关系,进而迟滞了行文的速度。

---

〔1〕Matthew Arnold. *On Translating Homer.* A printed version of the series of public lectures at Oxford , 1861.

〔2〕同上。

钱锺书认为,在苏东坡的笔下,赋这一文体获得了自由,整齐一律的正步操练变成了闲庭信步,有时甚至是天马行空。如果说庾信向人们展示了如何在词赋的严苛对偶格式下体现出婉转优美的话,苏东坡则成功地柔化和融解了这种僵硬的骈偶形式,磨光了其棱角,使生硬的对偶调和无间。[1] 按照阿诺德对行文速度的评判标准,苏东坡突破僵硬骈偶形式,犹如天马行空般自如挥洒的赋作,应属"迅急"文风。钱锺书却认为,苏东坡的赋作节奏"舒缓",有如慢板。

为什么两者会在文风判断上出现这种认知上的差异呢?

笔者以为,这是由于他们的关注点不同。钱锺书以《前赤壁赋》为例指出,苏东坡在"苏子问客曰'何为其然也?'"以下段落,有意采用了"慢镜头"般的舒缓节奏。[2] 这就是说,"何为其然也?"之前的段落行文速度较快,此后的段落行文速度较慢,有如"慢镜头"。

兹将前后段落照录如下:

> 于是饮酒乐甚,扣舷而歌之。歌曰:"桂棹兮兰桨,击空明兮溯流光。渺渺兮予怀,望美人兮天一方。"客有吹洞箫者,倚歌而和之。其声呜呜然:如怨如慕,如泣如诉,余音袅袅,不绝如缕。舞幽壑之潜蛟,泣孤舟之嫠妇。"[3]

---

〔1〕Matthew Arnold. *On Translating Homer*. A printed version of the series of public lectures at Oxford ,1861.

〔2〕参见钱锺书《钱锺书英文文集》,外语教学与研究出版社,2005。

〔3〕参见苏轼《苏轼选集》,王水照选注,上海古籍出版社,1999。

客曰:"月明星稀,乌鹊南飞,此非曹孟德之诗乎? 西望夏口,东望武昌,山川相缪,郁乎苍苍,此非孟德之困于周郎者乎? 方其破荆州,下江陵,顺流而东也,舳舻千里,旌旗蔽空,酾酒临江,横槊赋诗,固一世之雄也,而今安在哉? 况吾与子渔樵于江渚之上,侣鱼虾而友麋鹿,驾一叶之扁舟,举匏樽以相属。寄蜉蝣于天地,渺沧海之一粟。哀吾生之须臾,羡长江之无穷。挟飞仙以遨游,抱明月而长终。知不可乎骤得,托遗响于悲风。"

如果以阿诺德的眼光来看,这两个段落与查普曼的译笔相似,其中固然有散句,但对偶、押韵的运用都很明显,因此同属曲折迟缓文风。钱锺书却认为前一个段落行文速度较快。照钱锺书的思路来推断,这两个段落的文风之所以会出现转变,关键在于疑问句的运用。首先,作为前后过渡的"何为其然也?"是一般疑问句,此后紧接"此非曹孟德之诗乎?""此非孟德之困于周郎者乎?"两个反问句。这三个接连出现的疑问句,显然有一种逐步将读者引入思考状态的效果,行文速度也随之放缓。换言之,诗文中的疑问句有助于减慢行文速度。这和阿诺德看问题的角度不同,在阿诺德看来,会减缓行文速度的是押韵、对偶、倒装等修辞手法。

笔者以为,钱锺书和阿诺德对影响行文速度的因素的看法,对于科学地分析文学作品的节奏、风格,具有重要的启示意义和参考价值,但也不能一概而论,还要看具体情况。事实上,押韵、对偶、倒装及疑问句的运用不一定会减缓文势,除倒装句之外,押韵、对偶和疑问句的运用有时还有助于加快行文速度。屈原《天问》自"遂古之初,谁传道之? 上下未形,何由考之"始,至"吾告堵敖以不长。何试上自予,忠名弥彰"终,全诗近四百句,几乎全由疑问句构成,共对宇宙演化、社会历史、家国命运提出一百七十多个问题。句式以四言为主,间杂以三、五、六、七、八言,大体上四句一节,每节一韵,且"何""胡""焉""几""谁""孰""安"等疑问词交替变化。诵读此诗,固然处处引人深思,但从总体行文风格来看,却是整饬中见变化,端凝中显雄放,势如潮涌,几不可遏。

再看苏东坡的两首诗作:

六月二十七日望湖楼醉书(其一)

黑云翻墨未遮山,

白雨跳珠乱入船。

卷地风来忽吹散,

望湖楼下水如天。[1]

百步洪(其一)

长洪斗落生跳波,轻舟南下如投梭。

水师绝叫凫雁起,乱石一线争磋磨。

有如兔走鹰隼落,骏马下注千丈坡。

断弦离柱箭脱手,飞电过隙珠翻荷。

四山眩转风掠耳,但见流沫生千涡。

崄中得乐虽一快,何意水伯夸秋河。

我生乘化日夜逝,坐觉一念逾新罗。

---

〔1〕参见苏轼《苏轼选集》,王水照选注,上海古籍出版社,1999。

纷纷争夺醉梦里，岂信荆棘埋铜驼。

觉来俯仰失千劫，回视此水殊委蛇。

君看岸边苍石上，古来篙眼如蜂窠。

但应此心无所住，造物虽驶如吾何。

回船上马各归去，多言譊譊师所呵。[1]

　　这两首诗的运思和行文速度都相当快捷，颇具代表性地体现了苏东坡的"迅急"文风。

　　第一首诗为七言律绝，首句用邻韵，采"孤雁入群"格，第三句末字采"仄平仄"格，首二句相对偶，末字皆平声，亦为变格，可见作者写作此诗时的意兴盎然、豪放不羁，不愧是文豪"醉书"。全诗以寥寥四行诗句传神再现了杭州西湖在暴雨前（"黑云翻墨"）、暴雨中（"白雨跳珠"）、暴雨后（"望湖楼下水如天"）的景象，涵盖全面，层次丰富，却又衔接紧密，转换迅捷，给人以痛快淋漓、豁然开朗之感。韵脚的呼应（"山"，十五删；"船""天"，一先），对偶的运用（"黑云翻墨未遮山，白雨跳珠乱入船"），并未削减行文快捷。

　　第二首诗为七言古风，用"五哥"韵，除"蛇"字借邻韵（六麻）外，大体一韵到底。全诗表现徐州百步洪水势湍急、行船险峻景象，并由此感悟光阴易逝，人生匆匆，唯有心无所住，心无挂碍，才能在岁月变迁中保持超然淡定心境。全诗由写景而入禅悟，文势超逸，一气呵成，读来极为畅快。清代学者汪师韩评论此诗说："用譬喻入文，是轼所长。此篇摹写急浪轻舟，奇势迭出，笔力破

---

[1] 参见苏轼《苏轼选集》，王水照选注，上海古籍出版社，1999。

余地,亦真是险中得乐也。后幅养其气以安舒,犹时见警策,收煞得住。"[1]纪晓岚评点说:"语皆奇逸,亦有滩起涡旋之势。"[2]汪、纪二位的评语均突出了苏诗的"势"。"势"这个概念,既是中国古代哲学中的重要范畴,也是中国古典诗学中的重要范畴。孙子说,"激水之疾,至于漂石者,势也"[3],又说,"木石之性:安则静,危则动,方则止,圆则行。……转圆石于千仞之山者,势也"。[4] 可见,在孙子看来,"势"是一种不断蓄积和增强的力量。唐释皎然论文章之"势"说,"高手述作,如登荆、巫,觌三湘、鄢、郢山川之盛,萦回盘礴,千变万态(文体开阖作用之势)。或极天高峙,崒焉不群,气腾势飞,合沓相属(奇势在工);或修江耿耿,万里无波,欻出高深重复之状(奇势互发)。古今逸格,皆造其极妙矣"。[5] 释皎然的这一"明势"之论区分了文章之"势"的三种表现形式,一是"萦回盘礴,千变万态",一是"气胜势飞,合沓相属",一是"万里无波,奇势雅发"。《百步洪》第一首可以说是兼有前二者,既有"萦回盘礴"之奔放多变,又有"合沓相属"之峻拔高远。此诗前幅"摹写急浪轻舟,奇势迭出",正是它的奔放多变处,读者从中可以感受到不断蓄积和增强的表现力与感染力;后幅"养其气以安舒,犹时见警策",则是它的峻拔高远处,读者从中可以感到由前幅的"萦回盘礴"之势转化而来的"气胜势飞"的笔力与"崒焉不群"的反思力。

　　与《百步洪》第一首相比,《六月二十七日望湖楼醉书》第一

〔1〕参见苏轼《苏轼选集》,王水照选注,上海古籍出版社,1999。
〔2〕同上。
〔3〕参见杨丙安《十一家注孙子校理》,中华书局,1999。
〔4〕同上。
〔5〕见李壮鹰《诗式校注》,人民文学出版社,2003。

首虽篇幅短小,却同样体现出苏东坡擅长蓄"势"、造"势"的艺术特点。"望湖楼下水如天"之开悟,正是由前文峻急之势导出,因而给人以豁然开朗之感。钱锺书认为苏东坡的赋以外的诗文具有荷马史诗式的"迅急"文风,向之论者又尊其为豪放派词宗。笔者以为,"迅急"也好,"豪放"也罢,均和苏东坡擅长蓄"势"、造"势"的艺术特点不可分割。蓄"势"、造"势"之法有多种,从《百步洪》第一首、《六月二十七日望湖楼醉书》第一首两首诗作来看,迅捷的场景转换与磅礴的博喻排比是蓄"势"、造"势"的有效手段。

钱锺书在评论苏东坡诗歌艺术时指出,苏东坡"在风格上的大特色是比喻的丰富、新鲜和贴切,而且在他的诗里还看得到宋代讲究散文的人所谓'博喻'或者西洋人所称道的莎士比亚式的比喻,一连串把五花八门的形象来表达一件事物的一个方面或一种状态。这种描写和衬托的方法仿佛是采用了旧小说里讲的'车轮战法',连一接二搞得那件事物应接不暇,本相毕现,降伏在诗人的笔下。在中国散文家里,苏轼所喜欢的庄周和韩愈就都用这个手法;……在中国诗歌里,《诗经》每每有这种写法,像'国风'的《柏舟》连用镜、石、席三个形象来跟心情参照,'小雅'的《斯干》连说'如跂斯翼,如矢斯棘,如鸟斯革,如翚斯飞'来形容建筑物线条的整齐挺耸。但是我们试看苏轼的《百步洪》第一首里写水波冲泻的一段:'有如兔走鹰隼落,骏马下注千丈坡。断弦离柱箭脱手,飞电过隙珠翻荷',四句里七种形象,错综利落,衬得《诗经》和韩愈的例子都呆板滞钝了。其他像《石鼓歌》里用六种形象来讲'时得一二遗八九',《读孟郊诗》第一首里用四种形象来讲

'佳处时一遭',都是例证"〔1〕。钱锺书总结说,"上古理论家早已着重诗歌语言的形象化,很注意比喻;在这一点上,苏轼充分满足了他们的要求"〔2〕。

钱锺书可能是第一个运用"博喻"这个概念总结苏东坡诗歌艺术特点并以此解说《百步洪》第一首之艺术手法的诗评家(宋洪迈、清查慎行和赵翼等人分别以"韩苏两公为文章,用譬喻处,重复联贯,至有七八转者""联用比拟,局阵开拓,古未有此法,自先生创之""形容水流迅驶,连用七喻,实古所未有"评价《百步洪》第一首广取譬的修辞特点,均未借用始见于宋人文评的"博喻"之名〔3〕),也是第一个将"博喻"法与"沙(莎)士比亚式的比喻"相类比的中国古典文学研究者,他的"车轮战法"之喻,及对《百步洪》第一首里写水波冲泻一段所作点评("四句里七种形象,错综利落"),都很精到。不过,他只注意到了"博喻"手法对于"诗歌语言的形象化"的强化作用,却没有提到"博喻"手法对语势和行文速度的影响。笔者以为,"博喻"法通常是"比喻"与"排比"这两种修辞手法的结合,钱锺书所引《诗经》"小雅"里的《斯干》及《百步洪》第一首中的相关段落,都是明证。"排比"法以若干意义相关、结构语气相近的语句排列一起,有助增强语势和节奏感。"博喻"法"一连串把五花八门的形象来表达一件事物的一个方面或一种状态",思维跳跃与转换的速度本就迅捷,再以"排比"法相辅翼,更可加快行文速度。

诗中的"博喻"法还能借助押韵、对偶,进一步加强宋洪迈所

〔1〕见钱锺书《宋诗选注》,人民文学出版社,1982。

〔2〕同上。

〔3〕参见苏轼《苏轼选集》,王水照选注,上海古籍出版社,1999。

谓"重复联贯"之势。如《百步洪》第一首中的四句七喻：

> 有如兔走鹰隼落，骏马下注千丈坡。
> 断弦离柱箭脱手，飞电过隙珠翻荷。

此四句诗，"坡""荷"同韵，末二句对仗工整。按照阿诺德的看法，押韵和对偶的运用会减缓行文速度，并使文风曲折迟缓。但从苏东坡诗中的这个片段来看，押韵、对偶并没有减缓行文速度，而是强化了行文的"重复联贯"之势，所以更见其"迅急"。从总体来看，全诗循古风，一韵到底，气盛韵谐，亦无凝滞之感。

钱锺书评价上引诗句说："四句里七种形象，错综利落，衬得《诗经》和韩愈的例子都呆板滞钝了。"（见前文）笔者以为，苏东坡诗中对"博喻"法的灵活运用，和他在赋作中"成功柔化僵硬的骈偶形式，使生硬的对偶调和无间"（亦为钱锺书语，见前文），有异曲同工之妙。事实上，押韵、对偶、博喻、迭问（笔者以为，屈原《天问》式的层层设问法，可称之为"迭问"法）等修辞手法均有其通则、成例可循，但运用之妙，腾挪之巧，端看作者的笔力、才气与变通了。苏东坡笔力雄肆，才气四溢，又擅长灵活机变，所以能"出新意于法度之中"（苏轼《书吴道子画后》）：当其采"博喻"法摹写急浪轻舟之时，能"错综利落"，变化多端，而不显"呆板滞钝"，胜过《诗经》和韩愈成例，正可与屈原式的"迭问"相辉映；当其循押韵、对偶成规而为七绝、古风、词赋之际，又能笔势飞扬，圆转自如，韵脚、骈偶等"羁绊"，不但无阻天马行空之势，反为之平添姿采。这就是大文豪的大手笔！阿诺德所谓"迅急"，可喻其奔放雄肆，钱锺书所谓"舒缓"，可喻其优游不迫，诚可谓收放疾徐，操控有度,运用之妙,存乎一心。

三　美文自古如名马

　　前文指出,阿诺德总结了荷马史诗的四个特点,前三点分别为"迅急""运思与表达的爽利""思想本身的爽利";阿诺德同时认为,弥尔顿、但丁的倒装句法、蕴藉风格与荷马的直捷、畅达恰异其趣,在荷马史诗中,无论是最简单的叙事还是最深邃的抒情,均体现出直捷流畅的风格,无论是简单段落还是精心锤炼的段落,都是一样的行文朴素而迅捷。[1]

　　阿诺德的上述观点是其文学"速度"说之要义。探讨文学的"速度",也就是探讨文字艺术的快与慢。叙事也好,抒情也好,都有快慢疾徐的讲究,何时当快,何时当慢,快慢如何协调,都需斟酌考量;如果把握不好行文的快慢,难免会在节奏或章法上出现呆板、单调、收放无序、结构紊乱等弊病。证之音乐,也有"速度"上的讲究。孙梅《四六丛话》曰:"左(思)陆(机)以下,渐趋整炼,齐、梁而降,益事妍华,古赋一变而为骈赋。江(淹)鲍(照)虎步于前,金声玉润;徐(陵)、庾(信)鸿骞于后,绣错绮文,固非古音之洋洋,亦未如律体之靡靡也。"[2]其所谓"洋洋""靡靡",实以吾国之传统乐理以论赋韵。在古琴演奏中,也有"骤急""清徐"之别,正如西洋音乐中有急板、快板、行板、柔板之分。钱锺书在

---

　　[1]Matthew Arnold. *On Translating Homer*. A printed version of the series of public lectures at Oxford ,1861.

　　[2]孙梅:《四六丛话》,商务印书馆,1937。

评价苏东坡赋的节奏时,径自借用了西方音乐术语"速度"(tempo)。"tempo"一词为意大利文,原意为"时间",复数形式为"tempi",乃常用音乐术语。音乐中的急板、快板、行板、柔板,即速度上的区分。[1]

阿诺德在总结荷马史诗特点时所谓"迅急",即是一种急板式的行文风格。综合阿诺德的观点,荷马史诗的"迅急"取决于三个要素:其一,与弥尔顿、但丁相异的"直捷""流畅";其二,"运思与表达的爽利";其三,"思想本身的爽利"。这三个要素分别指向言说方式,思与言的关系,以至思维方式,可以说是层层深入,直抵本源。

《伊利亚特》英译者纽曼(Francis W. Newman)在回应阿诺德批评的专书《荷马史诗翻译的理论与实践:驳马修·阿诺德》(*Homeric Translation in theory and practice:A Reply to Matthew Arnold*)中,虽然对阿诺德以"流畅"(flowing)评价荷马史诗的行文风格表面上予以肯定,却语带揶揄地作了补充说明,并为自己的译文巧加辩护,煞是有趣。试译如下:

> 但我愿意礼尚往来地恭维阿诺德先生,不惜得罪其他批评家。他确实知道流畅与平滑的区别,而他们不知道。山洪奔腾而下,固然流畅,却不免汹涌恣肆;这就是荷马。法国朗格多克省运河上的"海神台阶(指入海口的多级水闸,——译者注)"是平滑的,却并不流畅:你无法连贯地逐级而下。如果将蒲伯的平滑归于此类,似乎是非常不公平

〔1〕龚刚:《浅述钱锺书对苏东坡赋的英文评论》,《中国比较文学》,2010年第3期。

的;但我常常觉得,这种责难也不算太严厉。为了押韵,蒲伯不得不频繁更换主格,因此,荷马史诗中那些被亚里士多德称为"绵延相属"(long-linked)的段落,在蒲伯笔下就变得诘屈支离。此外,我们所用的语言(指英语,——译者注)缺乏展现流畅风格的良好结构。有一项法则不为希腊人所知,即演说中自然分割句子的方式,必须和诗歌的音乐性划分相吻合。对一个审慎而忠实的译者来说,要在一首长诗的翻译中始终遵循这一法则,实属不易。本人在这个方面也不算很成功。但是,当批评者在评价我的译文"不够流畅"之前,请他估算一下那些确实存在缺陷的例证所占的比例,并指明它们是否出现在重要的段落。

But in turn I will compliment Mr. Arnold at the expense of some other critics. He does know, and they do not, the difference of flowing and smooth. A mountain torrent is flowing, but often very rough; such is Homer. The "staircases of Neptune" on the canal of Languedoc are smooth, but do not flow: you have to descend abruptly from each level to the next. It would be unjust to say absolutely, that such is Pope's smoothness; yet often, I feel, this censure would not be too severe. The rhyme forces him to so frequent a change of the nominative, that he becomes painfully discontinuous, where Homer is what Aristotle calls "long-linked." At the same time, in our language, in order to impart a flowing style, good structure does not suffice. A principle is needed, unknown to the Greeks; viz. the natural divisions of the sentence oratorically, must coincide with the divisions of the verse musically. To attain this always in a long poem, is very difficult to a translator who is scrupulous as to tampering with the sense. I have not always been successful in this. But before any critic passes on me the general sentences that I am "deficient in flow", let him count up the proportion of instances in which he can justly make the complaint, and mark whether they occur in elevated passages. 〔1〕

　　纽曼的这一段自辩性文字有以下三个要点:一是"流畅"文风与"平滑"文风的区别,二是蒲伯译文不如荷马原文"流畅"的主客观原因,三是自然分割句子的方式与诗歌的音乐性划分之间的互动性。

　　纽曼认为,荷马史诗具有"山洪奔腾而下"般的"流畅",蒲伯的译文则有如"海神台阶",表面"平滑",实则障碍重重,缺乏荷马史诗的连贯文气与"汹涌恣肆"的气势。蒲伯的译文与荷马原文之所以会有这种风格上的差异,是因为蒲伯出于押韵的考虑,割裂了荷马史诗中的长句,从而令"流畅"的文风变为欠缺内在连贯性的"平滑"文风。这是蒲伯译文不如荷马原文"流畅"的主观原因。从客观的语言结构上来看,古希腊文比英文更宜于组织起连绵不断的长句,这就令荷马史诗的英译者在试图忠实再现盲诗人荷马所特有的迅急爽利的思维与表达风格时,遇到了难以逾越的语法障碍。按照阿诺德的看法,荷马不但思维清晰明快,而且

---

〔1〕Francis W. Newman. *Homeric Translation*: *In Theory and Practice*. John Edward Taylor, 1861.

还能将其同步转换为清晰明快的文学语言（"eminently plain and direct both in the evolution of his thought and in the expression of it"[1]），这固然是因为荷马拥有出色的表达天赋，另一方面也确乎和他赖以思考与言说的语言结构有着密切的关联性。

思维方式、表达方式与语言结构的关系，是分析哲学（analytic philosophy）与人类语言学（anthropological linguistics）中的核心问题。奥地利哲学家维特根斯坦（Ludwig Wittgenstein）认为，我们所掌握的词汇不但限定了我们对经验的传达，也限定了我们对经验的认知，所以他说，"我的语言的界限就是我的世界的界限"（"The limits of my language mean the limits of my world"[2]）。美国语言学家萨丕尔（Edward Sapir）和沃夫（Benjamin Lee Whorf）则通过跨语言的研究发现，是语言上的差异造成了思维上的差异。萨丕尔断言，我们现在所看到的、所听到的和所经历过的，主要都来自我们社会的语言习惯。沃夫进一步指出，我们对世界的印象是通过我们大脑来组织的，主要是通过我们大脑中的语言系统来组织的。简言之，这两位语言学家都认为语言决定我们的思维方式。这个假设称为萨丕尔-沃夫假设（Sapir-Whorf hypothesis），也称为语言决定论（linguistic determinism）或语言相对论（linguistic relativity）。该假设的一些证据来自颜色命名领域。世界上的各种语言在所使用的基本色的术语数上有很大的差别，例如，在英语中，基本色的术语有 11 个（黑、白、红、黄、绿、蓝、褐、紫、粉红、

---

[1]Matthew Arnold. *On Translating Homer*. A printed version of the series of public lectures at Oxford ,1861.

[2]L. J. J Wittgenstein. *Tractatus Logico-Philosophicus*. Barnes and Noble Publishing Inc. , 2003.

橙和灰),而另一些语言,如巴布亚新几内亚的达尼人所说的语言中,只有两个基本色术语,简单地在黑白(或明暗)之间作出区分。因而,沃夫认为讲英语的人与达尼人对颜色的认知和思维是不同的。沃夫还认为,侯琵族(Hopi)的语言中动词没有过去时,因此侯琵族人思考和追忆往事不是件容易的事。[1]

萨丕尔、沃夫的学术发现极具启示性,却也有其偏颇处,如动词过去时与回忆的关系。和侯琵族语一样,汉语中也没有动词的过去时形式,但丰富的时间副词与时态助词的搭配使用足以灵活地表现各种时间阶段。"斜阳草树,寻常巷陌,人道寄奴曾住",是辛弃疾《永遇乐·京口北固亭怀古》中的名句。句中淡淡着一"曾"字,即把读者的思绪推到了悠远的过去。

综括而言,纽曼为自己的《伊利亚特》英译本所作的自辩虽然是对阿诺德的反驳,语气中透着揶揄与嘲讽,但对看清阿诺德文学"速度"说的内涵与实质,却不无裨益。从阿诺德对荷马史诗"迅急"文风所持的赞赏态度来看,他和百余年后的意大利小说家卡尔维诺一样,都将"迅速"看成值得推荐的文学价值。区别在于,阿诺德只是从批评荷马史诗的诸英译本未能精确传达原文风格的角度,着重肯定了荷马所特有的迅急爽利的思维与表达风格,而卡尔维诺则是以一部西方文学史为背景,把"速度"上升到了核心文学范畴的高度,并以"马"这个意象作为思维迅速的象征:

---

〔1〕B. L. Whorf. *The Relation of Habitual Thought and Behavior to Language.* J. B. Carroll (ed.) *Language ,Thought ,and Reality*: *Selected Writings of Benjamin Lee Whorf.* MIT P ,1956.

作为速度，甚至是思维速度象征的马，贯穿着全部的文学历史，预告了我们现代技术观点的全部问题。[1]

卡尔维诺的灵感来自文艺复兴时期意大利文豪薄伽丘的一篇短篇小说，这篇小说中的一个有趣片段生动揭示了叙事艺术与骑术的相通性：

> "奥莱塔太太，您和我骑在一匹马上要走挺长一段路呢，我给您说一个世上最好的故事吧。您愿意吗?"那太太回答道："劳驾请您说给我听吧，真是再好不过啦。"这位骑士老爷大概说故事的本事比剑术也好不了多少，一得应允便开口讲起来，那故事的确也真好。但是，由于他时时把一个词重复三四次或者五六次，不断地从头说起，夹杂着"这句话我没有说对"，人名张冠李戴，把故事说得一团糟。而且他的语气十分平淡呆板，和情景、和人物性格也绝不合拍。奥莱塔太太听着他的话，好多次全身出汗，心直往下沉，好像大病骤来，快要死了，最后，她实在再也受不了这种折磨，心想这位老爷已经把他自己说得糊涂不堪，便客气打趣他说："老爷呀，您这匹马虽是小步跑，可是用劲太大，所以还是请您让我下马步行吧。"[2]

---

〔1〕参见意大利作家卡尔维诺《未来千年文学备忘录》，杨德友译，辽宁教育出版社，1997。

〔2〕参见意大利作家卡尔维诺《未来千年文学备忘录》，杨德友译，辽宁教育出版社，1997。

奥莱塔太太的外交辞令真是太妙了，她没有正面批评"骑士老爷"拙劣的叙事技巧，而是旁敲侧击、声东击西，以坐马不适为由请求下马步行，不伤和气地打断了"骑士老爷"的"世上最好的故事"；她对"小步跑"与"用劲太大"之间的戏剧性矛盾的揭示，又令读者在嘲笑"骑士老爷"之余，直观地感悟到讲故事和骑马一样，不能一味用蛮力，要根据具体情况，该用劲的时候用劲，该放手的时候放手，这样才能保持协调性和良好的节奏感，也才会给人舒展自如之感。

王安石写过一首咏马的古风，其中有这样两句："骅骝亦骏物，卓荦地上游。怒行追疾风，忽忽跨九州。"这两句诗分别状写名马骅骝的优游之态与怒行之疾，颇见风范。为文之道亦如名马之行，可以速则速，可以久则久，优游无碍怒行，怒行何妨优游？如果能够深谙此理并运用如神，那就进于妙道了。

乱曰：美文自古如名马，不许伧夫乱着鞭。

第四辑

钱锺书与国学

《史记》笔法与非虚构文学
——钱锺书与艾尔温·基希的潜对话

对于《史记》笔法,钱锺书在《管锥编》中论述颇多。钱锺书认为,"吾国之有史学,殆肇端于马迁欤";史家之笔,应以"信信疑疑"为要务:

> 黑格尔言东土惟中国古代撰史最夥,他邦有传说而无史(Auch andre asiatische Völker haben uralte Traditionen,aber keine Geschichte)。然有史书未遽即有史学,吾国之有史学,殆肇端于马迁欤。《论语·述而》:"子不语怪、力、乱、神",《庄子·齐物论》:"六合之外,圣人存而不论";皆哲人之明理,用心异乎史家之征事。屈原《天问》取古来"传道"即马迁"不敢言"之"轶事""怪物",条诘而件询之,剧类小儿听说故事,追根穷底,有如李贽《焚书·童心说》,所谓"至文出于童心",乃出于好奇认真,非同汰虚课实。《左传》宣公二年称董狐曰:"古之良史也,书法不隐",襄公二十五年又特

载南史氏之直笔无畏;盖知作史当善善恶恶矣,而尚未识信信疑疑之更为先务也。《孟子·尽心》论《武成》曰:"尽信书则不如无书",又《万章》记咸丘蒙、万章问事:"有诸?""信乎?"孟子答:"齐东野人之语也","好事者为之也";《公羊传》隐公元年、桓公二年论"远"事,哀公十四年论《春秋》托始,屡称"所见异辞,所闻异辞,所传闻异辞";《谷梁传》桓公五年论《春秋》之义,谓"信以传信,疑以传疑";史识已如雨中萤焰,明灭几微。马迁奋笔,乃以哲人析理之真通于史家求事之实,特书大号,言:前载之不可尽信,传闻之必须裁择,似史而非之"轶事"俗说(quasi-history)应沟而外之于史,"野人"虽为常"语",而"缙绅"未许易"言"。孟子开宗,至马迁而明义焉。[1]

　　钱锺书认为,《左传》称许"古之良史"董狐、南史氏的"书法不隐""直笔无畏",只是褒扬其"善善恶恶"的忠直,并未意识到"信信疑疑"才是作史的首要任务("先务")。所谓"善善恶恶",意指肯定善,否定恶,具有价值判断的意味;所谓"信信疑疑",意指录可信之事,黜可疑之词,也就是辨析史料的真伪、探寻历史的真相。

　　钱锺书指出,《史记》的基本精神就是以"哲人析理之真"通于"史家求事之实",用现代知识学的概念来说,也就是能够融事实判断(是非、真伪判断)与事实描述于一体。在具体操作的层面上,则是通过考订"前载"、裁择"传闻"、严格区分真史料与准史

---

〔1〕钱锺书:《管锥编·史记会注考证·五帝本纪》,三联书店,2019,第418—419页。

料(quasi-history)以传递信史。照钱锺书的说法,这种"信信疑疑"、求真求实的史学精神与历史叙事传统的开创者是孟子,司马迁则是光大于其后,所谓"孟子开宗,至马迁而明义焉"。

一

不过,《史记》笔法并不限于客观实录、理性求真,也有主观想象、艺术渲染的一面。明代学者董份(嘉靖至万历年间人,号浔阳山人,有《泌园集》行世)质疑《史记》所载鸿门宴沛公逃酒一节说:

> 必有禁卫之士,诃讯出入,沛公恐不能辄自逃酒。且疾出二十里,亦已移时,沛公、良、哙三人俱出良久,何为竟不一问,……矧范增欲击沛公,惟恐失之,岂容在外良久,而不亟召之耶?此皆可疑者,史固难尽信哉![1]

在董份看来,项羽的营地内应当禁卫森严,刘邦进出军营,肯定会受到盘问,不可能说走就走,想跑就跑。而且刘邦、张良及樊哙等人离席很久,项羽不会毫不警觉,不置一问。更何况项羽的高级智囊范增心心念念要在席间击杀刘邦,以除后患,怎么会容许刘邦等人在外磨蹭许久?董份因此感叹说,历史书也不可尽信啊。

---

[1]引自《管锥编·史记会注考证·项羽本纪》,第451页。

钱锺书评论说:

> 董氏献疑送难,入情合理。《本纪》言:"沛公已出,项王使都尉陈平召沛公",则项羽固未尝"竟不一问"。然平如"赵老送灯台,一去更不来",一似未复命者,亦漏笔也。《三国志·蜀书·先主传》裴注引《世语》曰:"曾请备宴会,蒯越、蔡瑁欲因会取备,备觉之,伪如厕,潜遁出";孙盛斥为"世俗妄说,非事实"。疑即仿《史记》此节而附会者。"沛公起如厕",刘备遂师乃祖故智;顾蒯、蔡欲师范增故智,岂不鉴前事之失,而仍疏于防范、懈于追踪耶?钱谦益《牧斋初学集》卷八三《书〈史记·项羽、高祖本纪〉后》两首推马之史笔胜班远甚;如写鸿门之事,马备载沛公、张良、项羽、樊哙等对答之"家人絮语""娓娓情语""詀諵相属语""惶骇偶语"之类,班胥略去,遂尔"不逮"。其论文笔之绘声传神,是也;苟衡量史笔之足征可信,则尚未探本。此类语皆如见象骨而想生象,古史记言,太半出于想当然。马善设身处地、代作喉舌而已,即刘知几恐亦不敢遽谓当时有左、右史珥笔备录,供马依据。然则班书删削,或识记言之为增饰,不妨略马所详;谓之谨严,亦无伤耳。[1]

在钱锺书看来,董份对《鸿门宴》的质疑"入情合理"。不过,司马迁在描述刘邦逃酒一节还有这样一句:"沛公已出,项王使都尉陈平召沛公",看来,粗莽如项羽,也并非傻头傻脑到"竟不一

---

〔1〕《管锥编·史记会注考证·项羽本纪》,第451—452页。

问"的地步。只是陈平如"赵老送灯台,一去更不来",至少应算"漏笔"。

《世说新语》记载蒯越、蔡瑁请刘备赴宴,试图"因会取备","备觉之,伪如厕,潜遁出"。钱锺书认为这是模仿《史记》鸿门宴一节而加以附会。刘备的"伪如厕",分明是效仿刘邦的"尿遁"故技;只是蒯、蔡欲效仿范增故智,怎么会愚蠢到忘了前事之失,而仍疏于防范、懈于追踪呢?

清初大诗家钱谦益认为司马迁之"史笔"胜班固远甚;如写鸿门之事,司马迁详细描述了沛公、张良、项羽、樊哙等对答之"家人絮语""娓娓情语""誩诼相属语""惶骇偶语"之类,班固却全部忽略不"记"。钱锺书认为,钱谦益没搞清"文笔"与"史笔"的区别。"文笔"讲究"绘声传神","史笔"讲究"信实有征"。司马迁擅长设身处地、代作喉舌,班固则笔法谨严,不喜润色增饰,所以不如司马迁的文字有神采。可是文史有别,不能因此认为班固的"史笔"不如司马迁。

对于"绘声传神"的"文笔"与"足征可信"的"史笔"之间的对立,钱锺书在评论《史记·廉颇蔺相如列传》时有进一步说明。

公元前 279 年,秦昭王派使者邀请赵惠文王到渑池欢会。赵王害怕秦国,想要推辞不去。廉颇、蔺相如商量后劝说赵王:"大王如不去赴会,显得我们赵国软弱可欺。"赵王只能硬着头皮前往赴会,还叫上蔺相如随行。接下来就是历代传诵、以至成为京剧曲目的《渑池会》:

> 秦王饮酒酣,曰:"寡人窃闻赵王好音,请奏瑟。"赵王鼓
> 瑟。秦御史前书曰"某年月日,秦王与赵王会饮,令赵王鼓

瑟。"蔺相如前曰:"赵王窃闻秦王善为秦声,请奏盆缶秦王,以相娱乐。"秦王怒,不许。于是相如前进缶,因跪请秦王,秦王不肯击缶。相如曰:"五步之内,相如请得以颈血溅大王矣!"左右欲刃相如,相如张目叱之,左右皆靡。于是秦王不怿,为一击缶;相如顾召赵御史书曰:"某年月日,秦王为赵王击缶。"秦之群臣:"请以赵十五城为秦王寿。"蔺相如亦曰:"请以秦之咸阳为赵王寿。"秦王竟酒,终不能加胜于赵。

钱锺书首先从"文笔"的角度赞赏这段文字说:

此亦《史记》中迥出之篇,有声有色,或多本于马迁之增饰渲染,未必信实有征。写相如"持璧却立倚柱,怒发上冲冠",是何意态雄且杰! 后世小说刻划精能处无以过之。《晋书·王逊传》:"怒发冲冠,冠为之裂",直类《史通》外篇《暗惑》所讥"文鸯侍讲,殿瓦皆飞",拾牙慧而复欲出头地,反成笑柄。赵王与秦王会于渑池一节,历世流传,以为美谈,至谱入传奇。[1]

钱锺书随后笔锋一转,从"史笔"的角度分析说:

使情节果若所写,则樽俎折冲真同儿戏,抑岂人事原如逢场串剧耶? 武亿《授堂文钞》卷四《蔺相如渑池之会》深

---

〔1〕《管锥编·史记会注考证·廉颇蔺相如列传》,第516页。

为赵王危之,有曰:"殆哉,此以其君为试也!"又曰:"乃匹夫能无惧者之所为,适以成之,而后遂喷然叹为奇也!"其论事理甚当,然窃恐为马迁所弄而枉替古人担忧耳。司马光《涑水纪闻》卷六记澶渊之役,王钦若谮于宋真宗曰:"寇准以陛下为孤注与虏博耳。"武氏斥相如行险徼悻,即亦以其君为"孤注"之意矣。[1]

文中提到的武亿为清乾隆时人,字虚谷,号半石山人,著有《授堂文钞》《偃师金石记》。在《授堂文钞》中,武亿对赵王在渑池会中的处境深为担忧,他感叹说:"殆哉,此以其君为试也!"又说:"乃匹夫能无惧者之所为,适以成之,而后遂喷然叹为奇也!"意思是说,蔺相如在渑池会中以死要挟秦王的行为,不过是匹夫的冒险一"搏",赌注是他主子赵王的性命安危,最后全身而退,也不过是侥幸成功。这就叫小人行险而侥幸。钱锺书肯定了武亿对渑池之会蔺相如以死要挟秦王一节的质疑,并以澶渊之役中王钦若诬称寇准以宋真宗为孤注的谮言为旁证。

要言之,《史记》笔法兼融"史笔"与"文笔""信信疑疑"之余每有"增饰渲染",如"叙事增饰""记言增饰"等。《史记》的长处本乎此,《史记》的短处亦本乎此。如果像班固的《汉书》那样略其增饰,失实悖理的风险固然低了,但《史记》的神采也就黯淡许多。

---

[1]《管锥编·史记会注考证·廉颇蔺相如列传》,第516页。

二

从钱锺书对《史记》的上述评论来看，他虽然没有为《史记》描写中的不合情理处护短，但他对司马迁的"文笔"还是有所偏爱，从"绘声传神""有声有色""后世小说刻划精能处无以过之"等语可见。这种偏爱一方面是出于他的文人心性、作家习性，另一方面当和他对传统史书所存在的缺陷的认识有关：

> 古人编年、纪传之史，大多偏详本事，忽略衬境，匹似剧台之上，只见角色，尽缺布景。夫记载缺略之故，初非一端，秽史曲笔姑置之。撰者己所不知，因付缺如；此一人耳目有限，后世得以博稽当时著述，集思广益者也。举世众所周知，可归省略：则同时著述亦必类其默尔而息，及乎星移物换，文献遂难征矣。小说家言摹叙人物情事，为之安排场面，衬托背景，于是挥毫洒墨，涉及者广，寻常琐屑，每供采风论世之资。然一代之起居服食、好尚禁忌、朝野习俗、里巷惯举，日用而不知，熟狎而相忘；其列为典章，颁诸法令，或见于好事多暇者之偶录，鸿爪之印雪泥，千百中纔得什一，余皆如长空过雁之寒潭落影而已。陆游《渭南文集》卷二八《跋吕侍讲〈岁时杂记〉》曰："承平无事之日，故都节物及中州风俗，人人知之，若不必记。自丧乱来七十年，遗老凋落无在者，然后知此书之不可缺。"过去习常"不必记"之琐屑辄成后来掌故"不可缺"之珍秘者，盖缘乎此。曩日一

法国史家所叹"历史之缄默"，是亦其一端也。

在钱锺书看来，中国历代史书（含编年体、纪传体）多有"偏详本事，忽略衬境"之弊，也就是只注重历史事件本身的叙述，不注重社会文化氛围的描摹，这就造成了"一代之起居服食、好尚禁忌、朝野习俗、里巷惯举""文献难征"的缺憾，用法国历史学家米什莱（Jules. Michelet）的说法，这是"历史之缄默"（les silences de l'histoire）。与此形成对照，"小说家言"于摹叙人物情事之时，擅长为之"安排场面""衬托背景"，挥毫洒墨之际，"寻常琐屑"亦入笔端，星移物换之后，成为供人"采风论世之资"。钱锺书又引用陆游对吕侍讲《岁时杂记》的评价指出，过去习常"不必记"之琐屑辄成后来掌故"不可缺"之珍秘。这就揭示了正史叙事（大叙事）与风俗笔记（小叙事）在存史取向上的差异与互补，而"小说家言"可为"采风之资"之说则揭示了正统史书与小说家言在叙事风格上的差异及以小说笔法（文学叙事）弥补史家笔法（历史叙事）之"缺略"的可能性。

《史记》在"信信疑疑"之余每有"增饰渲染"，其实是将小说笔法融于史家笔法，这一叙事风格虽为明清的董份、武亿辈诟病，却对打破"历史之缄默"不无裨益；且从非虚构人物（历史人物或现实人物）的刻画而言，兼用小说笔法更能"传神"，甚至可以更深刻地表现人物特质。由此可见，即便是在纪实文类（non-fiction genre）中最重实证的文体如历史传记中，"绘声传神"之文笔（含小说笔法）也自有其妙用，不可尽弃，遑论纪实文类中相对自由的文体如报告文学。

三

"报告文学"是西学东渐的产物,梁启超的《戊戌政变记》可算中国报告文学的发轫之作。"报告文学"的法文原文是 Reportage,台湾作家杨逵在 1937 年至 1948 年间,先后将其翻译为"报导文学""报告文学""实在的故事",可见这一新兴文类在当时一些中国作家眼中,犹如雾里看花,难以捉摸。

与之相对照,茅盾的态度可谓明确坚定,他在《关于报告文学》(1937 年 2 月 20 日,《中流》第 11 期)一文中,胸有成竹地勾勒出报告文学的文类特征、艺术特点:

> 报告文学(Reportage)是散文的一种,介乎于新闻报道和小说之间,也就是兼有新闻和文学特点的散文,运用文学语言和多种艺术手法,通过生动的情节和典型的细节,迅速地,及时地报告现实生活中具有典型意义的真人真事。
>
> ……"报告"的主要性质是将生活中发生的某一事件立即报导给读者大众。题材既是发生的某一件事,所以"报告"有浓厚的新闻性;但它跟报章新闻不同,因为它必须充分地形象化。必须将"事件"发生的环境和人物活生生地描写出来,读者便如同亲身经验,而且从这具体的生活图画中明白了作者所要表达的思想。

照茅盾的说法,报告文学是介乎新闻报道和小说之间的一种新文类,其特点是新闻的时效性、"真实性"加上文学的"形象化"。此说大体成立,只是将报告文学归类于散文,似可商榷,从报告文学的发展趋势来看,不如将其视为纪实小说或非虚构文学(non-fiction literature)的一个类别,更为允当。茅盾本人在《关于报告文学》中也提出,报告文学"必须具备小说所有的艺术上的条件——人物刻画"的观点,这更能印证将报告文学归类于小说而非散文的正当性。

如果说茅盾的论述为当时的报告文学作家指点了理论迷津,时为左联作家的周立波则为他们树立了一个创作典范——捷克德语作家基希(Egon Erwin Kisch, 1885—1948),世界文学史上最早的著名报告文学家。

基希创作有《欧游三百六十五天》(*Die Reise um Europa in 365 Tagen*, Berlin 1929)、《天堂美国》(*Paradies Amerika*, Berlin 1929)、《亚洲巨变》(*Asien gründlich verändert*, Berlin 1932)、《秘密的中国》(*China Geheim*, Berlin 1933)等报告文学专集。他在1925年出版报告文学集《愤怒的记者》(*Der Rasende Reporter*),结果书名成了他的绰号。1932年,基希到访中国,对上海、南京、北京等城市进行实地采访,获取了关于当时中国政治、经济、军事、大众生活等方面的大量原始材料,从而创作出《黄包车,黄包车!》《吴淞废墟》《污泥》《纱厂童工》《死刑》等一系列报告文学,犀利传神地揭示出帝国主义军火贸易、旧上海黑帮势力、黄包车夫生存状况等社会现实。在《吴淞废墟》中,基希这样描写道:

> 有着红色太阳和红色太阳线的日本国旗和日本海军
> 旗,在吴淞的尸体之上飘动着。中国人在退走以前,他们将

炸药放在军火的贮藏室,塞进大炮的装置中,把机钮一按,一个地震埋掉了炮台。现在,许多弯曲的、残缺不全的大炮钢管遗留在那里。日本旗帜上的太阳像是一个圆的创伤,从那上面,鲜血向四围流淌。

在以古典油画般的浓烈笔触刻画残酷现实的同时,基希还从一个西方文人的视角,深入观察体验皮影戏艺人、京剧演员的生活,写下了《皮影戏》《中国戏剧中的平行对应》《无意中拜访了几个宦官》等有关中国传统文化与艺术的报道,勾勒出一幅幅旧中国社会的印象画。

周立波敏锐地意识到基希作品的价值,于 1936 年着手将其翻译成中文,在《申报》《通俗文化》《文学界》等报刊上分别刊载,并于 1938 年在汉口结集出版。周立波还热情洋溢地撰写了《谈谈报告文学》(1936 年 4 月 25 日,上海《读书生活》半月刊第三卷)一文,极口揄扬基希的造诣及其报告文学佳作的范式意义:

> 基希的作品,无疑是报告文学的一种模范。正确的事实、锐利的目光、抒情诗的幻想,同是基希报告最紧要的要素。如果看了他自己的话,我们更可以明白这三者在他的作品中的地位和三者之间的相互关系。他说:"事实对于报告文学者,只是尽着他的指南针的责任,所以他还必须有望远镜和抒情诗的幻想。"

基希的报告文学,常常以一个事件或是一群人的整个,作为写作的对象。他把事件的当前最重要的姿态,它的发生和发展的历史,它的特征,它的各种光景的对照,它所表露所含有的矛盾,以及它的发展前途和社会意义,都加以明快的记述。要是描写一个阶层,或是一群特定的人物的时候,他要把他们的生活和职业的特征,他们的过去历史,他们的前途,以及他们现在的境况,内在的团结和冲突,都批判地记述着……

基希的报告文学都根据正确的社会事实和史实。他旅行到事件发生的地方,深入他要描写的人群生活中心,他用自己观察和分析得来的事实的细节,再采用许多可贵的文件或歌谣等织成一篇完美的报告文学。他的每一篇报告文学,就是从科学的意义上讲,也可以说是一种缜密的社会调查。

概括而言,基希的报告文学兼具历史纪实、社会调查、浪漫传奇的特点,既具有客观实证的精神,又具有诗化想象的感染力,同时给人以深邃的理性启迪;从表现手法上来说,基希既擅长将人物与事件置于历史变化与矛盾冲突中,揭示其本质与走向,也擅长深入生活,抓取细节,以刻画人物性格、彰显社会氛围。基希认为:"事实对于报告文学者,只是尽着他的指南针的责任,所以他还必须有望远镜和抒情诗的幻想。"基希的这一串生动比喻透露了他走向成功所依赖的三件法宝:一是"指南针",二是"望远镜",三是"抒情诗的幻想"。"指南针"是指以事实为依归的实证精神,"望远镜"是指由表及里、由近及远、不被现象所迷惑的洞察力,"抒情诗的幻想"是指富有激情的想象。有了这三件法宝,迷雾中的真相、错综复杂的内在矛盾,就会像瞬间爆发的火山一样,耀目地呈现在读者面前。

四

从周立波对艾尔温·基希的评价来看,基希的报告文学兼重"本事"与"衬境",兼重"事实"与"想象",兼重"论世"与"采风",既有《史记》式的熔实录精神与文学笔法为一炉的特点,也有在社会批判中纳入《岁时杂记》式的"寻常琐屑"的兴味。"他把事件的当前最重要的姿态,它的发生和发展的历史,它的特征,它的各种光景的对照,它所表露所含有的矛盾,以及它的发展前途和社会意义,都加以明快的记述。"这是基希作品详于"本事",立意"论世"的一面;"他旅行到事件发生的地方,深入他要描写的人群生活中心,他用自己观察和分析得来的事实的细节,再采用许多可贵的文件或歌谣等织成一篇完美的报告。"这是基希善造"衬境",立意"采风"的一面。回看基希写于 20 世纪 30 年代的报告文学集《秘密的中国》,最撩人兴味的恰恰是他的"采风"之作,浓郁的世俗文化气息像戏园热毛巾上氤氲的蒸汽一样扑面而来。

再从钱锺书对《史记》笔法的多方论述来看,《史记》的成功,正是因为兼有史家的实证精神("史家求事之实")、哲人的洞察力("哲人析理之真")、小说家的想象力("文笔之绘声传神"),这和基希的报告文学三大法宝说("指南针""望远镜""抒情诗的幻想"),遥相契合。

笔者以为,纪实文类(含历史传记、报告文学、纪实小说等)虽讲究"信信疑疑""信实有征",却也有"增饰渲染"自由。换句话说,在基本史实、事实的考究上,应以"哲人析理之真"通于"史家求事之实";但在细节、场景、心理描写上,却应以"史笔之足征可信"辅以"文笔之绘声传神"。需要指出的是,以文笔辅翼史笔,不仅是着眼于文字的修饰润色,也有激发合理想象、以补史料不足的功能。诚如钱锺书所言,"古史记言,太半出于想当然。马善设身处地、代作喉舌而已,即刘知几恐亦不敢遽谓当时有左、右史珥笔备录,供马依据"。

进而言之,小说家式的杜撰,虽无人事之实,却未始不能揭示事理之真(心理真实、内在真实)。写实应求传神,神似高于形似,这才是纪实文类的最高法则。

钱锺书《周易》名理论申说

 《管锥编·周易正义》共有二十七则札记,可以分为四部分:第二至十六则,探讨《周易》本经的卦爻辞,如乾卦、泰卦等;第十七至二十五则,探讨作为易传之一的《系辞》;第二十六至二十七则,探讨同样作为易传之一的《说卦》;第一则《论易之三名》独立成篇,探讨的是"易一名而含三义"的问题,显然具有为《周易》"正名"的意味,属于总论性质的文字。这一则篇幅颇长,不仅牵涉《周易》释名这一历来众说纷纭的话题,也涉及中西方语言体系中所存在的"一字多意"乃至"一字兼含相反两意"的语言现象,进而由"名"悟"道",阐发了由文字的反训、合训所揭示的逻辑学原理("名辩之理")与黑格尔式的辩证思维,并探讨了"易而不易""变不失常"这一可以与西方思想史相会通的深刻"易理"。

一 "易之三名"与反训、合训

《周易正义》为五经正义之首,注者为魏王弼、晋韩康伯,疏者为唐孔颖达,卷首录有八论,第一论为《论易之三名》。《管锥编·周易正义·论易之三名》即以《论易之三名》里的内容为分析对象:

> 《易纬乾凿度》云:"易一名而含三义,所谓易也,变易也,不易也。"郑玄依此义作《易赞》及《易论》云:"易一名而含三义:易简一也,变易二也,不易三也"。[1]

核查原著可见,钱锺书在引用时作了裁剪归并,原文如下:

> 《正义》曰:夫易者,变化之总名,改换之殊称。自天地开辟,阴阳运行,寒暑迭来,日月更出,孚萌庶类,亭毒群品,新新不停,生生相续,莫非资变化之力、换代之功。然变化运行,在阴阳二气,故圣人初画八卦,设刚柔两画,象二气也;布以三位,象三才也。
>
> 谓之为易,取变化之义。既义总变化,而独以易为名者,《易纬·乾凿度》云:易一名而含三义,所谓易也,变易也,不易也。又云:易者其德也,光明四通,简易立节,天以

---

[1] 钱锺书:《管锥编》(第一册),三联书店,2019,第3页。

烂明,日月星辰,布设张列,通精无门,藏神无穴,不烦不扰,淡泊不失,此其易也。

变易者,其气也,天地不变,不能通气,五行迭终,四时更废,君臣取象,变节相移,能消者息,必专者败,此其变易也。

不易者,其位也,天在上,地在下,君南面,臣北面,父坐子伏,此其不易也。

郑玄依此义,作《易赞》及《易论》云:易一名而含三义,易简一也,变易二也,不易三也。[1]

从《周易正义》的原文中,可以清晰地看到"易之三名"的所指。首先,"易"是"变化之总名",也就是天地间一切变化的总称。由于天地自然与人类社会得以生成、延续、发展的决定性因素在于"变化之力",因此,"易"就成了诠释宇宙人生本质的最根本的、也是最高的范畴。郑玄注《周易》说,"易者,揲蓍变易之数可占者也"[2],也就是说,"易"是指通过蓍草变易之数以测未知之事的占卜之术。这个解释和"易"是"变化之总名"之说并不矛盾,两者都认同世界的奥秘寓于变化之中,只不过,一个指向道,一个指向术,角度不同而已。

其次,变化是在一定时空中、一定条件下发生的,并且呈现出一定的规律。《易纬·乾凿度》所谓"其德""其气""其位",正与

---

〔1〕[唐]孔颖达《周易正义》卷首第一《论易之三名》,《十三经注疏》本,中华书局,1980年影印本,第7页。

〔2〕[汉]郑玄注,[唐]贾公彦疏《周礼注疏·春官·大卜》,《十三经注疏》本,中华书局,1980年影印本,第802页。

变化的规律及变化赖以发生的客观条件相呼应。易之"德"指的是变化的规律，其特点是光明四通，简单平易，正如寒暑交替，日升月落，人人可见，人人可感。《易·系辞上》说："乾以易知，坤以简能。易则易知，简则易从。易知则有亲，易从则有功。"正是郑玄所谓"易简"的要义所在。易之"气"指的是阴阳二气，在周易哲学中，阴阳二气是万物赖以生成变化的物质条件，没有阴阳二气的"变易"，就不会有万事万物的变化消长，所谓"天地不变，不能通气，五行迭终，四时更废"，"变易"有二解，一指阴阳互动，一指阴阳易位。易之"位"指的是结构关系，所谓天在上、地在下，君南面、臣北面、父坐、子伏，正是指天地、君臣、父子之间的结构关系，这种尊卑有序的结构关系不会因为阴阳二气的"变易"而改变（"此其不易也"），也就是说，在永恒的变化中包含着永恒的秩序。

《周易正义》所谓"易"之三名的具体内涵，大体如上所述。简言之，"易"为变化之总名，变化的规律简单平易，是为"易简"；变化的过程取决于阴阳二气的互动与易位，是为"变易"；变化的过程中包含着不变的尊卑秩序，是为"不易"。钱锺书从词章学的角度指出，"易"有三名这一语言现象表明，一字能含多意，抑且数意可以同时并用。他还举出诸多语例以为佐证，如"诗"有三训、"伦"有四义、"王"有五义、"机"有三义等。

和"易"这个概念相似，"诗""伦""王""机"都是中国思想史上的"大词"，前三者属于儒家范畴，末一字属于佛学范畴。儒家重"伦"理、倡"诗"教、崇"王"道，如果想要把握儒家的真精神，就需要穷究"诗""伦""王"三字的意涵，这和清儒戴震在《孟子字义疏证》中本着"以词通道"〔1〕的信念,逐一解析"道""性""理"等"大词"以还原孔孟思想的思路是一致的。

关于"诗"这个概念,钱锺书援引《毛诗正义》说:"诗有三训:承也,志也,持也。作者承君政之善恶,述己志而作诗,所以持人之行,使不失坠,故一名而三训也。"〔2〕关于"伦"这个概念,钱锺书援引南朝梁武帝时期经学家皇侃《论语集解义疏》自序说:"舍字制音,呼之为'伦'。……一云:'伦'者次也,言此书事义相生,首末相次也;二云:'伦'者理也,言此书之中蕴含万理也;三云:'伦'者纶也,言此书经纶今古也;四云:'伦'者轮也,言此书义旨周备,圆转无穷,如车之轮也。"〔3〕对于"王"字,钱锺书援引董仲舒《春秋繁露》说:"合此五科以一言,谓之'王';'王'者皇也,'王'者方也,'王'者匡也,'王'者黄也,'王'者往也。"〔4〕

按照《毛诗正义》的解释,诗有"承""志""持"三义。"承"是指诗人考察国家政治政策的优劣("承君政之善恶"),"志"是指畅怀舒愤、表达自己的心志("述己志"),"持"是指规范人的行为以避免他走向邪路("持人之行,使不失坠"),这三者各有指涉(创作的素材、动机、功能)却又相互关联,比较完整地体现了孔颖达的诗观和诗教观。至于皇侃所谓"伦"有四义,本来是着眼于《论语》一书的释名问题,钱锺书在引用时省略了《论语集解义疏》中"论字大判三途"这个大前提,而是集中于"伦"字的多义性。按照皇侃的解释,伦字有"次"(首末相次)、"理"(蕴含万

---

〔1〕《管锥编》(第一册),第1页。
〔2〕同上。
〔3〕同上。
〔4〕同上。

理)、"纶"(经纶古今)、"轮"(圆转无穷)四义,从各个角度概括了《论语》一书的特点。这个说法显然出自郑玄所谓"论者,纶也,轮也,理也,次也,撰也"之说。[1] 钱锺书避繁就简,取"伦"之四义说,而舍"论"之五义说,这就回避了《论语》释名之争这个大泥潭,同时突出了儒家思想的核心概念。再来看"王"这个词,董仲舒指出,王有"皇""方""匡""黄""往"五义,他解释说:"是故王意不普大而皇,则道不能正直而方;道不能正直而方,则德不能匡运周遍;德不能匡运周遍,则美不能黄;美不能黄,则四方不能往;四方不能往,则不全于王。故曰:天覆无外,地载兼爱,风行令而一其威,雨布施而均其德,王术之谓也。"[2] 按照阴阳五行家的说法,黄配土德,为"中和之色"[3],因此,这里的"黄"可以理解成君王的中和之德。合而观之,董仲舒所谓"王有五义"之说,实则如其所言,是通过深察"名号"以明"大理"、以为"治天下"之端,所以他着重解说了"王"与"君"这两个词的多重意涵。[4] 照他的看法,"王术"之成,有赖于"王意"的普大辉煌,"王德"的中和方正,这样才能兼爱无外,天下归心。这是对孔孟"王道"说的总结与阐发。

与"诗""伦""王"这三个儒学"大词"形成对照,"机"这个词则是佛学思想中的重要范畴。皇侃在《论语集解义疏》的序文中

---

〔1〕[魏]何晏等注[宋]邢昺疏《论语注疏》,《十三经注疏》,中华书局,1980年影印本,第2454页。

〔2〕[汉]董仲舒著,苏舆撰,钟哲点校《春秋繁露义证》卷一〇《深察名号》,中华书局,1992,第289页。

〔3〕[汉]班固著,[清]陈立疏,吴则虞点校《白虎通疏证》卷二《号》曰:"黄者中和之色。"中华书局,1994,第53页。

〔4〕《春秋繁露义证》卷一〇《深察名号》,第285、289页。

将《论语》的性质界定为"应机作教"：

> 此书之体,适途多会,皆夫子平生应机作教,事无常准；
> 或与时君相抗厉,或共弟子抑扬,或自显示物,或混迹齐凡；
> 问同答异,言近意深……[1]

皇侃浸淫佛学甚深,其"应机作教"说,源于佛教的"方便"思想。钱锺书援引南朝高僧、天台宗创立者智者大师的《法华玄义》说："机有三义:机是微义,是关义,是宜义。应者亦为三义:应是赴义,是对义,是应义。"[2]又补充说,"后世著述如董斯张《吹景集》卷一〇《佛字有五音六义》,亦堪连类。"足证钱锺书用以与"易""诗""伦""王"这四个中国本土思想中的核心概念相并列的"机"字,属于外来的佛学思想领域。

综上所述,"易"有三名、"诗"有三训、"伦"有四义、"王"有五义、"机"有三义等语言现象,证明了古汉语中"不仅一字能含多意,抑且数意可以同时并用",更重要的是,"数意可以同时并用"这一现象中又包含着"相反两意融会于一字"这种特殊情形。钱锺书试图以此反驳黑格尔对汉语及中国人思维方式的偏见：

> 黑格尔尝鄙薄吾国语文,以为不宜思辩；又自夸德语能
> 冥契道妙,举"奥伏赫变"(Aufheben)为例,以相反两意融会
> 于 一 字 (ein und dasselbe Wort für zwei entgegengesetzte

---

〔1〕[南朝梁]皇侃《论语集解义疏》,《丛书集成》初编本,上海商务印书馆,1935,第2页。

〔2〕《管锥编》(第一册),第1页。

Bestimmungen），拉丁文中亦无义蕴深富尔许者。其不知汉语，不必责也；无知而掉以轻心，发为高论，又老师巨子之常态惯技，无足怪也；然而遂使东西海之名理同者如南北海之马牛风，则不得不为承学之士惜之。

黑格尔自夸他的母语——德语能够"冥契道妙"，还得意扬扬地宣称，在拉丁文中也找不到"义蕴深富尔许者"。[1] 这真是井蛙之鸣！他既不知道古汉语里的"易"字可以兼含"变易"与"不易"这两个相反的语义，也更难想象他所自鸣得意的"相反两意融会于一字"这种语言现象在古汉语表达体系中其实并不鲜见。钱锺书从训诂学的角度将这种语言现象称为"背出分训之同时合训"[2]。在他看来，一字多意，可以分为两种：一是"并行分训"，如《论语·子罕》"空空如也"，"空"可训虚无，亦可训诚愨，两义不同而亦不倍；二是"背出或歧出分训"，如"乱"兼训"治"，"废"兼训"置"，《墨子·经上》释"已"为"成""亡"，古人所谓"反训"，两义相违而亦相仇。在具体运用时，无论是可以"并行分训"的多义字（也就是兼含互不冲突的语义的多义字），还是可以"背出或歧出分训"的多义字（也就是兼含相互冲突的语义的多义字），可能仅有"一义"，也可能"虚涵数意"。[3] 就以"奥伏赫变（Aufheben）"一词为例，虽然黑格尔称其兼含相反两意，但在德语哲学美学著述中，常常只限于一义，如康德《人性学》（*Anthropologie*）第七四节论情感（der Affekt），谓当其勃起，则心性之恬静消灭（Wo-

---

[1]《管锥编》（第一册），第4页。
[2]《管锥编》（第一册），第10页。
[3]《管锥编》（第一册），第4页。

durch die Fassung des Gemüts aufgehoben wird），席勒《论流丽与庄重》(*Ueber Anmut und Würde*) 云："事物变易 (Veränderung) 而不丧失其本来 (ohne seine Identität aufzuheben) 者,唯运行 (Bewegung) 为然。"此皆只局于"灭绝"一义也[1]。又如汉语里的"放言"之"放",既有"弃置"的意思,如"放言深藏",也有"放纵"的意思,如"跌荡放言",但在具体运用时,只能取一义。[2] 再如"前后往来"这四个字,全都包含着过去、未来两个相反的意思,所以可以"互训",但在具体语境中,也仅限一义:陆机《豫章行》中的"前路既已多,后涂随年侵",杜甫《晓发公安》中的"舟楫眇然自此去,江湖远适无前期",各有一个"前"字,一指过去,一指未来,含义显豁,判然二分。[3] 用钱锺书的话说,这叫"体涵分训、用却未著合训"[4]。这是巧妙地运用哲学领域的体用之辨解说语言现象:能不能分训是"体",能不能合训则是"体之用"。

语义层面的"体之用"有两类:一是"体涵分训、用未合训",二是"体涵分训、用能合训"。能合训的情况又有两种:一是"背出分训之同时合训",如黑格尔所解说的"奥伏赫变 (Aufheben)",《周易正义》所解说的"易"字,又如"衣"字:"其意恍兮跃如,衣之隐也、障也;其词焕乎斐然,衣之引也、彰也。一'衣'字而兼概沉思翰藻,此背出分训之同时合训也,谈艺者或有取欤。《唐摭言》卷一〇称赵牧效李贺为歌诗,'可谓蹙金结绣',又称刘光远慕李贺为长短歌,'尤能埋没意绪';恰可分诂'衣'之两义矣"[5]。也

---

〔1〕《管锥编》(第一册),第5—6页。

〔2〕《管锥编》(第一册),第5页。

〔3〕《管锥编》(第一册),第56—59页。

〔4〕《管锥编》(第一册),第5页。

〔5〕《管锥编》(第一册),第10页。

就是说，"衣"字兼含遮掩、彰显这两个相反的含义，如衣不蔽体中的"衣"，就是御寒遮羞的穿着，锦衣夜行中的"衣"，则是用来炫耀的装饰，引申来讲，一个"衣"字可以涵盖萧统《文选》的选文标准——"事出于沉思，义归乎翰藻"。沉思是一种潜心思考、隐而不显的状态，翰藻是指焕乎斐然的华美词采，两者显隐相衬、正反相成，构成了文之为文的评价标准。钱锺书又以赵牧、刘光远对李贺诗歌所作的两个看似矛盾的评价——"可谓蹙金结绣"与"尤能埋没意绪"为例，生动诠释了"衣"字所包含的相反二意。

"体涵分训、用能合训"的第二种表现形式为"并行分训之同时合训"，如"是""彼"二字在一定语境中就会出现这种情况。《庄子·齐物论》中有一段为人熟知也令人困惑的文字：

> 以是其所非，而非其所是。……物无非彼，物无非是。……彼出于是，是亦因彼，彼是方生之说也。……因是因非，因非因是。……是亦彼也，彼亦是也，彼亦一是非，此亦一是非。[1]

唐成玄英在《南华真经疏》解释说："夫'彼'对于'此'，'是'待于'非'，文家之大体也。今言'彼出于是'者，言约理微，举'彼'角势也，欲示举'彼'明'此'、举'是'明'非'也。"[2]钱锺书评论说，如果依照修辞通则（"文家大体"），庄子应当说"彼出于此"或"非出于是"，但此处却违背了文字表达的常规，把"彼"与

---

[1]《管锥编》(第一册)，第7页。
[2]《管锥编》(第一册)，第8页。

"是"错配在一起;成玄英为庄子辩解说,这是一种简约而互为犄角的独特表达,可以说是"会心已不远"。[1] 钱锺书进而指出,"是"这个字有两个含义,既可以作"此"解,也可以作"然"解,如《庄子·秋水》篇说"因其所然而然之,则万物莫不然,因其所非而非之,则万物莫不非",成玄英注解说,此处的"然"相当于"是"。[2] 与此相似,"彼"这个字也有两个含义,既可以作"他"解,也可以作"非"解,如《诗·小雅·桑扈》"彼交匪敖",又《采菽》"彼交匪纾",《左传》襄公二七年引作"匪交匪敖",《荀子·劝学》引作"匪交匪纾","匪"与"非"同。[3] 又如《墨子·经》上:"彼:不可,两不可也。……辩:争彼也",这里的"不可"就是"非","两不可"就是双方互"非","争彼"就是交"非"。[4] 不过,"匪"(非)字虽然可以作"彼"解,但是,"此"这个字却不能解释为与"非"相对立的"是"或"然"。所以,庄子不说"非出于此""此亦非也",而说"彼出于是""是亦彼也",也就是以"彼"与"是"的对立涵盖了"彼此"与"是非"(然与否或肯定与否定)这两重关系,具有显著的互文性。用钱锺书的话说,这是以只字并赅"此"之对"彼"与"是"之待"非"。[5] 照此推论,"彼出于是""是亦彼也"的含义应有两重:一是彼出于此,此亦彼也;二是非出于是(否定出于肯定),是亦非也(肯定就是否定)。

---

[1]《管锥编》(第一册),第8页。
[2]同上。
[3]同上。
[4]同上。
[5]同上。

二 "易之三名"与心理、事理

钱锺书在探讨"易之三名"这一问题时,不仅着眼于语义学、修辞学,他还阐发了由文字的反训、合训所揭示的心理、事理,以及由此衍生的逻辑学原理("名辩之理")与黑格尔式的辩证思维:

> 心理事理,错综交纠:如冰炭相憎、胶漆相爱者,如珠玉辉映、笙磬和谐者,如鸡兔共笼、牛骥同槽者,盖无不有。赅众理而约为一字,并行或歧出之分训得以同时合训焉,使不倍者交协、相反者互成,如前所举"易""诗""论""王"等字之三、四、五义,黑格尔用"奥伏赫变"之二义,是也。[1]

席勒《美育书札》(*Ueber die ästhetischen Erziehung des Menschen*)第七、第一八函等言分裂者归于合、抵牾者归于和,以"奥伏赫变"与"合并"(Verbinden)、"会通"(Vereinigen)连用;又谢林《超验唯心论大系》(*System des transzendentalen Idealismus*)中,连行接句,频见此字,与"解除"(auflösen)并用,以指矛盾之超越、融贯。则均同时合训,虚涵二意,隐承中世纪神秘家言,而与黑格尔相视莫逆矣。[2]

---

[1]《管锥编》(第一册),第4页。
[2]《管锥编》(第一册),第6—7页。

《墨子·经》上："彼:不可,两不可也。……辩:争彼也","不可"即"非","两不可"即双方互"非","争彼"即交"非"——或释为"不(否)、可",分指"不(否)"与"可",误矣!果若所释,当曰:"可、不",犹"唯、否"之不当曰"否、唯",以名辩之理,先有正言而后起反言,"可"立方以"不(否)"破;倘两事并举,勿宜倒置,观《庄子·寓言》:"恶乎然?……恶乎不然?……恶乎可?……恶乎不可?"足觇顺序也。[1]

"彼出于此","此亦彼也",犹黑格尔谓:"甲为乙之彼,两者等相为彼"(Aber A ist ebensosehr das Andere des B. Beide sind auf gleiche Weise Andere)。"非出于是","是亦非也",犹斯宾诺莎谓:"然即否"(Determinatio est negatio)。后人申之曰:"否亦即然"(Aber jede Verneinung soll als Bestimmung erkannt werden)。是非之辩与彼此之别,辗转关生。《淮南子·齐俗训》:"是与非各异,皆自是而非人。"《维摩诘所说经·入不二法门品》第九"从我起二为二",肇注:"因我故有彼,二名所以生"。足相参印。庄生之"是""彼",各以一字兼然否之执与我他之相二义,此并行分训之同时合训也。[2]

以上四个段落都是将语义学、修辞学问题上升到哲理的层面加以考察。在钱锺书看来,语言现象能够反映出心理、事理,"并

---

〔1〕《管锥编》(第一册),第8页。
〔2〕《管锥编》(第一册),第9页。

行或歧出之分训得以同时合训"这种复杂的语言现象就恰恰反映出心理、事理的"错综交纠"。从事理层面来看,万事万物之间的关系复杂多样:有相互对立、不可共存的,如冰与炭;有外表不同、属性相通的,如胶与漆;有类别相近、相得益彰的,如珠与玉、笙与磬;也有类别虽近、难以协调的,如鸡与兔、牛与骥。人之相处与人之心理正与事理相通,君子遇小人,如冰炭相憎,才子逢佳人,如胶漆相爱,君子和而不同,有如珠玉辉映、笙磬和谐,小人同而不和,恰如鸡兔共笼、牛骥同槽。古汉语中"易""诗""伦""王"及德语中"奥伏赫变"等字词的妙处在于,能"赅众理而约为一字","使不倍者交协、相反者互成"。胶漆相爱,珠玉辉映,笙磬和谐,君子和而不同,就是"不倍(悖)者交协"。而"易"字兼含"变易""不易"二义,"奥伏赫变"一词兼有"灭绝"与"保存"二义,则体现出人事、物理中之"分裂者归于合、抵牾者归于和",亦即"矛盾之超越、融贯",这就是老庄哲学所谓"相反者互成",正如冰炭虽相憎,却能以炭生火发电以制冰。

钱锺书随后从《墨子·经》上中的"彼"字应释为"不可"还是"不,可"及《庄子·齐物论》所谓"彼出于是""是亦彼也",引申出了"先有正言而后起反言"及"是非之辨与彼此之别,辗转关生"这两个名理问题。钱锺书认为,"不可"就是"非",如果用它分指"不"与"可",应当说"可、不",而非"不、可",就像"唯、否"不能说成"否、唯",因为,"唯""可"是正言,"不""否"是反言,按照形式逻辑的原理,先有正言而后起反言,有了"可",才有"不",有了"唯",才有"否"。俗语说,不破不立。殊不知,没有所立,也就没有所破。完整地来看,应当是无立无破,不破不立。通常情况下,如果正反言并提,应当先正言,后反言,不应该倒置,《庄子·寓言》所谓"恶乎然?……恶乎不然?……恶乎可?……恶乎不可",就顺序谨然,深合形式逻辑的表达规范。由此可见,训诂考据之学不能脱离义理之学、词章之学,如果不懂经、子古籍中的修辞机趣,又缺乏形式逻辑的基本训练,那么,注者于释义、句读之时,难免会有扞格。换言之,不知"六经""四部"皆有其文理、逻辑,又焉能通经达道?

关于"彼出于是""是亦彼也"。如前所述,其含义应有两重:一是彼出于此,此亦彼也;二是非出于是(否定出于肯定),是亦非也(肯定就是否定)。钱锺书认为,彼出于此、此亦彼也,相当于黑格尔所说的"甲为乙之彼,两者等相为彼",非出于是、是亦非也,相当于斯宾诺莎等所谓"然即否","否亦即然"。两者分别揭示了是非之辨与彼此之别"辗转关生",也就是说,是与非,彼与此,既相互对立,又相互依存、相互转化。因我故有彼,有是才有非,彼可以转化为我,非可以转化为是,我之所谓是,恰恰是彼之所谓非,这就是《淮南子》所谓"是与非各异,皆自是而非人"。只有超越我他之界,互为主体性,才能破除我执,也才能放下一己之是非,以求《淮南子》所谓"至非之非""至是之是"〔1〕。庄子的妙处在于,以"是""彼"二字对举,兼然否之执、我他之相,充分凸显了汉字表意的微妙与圆通。黑格尔的汉字不宜思辨之说,又碰了个大钉子。

---

〔1〕何宁:《淮南子集释》卷十一《齐俗训》,中华书局,1998,第803—804页。

三 "以不易释易"的本体论依据

很显然，钱锺书以上所探讨的主要还是由"易之名"的多义性所引发的认识论问题。在《管锥编·周易正义·论易之三名》最后一段，他从"易之名"上升到"易之理"，探讨了"易而不易""变不失常"这一可以与西方思想史相会通的本体论问题：

> "变易"与"不易""简易"，背出分训也；"不易"与"简易"，并行分训也。"易一名而含三义"者，兼背出与并行之分训而同时合训也。《系辞》下云："为道也屡迁，变动不居，……不可为典要，唯变所适"，变易之谓也；又云："初率其辞，而揆其方，既有典常"，不易与简易之谓也。足征三义之骖靳而非背驰矣。然而经生滋惑焉。张尔岐《蒿庵闲话》卷上云："'简易''变易'，皆顺文生义，语当不谬。若'不易'则破此立彼，两义背驰，如仁之与不仁，义之与不义。以'不易''释易'，将不仁可以释仁、不义可以释义乎？承讹袭谬如此，非程、朱谁为正之！"盖苛察文义，而未洞究事理，不知变不失常，一而能殊，用动体静，固古人言天运之老生常谈。《管子·七法》以"则"与"化"并举，又《内业》称"与时变而不化，从物而不移"，《公孙龙子·通变论》有"不变谓变"之辩，姑皆置勿道。《中庸》不云乎："不息则久。……如此者不见而章，不动而变，无为而成。……其为物不贰，则其生物不测"；《系辞》："生生之为易"即"不息"也，"至动而不可

乱"即"不贰"也,"变动不居"即"不测"也。道家之书尤反复而不惮烦。《老子》三七、四八章言"道常无为而无不为";《庄子·大宗师》篇言"生生者不生",《知北游》《则阳》两篇言"物化者一不化",又逸文曰:"生物者不生,化物者不化"(《列子·天瑞》张湛注引);《文子·十守》言:"故生生者未尝生,其所生者即生;化化者未尝化,其所化者即化",又《微明》言:"使有声者乃无声也,使有转者乃无转也。"故《韩非子·解老》言:"常者,无攸易,无定理。"王弼《易》注中屡申斯说,如"复:彖曰:复其见天地之心乎!"王注言"静非对动",而为动之"本"。《列子·天瑞》:"易无形埒",张湛注:"易亦希简之别称也。太易之意,如此而已,故能为万化宗主,冥一而不变者也";曰"简"、曰"万化宗主"、曰"不变",即郑玄之"三义"尔。苏轼《前赤壁赋》:"逝者如斯,而未尝往也;盈虚者如彼,而卒莫消长也";词人妙语可移以解经儒之诂"易"而"不易"已。古希腊哲人(Heraclitus)谓"唯变斯定"(By changing it rests);或(Plotinus)又谓"不动而动"(L'Intelligence se meut en restant immobile);中世纪哲人(St. Augustine)谓"不变而使一切变"(Immutabilis, mutans omnia)。西洋典籍中此类语亦甲乙难尽。歌德咏万古一条之悬瀑,自铸伟词,以不停之"变"(Wechsel)与不迁之"常"(Dauer)二字镕为一字(Wölbt sich des bunten Bogens Wechseldauer),正合韩非、苏轼语意;苟求汉文一字当之,则郑玄所赞"变易"而"不易"之"易",庶几其可。当世一法国诗人摹状大自然之即成即毁、亦固亦流,合"两可"(ambiguïté)与"两栖"(amphibié)二文为一字(l'amphibiguïté de la Nature)，又此"易"字之类欤。〔1〕

　　这段文字首先以《易·系辞》中的两则引文为证，肯定了郑玄、孔颖达对"易之名"的解释——"易"一名而含"易简""变易""不易"三义，批驳了明末经学家张尔岐（号蒿庵，倡"六经皆礼"之说）所谓"易"与"不易"两义背驰，所以不能"以不易释易"的观点。钱锺书指出，易之三义相匹配而非相背离（"骖靳而非背驰"），张尔岐这位经生之所以会产生困惑，是因为他"苛察文义，而未洞究事理"，不知道"变不失常，一而能殊，用动体静，固古人言天运之老生常谈"。张尔岐著有《易经说略》八卷、《老子说略》二卷，对天道、天命之说并不陌生，应该不会不知道古人讲解大自然运行法则（"天运"）的"老生常谈"，他的问题应该出在不能将"变不失常、用动体静"这个道理用于参悟"易"与"不易"的辩证关系。

　　为了证明"变不失常、用动体静"之说乃老生常谈，钱锺书引用了法家、名家、儒家的经典文献如《管子》《公孙龙子》《中庸》《易传》等为证，并强调指出，"道家之书尤反复而不惮烦"，随后就引用了《老子》《庄子》《列子》《文子》等道家典籍中的诸多说法。考其要点，主要是揭示了道与万物的关系，道是"生生者""化物者""使有转者"，万物是"所生者""所化者""有转者"，万物生生不息，这就是变化，但"生生者不生、化物者不化"，也就是说，道是不变的，它只是推动万物生息消长。张湛说，"易亦希简之别称也。太易之意，如此而已，故能为万化宗主，冥一而不变者也"，这

　　〔1〕《管锥编》（第一册），第10—13页。

里的"太易",就是化万物而自身不动不化、决定着万物本质而自身不可言说的常道,类似于康德所说的"物自体"。钱锺书认为,"太易"的三个特性——"简""万化宗主""不变",就是郑玄所谓"易"之三义。为了形象地说明太易之理,钱锺书引用了苏轼《前赤壁赋》里的名句"逝者如斯,而未尝往也;盈虚者如彼,而卒莫消长也"。句中的"逝者"为江水,江水东逝,但水流常在,"盈虚者"为月,月有阴晴圆缺,但月的实体不变,读者由此可以真切地体会到"自其变者而观之,则天地曾不能一瞬;自其不变者而观之,则物与我皆无尽也",也就是天地万物"易而不易""变不失常"的深邃哲理。诚如钱锺书所言,"词人妙语"可移以解"经儒之诂"。

除了广泛征引中国典籍以说明张尔岐所痛斥的"以不易释易"实为常见思维模式,钱锺书还以西方的哲学家、文学家为证,如古希腊哲人赫拉克勒斯(Herakles)、普罗提诺(Plotinus),中世纪哲人奥古斯丁(Aurelius Augustinus),德国文豪歌德,以及一位现代法国诗人。赫拉克勒斯是前苏格拉底时期的哲学家,他和另一位前苏格拉底时期的哲学家巴门尼德(Parmenides of Elea)对世界本质的看法正好构成两个极端。赫拉克勒斯认为,一切都在变(everything changes),巴门尼德认为,一切皆不变(nothing changes)。[1] 赫拉克勒斯关于变化流动为事物本质的格言广为流传:"你不能第二次踏进同一条河流;因为从你脚下淌过的永远是新的水流"(You cannot step twice into the same river; for fresh waters are ever flowing in upon you.);"每天的太阳都不同往日"(The

---

[1]Bertrand Russell, History of Western Philosophy, Routledge, 1999, p56.

sun is new everyday）。[1] 罗素指出,赫拉克勒斯这种万物"永恒流动"（perpetual flux）的信条令人痛苦,但从科学的角度出发,人们无法拒绝它。哲学家的野心之一就是重新点燃被科学杀死的希望,他们执着地探索不受"时间帝国"（the empire of time）管辖的事物。这种挑战"时间帝国"的探索始自巴门尼德。[2]

巴门尼德声称,由于我们身处当下,却可以知道过去的事,这就意味着过去的事并未成为过去,因此,并没有变化这回事。[3] 在《论自然》一诗中,他认为人的感官具有欺骗性,事物的纷繁多样其实只是一个错觉。唯一真实的存在就是"一"（the One,类似于《易纬》所谓"太一"）,它是无限的,也是不可分割的。[4] 巴门尼德对"一"的信念在西方古典时期最后一位大哲学家普罗提诺的思想中也能听到回声。普罗提诺是"新柏拉图主义"创始人,生活在古罗马历史上最动荡的时期。他不愿面对充斥废墟与苦难的"现实世界",而是倾心于思考善与美的"永恒世界"。[5] 他认为,"一","精神"（spirit）,"灵魂"（soul）,是"神圣的三位一体"（a Holy Trinity）。"一"超越"存在"（Being）,至高无上,是上帝,是善。[6] 上帝造物,既是永恒世界的开始,也是"可变的存在"（a changeful Being）发生变化的过程。[7] 很明显,普罗提诺的观点可以调和赫拉克勒斯、巴门尼德对世界本质的极端看法,他像巴

〔1〕*History of Western Philosophy*, p63.

〔2〕*History of Western Philosophy*, p65.

〔3〕*History of Western Philosophy*, p69.

〔4〕*History of Western Philosophy*, p66.

〔5〕History of Western Philosophy, p289.

〔6〕*History of Western Philosophy*, p293.

〔7〕*History of Western Philosophy*, p298.

门尼德一样,试图挑战"时间帝国",向往独立于时间之外的永恒,但他并不否定万事万物是可变的,只不过,变化着的世界是由不变的精神所开创、所引导。他所谓"不动而动",奥古斯丁所谓"不变而使一切变",均体现出这种融"易"与"不易"于一体的悖论思维。他们所说的"不动者""不变者",如果去除宗教色彩,正是道家所说的"生生者""化物者""使有转者"。

从钱锺书引用的赫拉克勒斯"唯变斯定"(By changing it rests)这个说法可见,即便是主张世界的本质是变化的赫拉克勒斯也并不否认动中之静、变中之常。罗素指出,赫拉克勒斯虽然没有提出巴门尼德式的"永恒理念"(the conception of eternity),但在他的哲学中,也有不死的元素,例如他说,世界是"永生的火焰"(ever-living Fire)。[1] 抽象地来看,火焰是变,永生是常,就像歌德笔下的悬瀑,苏轼笔下的长江,虽"逝者如斯",却"未尝往也"。

---

[1] *History of Western Philosophy*, p64.

钱锺书对章学诚、袁枚治学精神的传承发展

    钱锺书在《管锥编》中指出："盖修词机趣，是处皆有；说者见经、子古籍，便端肃庄敬，鞠躬屏息，浑不省其亦有文字游戏三昧耳。"[1]此说与其"史蕴诗心"[2]"古史即诗"[3]等说相呼应，显现出与清代阮元等截然对立的以经部、史部、子部典籍为文学研究资源的治学立场及其"经、史、子皆文章"的学术观念。[4] 此外，他还明确提出了"经、子、集皆心史"的观点。[5] 两者结合，充分彰显出钱锺书主张从"文""史"两个角度打通四部典籍的治学思想。本节拟对这一治学思想的内涵、依据及其对章学诚的"六

---

    〔1〕钱锺书《管锥编》(第二册)，中华书局，1979，第461页。
    〔2〕钱锺书《谈艺录》(补订本)，中华书局，1984，第363页。
    〔3〕《谈艺录》(补订本)，第38页。
    〔4〕傅道彬《"六经皆文"与周代经典文本的诗学解读》一文(《文学遗产》2010年第5期)结合章学诚的"六经皆史"说与钱锺书的"古史即诗"说，推演出钱锺书的治学思想中应当有"六经皆诗"的观念这一论点，但未提及钱锺书的"经子笔趣"说。
    〔5〕《谈艺录》(补订本)，第266页。

经皆史"说、袁枚的"六经皆文"说的传承发展略加疏说。

一、"章氏文史之义"与钱锺书所谓"文史通义"

钱锺书的父亲钱基博在一则日记中不无得意地记述道：

> 儿子锺书能承余学，尤喜搜罗明清两朝人集，以章氏
> （章学诚）文史之义，抉前贤著述之隐。发凡起例，得未曾
> 有。每叹世有知言，异日得余父子日记，取其中有系集部
> 者，董理为篇，乃知余父子集部之学，当继嘉定钱氏（钱大
> 昕）之史学以后先照映，非夸语也。[1]

钱锺书本人在《谈艺录》最后一则中阐发"章氏文史之义"
说：

> 学者每东面而望，不睹西墙，南向而视，不见北方，反三
> 举一，执偏概全。将"时代精神""地域影响"等语，念念有
> 词，如同禁呪。夫《淮南子·泛论训》所谓一哈之水，固可以
> 揣知海味；然李文饶品水，则扬子一江，而上下有别矣。知
> 同时之异世、并在之歧出，【补订一】于孔子一贯之理、庄生

〔1〕钱基博日记，1935年2月21日，见《钱锺书与近代学人》，第24页。钱基博日记毁于
"文革"，未有文字存世。上引文出自钱基博《读清人集别录》的引言中，日记写于1935年2月
20日，原载《光华大学》（半月刊）4卷6期，1936年3月。后被收入钱基博《中国文学史·附
录·清代文学纲要》，东方出版中心，2008，第758页。

大小异同之旨,悉心体会,明其矛盾,而复通以骑驿,庶可语
于文史通义乎。[1]

这段话表明,在钱锺书看来,唯有不囿限于"时代精神""地域
影响"等范畴而注重东西之理、南北之学的"打通"("通以骑
驿"),才可"语于"章学诚所谓"文史通义"。这无疑从一个侧面
印证了钱基博对其子喜"以章氏文史之义,抉前贤著述之隐"的评
价。

在《谈艺录》初版序言中,钱锺书介绍其治学思路与方法说:

　　凡所考论,颇采"二西"之书,"二西"名本《昭代丛书》
甲集《西方要纪·小引》《鲒埼亭诗集》卷八《二西诗》。以
供三隅之反。盖取资异国,岂徒色乐器用;流布四方,可征
气泽芳臭。故李斯上书,有逐客之谏;郑君序谱,曰"旁行以
观"。东海西海,心理攸同;南学北学,道术未裂。虽宣尼书
不过拔提河,每同《七音略序》所慨;而西来意即名"东土
法",堪譬《借根方说》之言。非作调人,稍通骑驿。[2]

这段开宗明义的文字和上引《谈艺录》结语,一首一尾,遥相
呼应,凸显出钱锺书对"章氏文史之义"的推崇,主要着眼于章学
诚治学贵"通"的理念,也就是他的"会通"精神。但章学诚的"会
通"精神与钱锺书在此处所作的阐发,无论在立论背景还是宗旨
取向等方面,均有差别。

---

[1]《谈艺录》(补订本),第304页。
[2]《谈艺录·序》(补订本),第1页。

章学诚《文史通义》的开篇及《答客问》相继指出：

> 六经皆史也。古人不著书，古人未尝离事而言理，六经皆先王之政典也。[1]

> 嗟乎！道之不明也久矣。《六经》皆史也。形而上者谓之道，形而下者谓之器。孔子之作《春秋》也，盖曰："我欲托之空言，不如见诸行事之深切著明。"然则典章事实，作者之所不敢忽，盖将即器而明道耳。其书足以明道矣，笾豆之事，则有司存，君子不以是为琐琐也。道不明而争于器，实不足而竞于文，其弊与空言制胜，华辩伤理者，相去不能以寸焉，而世之溺者不察也。太史公曰："好学深思，心知其意。"当今之世，安得知意之人，而与论作述之旨哉？[2]

《报孙渊如书》又说：

> 愚之所见，以为盈天地间，凡涉著作之林，皆是史学，六经特圣人取此六种之史以垂训者耳。子、集诸家，其源皆出于史，末流忘所自出，自生分别，故于天地之间，别为一种不可收拾、不可部次之物，不得不分四种门户矣。此种议论，知骇俗下耳目，故不敢多言；然朱少白所钞鄙著中，已有道及此等处者，特未畅耳。[3]

---

〔1〕[清]章学诚著，仓修良编注《文史通义新编新注·易教上》，上海古籍出版社，2005，第1页。

〔2〕《文史通义新编新注·答客问上》，第253页。

〔3〕《文史通义新编新注·报孙渊如书》，第721页。

这三段话明诏大号地提出了"六经皆史"亦即"经"乃三代"典章事实"[1]的观点,历来论者甚多,且歧见迭出,刘巍《章学诚"六经皆史"说的本源与意蕴》对此做了详尽梳理。[2] 本文拟从"会通"精神的角度,简要概括其说宗旨。

首先,在图书分类的层面上,章学诚力主以"班《志》""刘《略》"之法贯通"著作之林",反对"四种门户"之见。他自述《文史通义》的旨趣与方法说:"思敛精神,为校雠之学,上探班、刘,溯源官礼;下该《雕龙》《史通》,甄别名实,品藻流别,为《文史通义》一书。"[3]在《修志十议呈天门胡明府》中,他主张"仿班《志》、刘《略》,标分部汇,删芜撷秀,跋其端委,自勒一考,可为他日馆阁校雠取材"。[4] 对于《七略》《汉书·艺文志》之六分法(六艺、诸子、诗赋、兵书、术数、方技)流为四部分类法,章学诚在《上晓征学士书》中提出了尖锐批评:"学术之歧,始于晋人文集,著录之舛,始于梁代《七录》,而唐人四库因之。"[5]所谓"唐人四库",是指唐代将官方藏书分为经史子集四个书库的四部分类法,也就是章学诚所谓"四种门户"之见。在章学诚的时代,四部分类法因获乾隆圣谕首肯而确立了文化霸权。乾隆三十八年(1773),清廷开四库全书馆校核《永乐大典》,乾隆确定他日采录成编,题名《四库全书》。谕中有曰:"朕意从来四库书目,以经、史、子、集为纲领,衮

---

〔1〕参阅章学诚《文史通义·经解上》"古之所谓经,乃三代盛时,典章法度见于政教行事之实"之说,《文史通义新编新注》,第77页。

〔2〕刘巍文见《历史研究》2007年第4期。

〔3〕《文史通义新编新注·与严冬友侍读》,第706页。

〔4〕《文史通义新编新注·修志十议呈天门胡明府》,第857页。

〔5〕《文史通义新编新注·上晓征学士书》,第649页。

辑分储,实古今不易之法。"[1]圣谕以四部分类法为"古今不易之
法",而章学诚却认为四部分类法加剧了"著录之舛",难怪他在前
述致孙星衍(渊如)的信中感叹道:"此种议论,知骇俗下耳目,故
不敢多言。"从章学诚打通经史的眼光来看,《七略》中六艺、诸子
二略兼收儒家之书,且六艺略春秋类附列史书,未严经史之别,深
合其打通经史、以史明道的著述之志,而四部分类法"自生分别",
严经史之别,自然不合他的心志,所以他才力抗时流,崇《七略》而
黜《四库》。

其次,在治史目的的层面上,章学诚力主"即器而明道""好学
而知意",也就是通观"古今载籍"以明"史意"、以通"大道",从而
达到"通经致用"的目的。章学诚明确指出,"政教典章人伦日用
之外,更无别出著述之道,亦已明矣"[2]。"六经"之所以为
"史",正因为记载了上古三代"政教典章人伦日用"之"实"。治
史者应撇开严经史之别的门户之见,取"古今载籍"精思深究,以
收由史明道、以益"世教"之功。关于这一点,章学诚在自述其《文
史通义》的"著述之道"即其缘起和立意时,说得很明白:

> 故今之学士,有志究三代之盛,而溯源官礼,纲维古今
> 大学术者,独汉《艺文志》一篇而已。……故比者校雠其书,
> 申明微旨,又取古今载籍,自六艺以降讫于近代作者之林,
> 为之商榷利病,讨论得失,拟为《文史通义》一书。分内外杂
> 篇,成一家言。[3]

---

[1][清]永瑢等《四库全书总目》卷首,中华书局,1965,第1页。
[2]《文史通义新编新注·原道》,第101页。
[3]《文史通义新编新注·上晓征学士书》,第648页。

郑樵有史识而未有史学，曾巩具史学而不具史法，刘知几得史法而不得史意。此予《文史通义》所为做也。[1]

学诚读书著文，耻为无实空言，所述《通义》，虽以文史标题，而于世教民彝，人心风俗，未尝不三致意，往往推演古今，窃附诗人之义焉。[2]

概而言之，章学诚是在"以史明道""通经致用"的立场上，主张突破经、史的界限，反对"四种门户"之见。他的"会通"精神在此处主要体现在通观"自六艺以降讫于近代"之"古今载籍"，以明"自古圣王以礼乐治天下"之道，所以他说："学者诚能博览后世文之集，而想见先王礼乐之初焉，庶几有立而能言。"[3]从其"成一家言""耻为无实空言""好学知意"等说，及其重"六艺"，关注"官礼之变""乐之变"等特点可见，司马迁的通观古今以明"王道"及变化之迹的史学理念对其影响甚深。司马迁治史以"究天人之际，通古今之变，成一家之言"为宗，他又称许《春秋》说："子曰：'我欲载之空言，不如见之于行事之深切著明也。'夫《春秋》，上明三王之道，下辨人事之纪，……王道之大者也。"对于"六艺"的价值，司马迁亦概而言之曰："《礼》以节人，《乐》以发和，《书》以道事，《诗》以达意，《易》以道化，《春秋》以道义。"[4]两相对照，无论是立意、论据还是措辞，章学诚皆有取于司马迁。章学诚盛赞马、班曰："史氏继《春秋》而有作，莫如马班，马则近于圆而

---

〔1〕《文史通义新编新注·〈和州志·志隅〉自叙》，第 887 页。
〔2〕《上尹楚珍阁学书》，《章氏遗书》卷二九，民国嘉业堂本。
〔3〕《文史通义新编新注·诗教下》，第 59 页。
〔4〕[汉]司马迁：《史记·太史公自序》，中华书局，1959，第 3297 页。

神,班则近于方以智也。"〔1〕可见他对《史记》心仪之深。

反观钱锺书所阐发的"文史通义",以打通"东西之理""南北之学"为指归,与章学诚的本意似有出入。不过,钱锺书对"章氏文史之义"亦有深究,下文将略加申说。

二、钱锺书对章学诚"六经皆史"说的考论与拓展

钱锺书在辨析章学诚、袁枚治学思想同异时,引述了袁枚《小仓山房文集·史学例议序》"古有史无经"之说:

> 古有史而无经,《尚书》《春秋》,今之经,昔之史也。
> 《诗》《易》者,先王所存之言;《礼》《乐》者,先王所存之法。
> 其策皆史官掌之。〔2〕

钱锺书下断语说,袁枚此说即"《文史通义》'六经皆史'之说也"〔3〕在钱锺书看来,章学诚虽然"痛诋子才,不遗余力",但前者之"论学大义"与后者之"说诗要指",常常"不谋自合"。〔4〕 两人皆持"六经皆史"观,即是例证。

---

〔1〕《文史通义新编新注·书教下》,第36页。
〔2〕《谈艺录》(补订本),第262页。参观袁枚《随园随笔》卷二十四《古有史无经》:"刘道原曰:历代史出于春秋。刘歆七略,王俭,皆以史,汉附于春秋而已。阮孝绪七录,才将经史分类。不知古有史无经,《尚书》《春秋》皆史也;诗、易者,先王所传之言;礼者,先王所立之法,皆史也。"(《袁枚全集》本,江苏古籍出版社,1993,第414页。)
〔3〕《谈艺录》(补订本),第262页。
〔4〕《谈艺录》(补订本),第261—262页。

对于章学诚"六经皆史"说的渊源,钱锺书论述道:

> 按"六经皆史"之说,刘道原《通鉴外纪序》实未了了。……王阳明《传习录》卷一、……王元美《艺苑卮言》卷一、胡元瑞《少室山房笔丛》卷二、……顾亭林《日知录》卷三,……皆先言之。而阳明之说最为明切。略谓:"以事言曰史,以道言曰经。事即道,道即事。《春秋》亦经,五经亦史。《易》是庖牺之史,《书》是尧舜以下史,礼乐即三代史,五经亦即是史。史以明善恶,示训戒,存其迹以示法"云云。"《春秋》亦经",暗合董子《春秋繁露》之绪;"五经亦史",明开实斋《易教》上之说。[1]

钱锺书又指出,王阳明的"五经亦史"之说与程、朱之论,则"如炭投冰"[2]:

《程氏遗书》卷二上云:"《诗》《书》载道之文,《春秋》圣人之用。五经之有《春秋》,犹法律之有断例。《诗》《书》如药方,《春秋》如用药治疾。"《朱子语类》卷一百二十一云:"或问《左传》疑义。曰:公不求之六经《语》《孟》之中,而用功于《左传》;《左传》纵有道理,能几何。吕伯恭爱与学者说《左传》,尝戒之曰:《语》《孟》六经多少道理不说,恰限说这个;纵那上有些零碎道理,济得甚事。"《语类》卷一百十六训渊、卷一百十八斥郑子上、卷一百二十答器远等均申此意。盖以经与史界判鸿沟也。[3]

---

〔1〕《谈艺录》(补订本),第263—264页。
〔2〕《谈艺录》(补订本),第264页。
〔3〕《谈艺录》(补订本),第264—265页。

这段引文的着落点在"盖以经与史界判鸿沟也"这一断语。照程、朱的立场，《春秋》与作为其传文的《左传》有等级之别，《春秋》为"圣人之用"，蕴含着"多少道理"，《左传》里只是些"零碎道理""济得甚事"。这和章学诚既着眼于消弭经史鸿沟，又着眼于提升史学地位的以经为史的立场，的确势如冰炭。

在梳理了章学诚"六经皆史"说的渊源，辨析了其与程、朱尊经轻史的立场之别后，钱锺书进而指出：

> 程子亦以史为存迹示法，而异于阳明者：存迹示法，法非即迹，记事著道，事非即道。阳明之意若谓：经史所载虽异，而作用归于训戒，故是一是二。说殊浅陋。且存迹示法云云，祇说得事即道，史可作经看；未说明经亦是史，道亦即事，示法者亦祇存迹也。尝试言之。道乃百世常新之经，事为一时已陈之迹。《庄子·天运》篇记老子曰："夫六经，先王之陈迹也，岂其所以迹哉"；《天道》篇记，桓公读圣人之书，论扁谓书乃古人糟粕，道之精微，不可得传。《三国志·荀彧传》注引何劭为《荀粲传》，记粲谓："孔子言性与天道，不可得闻，六籍虽存，固圣人之糠秕"云云。是则以六经为存迹之书，乃道家之常言。六经皆史之旨，实肇端于此。[1]

这段话首先指出，程颐与王阳明虽然都把史书看作"存迹示法"的载体，但程颐认为，"法非即迹，事非即道"，王阳明却认为，"经史所载虽异，而作用归于训戒，故是一是二"。也就是说，对程

---

[1]《谈艺录》（补订本），第265页。

颐来说，经史之别，是法与迹之别，道与事之别，两者界限清晰，等级分明；但对王阳明来说，"事即道，道即事"，"以事言曰史，以道言曰经"，经史之用，同归于"训诫"，两者浑然一体，不可判然两分。钱锺书认为，王阳明的说法殊为"浅陋"，而且他的"史以存迹示法"说，只证明了"得事即道，史可作经看"，未能说明"道亦即事，经亦是史"。钱锺书为其补充论证说，"道乃百世常新之经，事为一时已陈之迹"，并援引《庄子》"天道""天运"二篇中"六经乃先王陈迹""圣人之书乃古人糟粕"，荀粲"六籍固圣人之糠粃"之说指出，"以六经为存迹之书，乃道家之常言"，并下断语说，"六经皆史之旨，实肇端于此"。此论既申经史不二之旨，又寓横通经子之意，既将"六经皆史"说的思想依据从儒家横向扩展到了道家，又把"六经皆史"说的思想源流纵向上推到了《庄子》，持论通脱，发人深省。

钱锺书最后阐发己意说：

> 夫言不孤立，托境方生；道不虚明，有为而发。先圣后圣，作者述者，言外有人，人外有世。典章制度，可本以见一时之政事；六经义理，九流道术，征文考献，亦足窥一时之风气。道心之微，而历代人心之危著焉。故不读儒老名法之著，而徒据相斫之书，不能知七国；不究元祐庆元之学，而徒据系年之录，不能知两宋。龚定庵《汉朝儒生行》云："后世读书者，毋向兰台寻。兰台能书汉朝事，不能尽书汉朝千百心。"断章取义，可资佐证。阳明仅知经之可以示法，实斋仅识经之为政典，龚定庵《古史钩沉论》仅道诸子之出于史，概不知若经若子若集皆精神之蜕迹，心理之征存，综一代典，

莫非史焉,岂特六经而已哉。[1]

这段总结语力排众议,独抒己见,兼具史识哲思,是钱锺书对"六经皆史"说以及类似观点的"大判断"[2],颇有横扫千军、一洗万古之势。从内在逻辑来看,这段话可以分为三个层次:首先,钱锺书从"言"与"境"的关系——即言论著述与时代环境的关系——的角度指出,从"六经"等典籍及三教九流的著述中,可以"见一时之政事","窥一时之风气";其次,钱锺书从"道心"与"人心"的关系的角度指出,道心的幽微难明,恰恰彰显了历代人心的凶险难测,因此,不读诸子百家儒老名法的著述,只看记录战事与兵法的"相斫书",就不能深刻理解战国时代,不深究元祐党争、庆元党禁以及与此相关的理念之争,只看系年的史书(如《建炎以来系年要录》之类),就不能真正理解两宋;最后,钱锺书在历数王阳明、章学诚、龚自珍的偏失后指出,经史子集都是"精神之蜕迹,心理之征存",因此,"综一代典,莫非史焉,岂特六经而已"。

钱锺书之说显然是以孟子"知人论世"之说及《伪古文尚书·大禹谟》"道心惟微,人心惟危"之说为依托,但他又自出机杼,大胆提出了"经、子、集皆心史"这样的观点,从而极大拓展了章学诚"六经皆史"的观念。按照钱锺书的思路,经、子、集虽非史部之书,却是"精神之蜕迹,心理之征存",从中可以窥见"历代人心",如果仅仅依据史官对历史事件的记录考察历史,而忽视了政典、哲学、文学中所折射出的时代心声,就不能深入把握一朝一代之

---

[1]《谈艺录》(补订本),第266页。
[2]钱锺书认为,诗家有"大判断"之说。

真精神,也不能尽窥历代人的内心世界。龚自珍所谓"兰台能书汉朝事,不能尽书汉朝千百心",正可以形象地诠释钱锺书读史入心、四部皆史的观念。这种观念既和陈寅恪视其著述为"所南心史"(即宋遗民郑思肖的诗文集)的心路相呼应,又和西方的心态史学灵犀相通。心态史学"重视历史上各种类型人物的欲望、动机和价值观念,重视历史上各种社会集团、各种阶层的精神风貌,重视平静年代人们的精神活动和激荡岁月中人们的精神变化,重视上述这些因素对历史进程所产生的广泛而深刻的影响"[1],这种新史学的理念与方法为钱锺书的"经、子、集皆心史"说提供了更有力的佐证。

三　钱锺书的"经子笔趣"说

如前所述,钱锺书将章学诚"六经皆史"的观念拓展为"经、子、集皆心史"。这是试图从"史"的角度会通古今载籍,既有助于开阔史学研究的视野,也有助于从总体上把握传统人文学。与此相应,他还试图从"文"的角度会通古今载籍,贯通人文之学。

他在分析"易之三名"时指出:"语出双关,文蕴两意,乃诙谐之惯事,固词章所优为,义理亦有之。"[2]也就是说,双关语作为一种有助于营造"诙谐"表达效果的修辞手法,不仅为文学家所擅长,也会出现于严肃的哲学著述。

---

〔1〕彭卫:《历史的心镜——心态史学》,河南人民出版社,1992,第1页。
〔2〕《管锥编》(第一册),第7页。

在《管锥编·老子王弼注》第十七则中，钱锺书解释《老子》第七二章中"夫唯不厌，是以不厌"这句话说，这里的"厌"字"一字双关两意"，第一个"厌"，是"餍足"的意思，第二个"厌"，是厌恶的意思。[1] 串起来讲，"夫唯不厌，是以不厌"的意思是说，只有不过于满足，才会不讨厌，比如，美食吃得太多，就会感到厌倦，少吃点，才会更加喜爱。唐代散文家元结在一篇铭文中也借助"厌"字的双关意，表达过相似的意思，他说："目所厌者，远山清川；耳所厌者，水声松吹；霜朝厌者寒日，方暑厌者清风。于戏！厌、不厌也；厌犹爱也。"[2] 这里的"厌"，就是"不厌"，就是"爱"，之所以"爱"，是因为远山清川，水声松吹，霜晨寒日，暑天清风，皆有动人之美，却都超逸淡远，怡人而不媚人，不会令人厌倦。对于《老子》第七一章中的"夫唯病病，是以不病"说，钱锺书解释说："第一'病'即'吾有何患'之'患''绝学无忧'之'忧'，第二、三'病'即'无瑕谪'之'瑕''能无疵乎'之'疵'。患有瑕疵，则可以去瑕除疵以至于无。"[3]

在举例说明《老子》这一"义理之书"中亦有诗文中常用的双关手法后，钱锺书进一步指出：

> 涉笔成趣，以文为戏，词人之所惯为，如陶潜《止酒》诗以"止"字之归止、流连不去（"居止""闲止"）与制止、拒绝不亲（"朝止""暮止"）二义拈弄。哲人说理，亦每作双关语，如黑格尔之"意见者，己见也"（Ein Meinung ist mein），毕

---

〔1〕《管锥编》（第二册），第 712 页。
〔2〕《管锥编》（第二册），第 712 页。
〔3〕《管锥编》（第二册），第 712 页。

熙纳（L. Büuchner）及费尔巴哈之"人嗜何，即是何"（Der Mensch ist，was er ist），狡犹可喜，脍炙众口，犹夫《老子》之"道可道""不厌不厌""病病不病"也。经、子中此类往往而有。[1]

　盖修词机趣，是处皆有；说者见经、子古籍，便端肃庄敬，鞠躬屏息，浑不省其亦有文字游戏三昧耳。[2]

这两段话的意思是说，文人与哲人，审美与思辨，并非判然两分。哲人可以有文人心性，思辨中可以融入审美元素。例如，哲人在说理时，也会像文人一样，讲究"修词"，追求"机趣"。黑格尔所谓"意见者，己见也"（Ein Meinung ist mein），毕熙纳（通译"毕希纳"）及费尔巴哈所谓"人嗜何，即是何"（Der Mensch ist，was er isst），《老子》所谓"道可道""不厌不厌""病病不病"，就是明证。钱锺书在这里引用了两句德语原文，其中，Meinung 是指"意见、看法、观点"，mein 是物主代词，意为"我的"，由于一个人的意见、观点往往局限于自身的视野，所以，貌似客观的意见往往是个人的主观看法，黑格尔所谓"意见即己见"，正是有见于此，巧合的是，Meinung 一词中恰好嵌着 mein 这个物主代词，黑格尔见机而作，构造出了 Ein Meinung ist mein（本意为"意见是我的"）这个颇具修词机趣的说法，巧妙而精警。毕希纳、费尔巴哈所谓"Der Mensch ist，was er isst"，也同样巧妙，句中的 ist 是"是（sein）"这个动词的第三人称现在时直陈式，isst 则是"吃（essen）"这个动词的单数第三人称现在时直陈式，Mench 意为"人"，

---

〔1〕《管锥编》（第二册），第712—713页。
〔2〕《管锥编》（第二册），第715页。

was 意为"什么",全句的本意是"吃什么,像什么",类似章学诚所谓"读书如吃饭,善吃饭者长精神,不善吃者生痰瘤"[1]。妙的是,ist、isst 不但形近,而且音同,通读全句,不但能体会到人之所嗜决定人的本质这一深刻哲理,也能感受到哲学家的诙谐笔趣,令人会心一笑。汉语修辞学里有所谓"析字格",包含化形、谐音、衍义三类,毕希纳、费尔巴哈的"吃什么,像什么"之说,可以说是综合运用了化形、谐音这两种手法,所以具有比较突出的修辞效果。

钱锺书提醒研究者注意中外哲学家的修词与笔趣,除说明"文字游戏"不限于文学作品、修辞研究应从文学文本扩展到哲学文本以至历史文本之外,还有更大的关怀。从《管锥编》所评十部大书横跨经、史、子、集四部,以及他在研究思路上的打通文、史、哲三科着眼,钱锺书应当具有从审美研究出发会通中国古典人文学的愿心和抱负。他所谓"涉笔成趣,经、子中往往而有""经、子古籍亦有文字游戏三昧",显然是要打破经、子之学与词章之学的壁垒,融义理、考据、词章于一体。这种治学理念深合于"章氏文史之义",也可以视为钱锺书对章学诚史学思想的传承发展。

章学诚主张打通经史,打通义理、考据、词章之学,超越经师、文人、理学家之壁垒,以求周孔之道。他指出:

> 训诂章句,疏解义理,考求名物,皆不足以言道也。取三者而兼用之,则以萃聚之力补遥溯之功,或可庶几耳。……义理不可空言也,博学以实之,文章以达之,三者合于

---

[1][清]袁枚:《随园诗话》,人民文学出版社,1982,第461页。

一,庶几哉周、孔之道虽远,不啻累译而通矣。顾经师互诋,
文人相轻,而性理诸儒,又有朱、陆之同异,从朱从陆者之交
攻,而言学问与文章者又逐风气而不悟,庄生所谓"百家往
而不返,必不合矣",悲夫![1]

《骚》与《史》,皆深于《诗》者也。言婉多风,皆不背于
名教,而梏于文者不辨也。故曰必通六义比兴之旨而后可
以讲春王正月之书。[2]

在第一段引文中,章学诚再次强调指出,治学、治史的目的是
求道、明道,也即还原"周孔之道"。因此,探究"义理"为治学、治
史之第一义,"训诂章句""考求名物"只是手段,并非治学、治史
的目的。由于"训诂章句""考求名物"等实证研究需以"博学"
为基础,所以章学诚说,"义理不可空言也,博学以实之"。在"博
学以实之"之外,还要"文章以达之",也就是说,治学并非创作,讲
究词章并非其目的,只是为了让义理之思得以准确传达,即孔子
所谓"辞达而已"[3]。换句话说,在经史研究的范畴内,义理之
学、考据之学、词章之学皆以求道、明道为指归,三者不可分割,必
须"合于一"。章学诚所谓"必通六义比兴之旨,而后可以讲春王
正月之书",意为只有通晓《诗经》的赋比兴等修辞手法及其"言
婉多风,皆不背于名教"的风格特征,才可以讲解《春秋》这部经书

---

〔1〕《文史通义新编新注·原道下》,第103—105 页。
〔2〕《文史通义新编新注·史德》,第267 页。
〔3〕[三国]何晏注、[宋]邢昺疏《论语注疏·序》,[清]阮元校刻《十三经注疏》本,中华
书局,1980 年影印本,第2519 页。

（清赵翼曰：《春秋》每岁必书'春，王正月'"[1]）。此说固然是从维护"名教"的角度立论，但也揭示了词章之学与义理之学的内在联系。但当时学界却是"经师互诋""文人相轻""性理诸儒""交攻"，有如庄子所说的"百家往而不返，必不合矣"。章学诚因而有"悲夫"之叹。

钱锺书在分析"易之三名"时，引用苏轼《前赤壁赋》中的文句"逝者如斯，而未尝往也；盈虚者如彼，而卒莫消长也"解释易理，然后指出："词人妙语可移以解经儒之诂'易'而'不易'已。"[2]类似的说法有，"文人慧悟逾于学士穷研""词人体察之精，盖先于学士多多许矣""诗人心印胜于注家皮相""秀才读诗，每胜学究""词人一联足抵论士百数十言"。他又在解析《列子张湛注》"用之不勤"一句的注释后强调指出："训诂须兼顾词章、义理。"[3]由此可见，钱锺书和章学诚一样，也对"百家不合"的学术现象深感忧虑，他因此发扬"章氏文史之义"，力倡义理之学、考据之学、词章之学的融通。他和章学诚的区别在于，章学诚以探求"周孔之道"为治学目标，而他研读经子古籍之际，不光有求道之心，也致力于探究其中的"文字三昧"。

四 从"六经皆文"到"经、史、子皆文章"

如上所述，钱锺书的"经子笔趣"说着眼于打破经、子之学与

---

[1]［清］赵翼：《陔余丛考·春不书王》，商务印书馆，1957，第36页。
[2]《管锥编》（第一册），第11页。
[3]《管锥编》（第二册）。

词章之学的壁垒。与此相呼应,他的"史蕴诗心"说则是着眼于打破历史学与文艺学的樊篱,两者一脉相通。他指出:"流风结习,于诗则概信为征献之实录,于史则不识有椓空之巧词,只知诗具史笔,不解史蕴诗心。"[1] 又指出:"与其曰:'古诗即史',毋宁曰:'古史即诗。'"[2] 基于这样的理念,他对刘知几的"视史如诗,求诗于史"深为赞赏。[3]

如果将钱锺书的"经子笔趣"说与"史蕴诗心"说合为一体,即可推出"经、史、子皆文章"的治学思路。所谓"经、史、子皆文章",即是指经部、史部、子部的典籍皆有"文学性",皆为文章渊薮,皆是文学研究资料。这是因为,诗文家之外,经、子、史诸家,皆有"诗心",皆求"笔趣",其为文,皆有谋篇布局、修辞声韵等审美考虑。因此,以治文学为务者,既可效刘知几,"求诗于史",亦可效金圣叹,从哲人、史家笔下观文法[4]。这种通观四部典籍以求艺文之道的治学思路,可以说是对袁枚"六经皆文"说的一大发挥。

袁枚指出,"《六经》者,亦圣人之文章耳"。[5] 他论证说:

古圣人以文明道,而不讳修词。骈体者,修词之尤工者

---

〔1〕《谈艺录》(补订本),第 363 页。

〔2〕《谈艺录》(补订本),第 38 页。

〔3〕《管锥编》(第一册),关于钱锺书"史蕴诗心",论者颇多,可参看李洪岩《史蕴诗心:浅论钱锺书的史学观念》(《北京日报》,1994 年 4 月 28 日第 7 版)、《史蕴诗心 何疑之有:与赵光贤教授商榷》(《北京日报》,1994 年 7 月 20 日第 7 版)、李洲良《论春秋笔法与诗史关系》《文学遗产》2006 年第 5 期)等文。

〔4〕金圣叹《〈三国志演义〉序》云:"余尝集才子书者六。目曰《庄》也,《骚》也,马 之《史记》也,杜 之律诗也,《水浒》也,《西厢》也。谬加评订,海内君子皆许余,以为知言。"此序为毛宗岗所作,托名金圣叹。

〔5〕[清]袁枚:《答惠定宇书》,周本淳标校《小仓山房诗文集》,第 1528 页。

也。六经滥觞，汉魏延其绪，六朝畅其流。论者先散行后骈体，似亦尊干卑坤之义。[1]

又说：

> 不知六经以道传，实以文传。《易》称修词，《诗》称词辑，《论语》称为命，至于讨论修饰而犹未已，是岂圣人之溺于词章哉？盖以为无形者道也，形于言谓之文。既已谓之文矣，必天下人矜尚悦绎，而道始大明。若言之不工，使人听而思卧，则文不足以明道，而适足以蔽道。[2]

袁枚的上述观点，显然是祖述孔子的"言而无文，行而不远"之说。孔子认为，"言"的作用是"足志"，"文"的作用是"足言"，"不言"则无人知其"志"，"言"而无"文"，则不能广为传播。[3]袁枚所谓"古圣人以文明道"，即孔子所谓"文"以"足言""足志"；其所谓"六经""实以文传"，"言之不工，使人听而思卧，则文不足以明道，而适足以蔽道"，即孔子所谓"言而无文，行而不远"。袁枚之说的新意在于，他明确指出，"明道""不讳修词"、不避"修饰"，"明道"之"文"必使"使天下人矜尚悦绎"，因此，"六经"不仅是明道之书，而且是"文之始"[4]：除"骈体"滥觞于"六经"之外，《诗经·关雎》为"有韵之文"的鼻祖，《尚书·尧典》为"无韵之

---

〔1〕［清］袁枚：《胡稚威骈体文序》，《小仓山房诗文集》，第1398页
〔2〕［清］袁枚：《虞东先生诗文序》，《小仓山房诗文集》，第1380页。
〔3〕［晋］杜预注，［唐］孔颖达疏《春秋左氏传注疏·襄公二十五年》，［清］阮元校刻《十三经注疏》本，中华书局，1980年影印本，第1985页。
〔4〕［清］袁枚：《与邵厚庵太守论杜茶村文书》，《小仓山房诗文集》，第1544页。

文"的鼻祖。[1]

　　袁枚的这种于六经探文原、观文心的思路,在钱锺书的治学体系中发展为广求文章义法于经、史、子、集四类典籍。其《管锥编》一书即是明证。此书分别对《周易正义》《毛诗正义》《左传正义》《史记会注考证》《老子王弼注》《列子张湛注》《焦氏易林》《楚辞洪兴祖补注》《太平广记》《全上古三代秦汉三国六朝文》十部典籍加以考论。这十部书,分属经、史、子、集四个部类。钱锺书不光于哲学类的"经、子古籍"(如《周易正义》《老子》《列子》《焦氏易林》)中探究"笔趣",也在史学典籍(如《左传》《史记》)中探究"诗心",其会通六经四部以观艺文之道的用心,跃然欲出。

　　在上一节中,已述及《管锥编·老子王弼注》所论之"双关语"现象,除此之外,还可以从《管锥编》对《周易正义》《列子张湛注》《焦氏易林》及《左传正义》《史记会注考证》诸书的考论中,发现诸多文艺学范畴的探讨和评述,分别涉及修辞学、文体学、叙事学、文艺心理学、中西比较文学以至文艺本原论等各领域,虽然多为琐细之谈,却也不乏探本之论,隐隐然与《谈艺录》《七缀集》以及《管锥编》对《毛诗正义》与集部之书的艺文评等交互映发,构成了一个诗学文论的潜体系,如"互文相足""比喻有两柄多边""修辞兼言之例"(《管锥编·周易正义》),"通感""想梦与因梦""造艺者心手相应"(《管锥编·列子张湛注》),"四言诗范""用与艺""企慕情境""一喻之两柄""汉人修辞常习""薛伟化鱼与卡夫卡《变形记》"(《管锥编·焦氏易林》),"晦与隐""记言与

　　〔1〕〔清〕袁枚:《答戴敬贤进士论时文》,《小仓山房尺牍》,上海世界书局,1936,第127页。

代言""借乙口叙甲事""记事仿古""作文首尾呼应""对话省曰字"(《管锥编·左传正义》)、"用字重而非赘""详事而略境""叙事增饰""记事增饰""稠迭其词""《海赋》《江赋》之先河"(《管锥编·史记会注考证》),诸如此类,不一而足。[1]

本节拟从修辞学、文体学、叙事学、文艺心理学、中西比较文学、文艺本原论六个方面,各选一例略加解说。

其一,《史记》中的"稠迭其词"[2]。《史记·鲁仲连邹阳列传》载:"鲁仲连曰:'吾始以君为天下之贤公子也。吾乃今然后知君非天下之贤公子也!'"钱锺书评论说,此处全用《战国策·赵策》原文。其中的"乃今然后"四字乍视"堆栈重复",实则"曲传踌躇迟疑、非所愿而不获已之心思语气",犹如《水浒传》第一二回"王伦自此方才肯教林冲坐第四位"一句中的"自此方才"。如果把"乃今然后""自此方才"简省为"今乃知""才肯教"之类,则是"祗记事迹而未宣情蕴"。钱锺书又以《战国策·赵策》《庄子》中的三个句例为证。《战国策·赵策》载,苏秦说赵王曰:"虽然,奉阳君妒,大王不得任事。……今奉阳君捐馆舍,大王乃今然后得与士民相亲。"《庄子·天运》写孔子见老子归曰:"吾乃今于是乎见龙!"《庄子·逍遥游》写鹏待风厚方能振翼曰:"而后乃今培风,……而后乃今将图南。"钱锺书评论说,苏秦所谓赵王"乃今然后得与士民相亲",意为"待之已久,方能'得'也",也就是俗语所谓"总算等到这一天";孔子所谓"吾乃今于是乎见龙!"是感叹"非常之人而得幸会也";大鹏"而后乃今将图南",说明"远大之

---

〔1〕此处引文较多,为免烦琐,概不标注页码。
〔2〕本段落引文均出自《管锥编·史记会注考证·鲁仲连邹阳列传》,不再另行出注。

事匪可轻举也"。钱锺书概括说,上述句例中的"稠迭其词",都是为了表示"郑重",并非"堆栈重复"。他又评论梁沈约《宋书·前废帝纪》中"如此宁馨儿"一语说,"宁馨"即"如此",文中的王太后之所以"累迭同义之词",目的是要"增重语气",犹如白话小说中的"如此这般",或今语"这样的人真是少见少有"。清代训诂学家郝懿行《晋宋书故·宁馨》条虽然释"宁馨"为"如此",却讽刺沈约"不得其解,妄有增加,翻为重复",又赞许唐李延寿修撰的《南史·宋本纪》在"宁馨"上删去"如此"二字。钱锺书因而以"知训诂而未解词令"讥评郝懿行。

其二,《焦氏易林》堪称"四言诗范"。[1] 钱锺书指出,北宋黄伯思在《序》(《东观余论·校定焦赣易林序》)中已赞许《焦氏易林》"文辞雅淡,颇有可观览"。到了明代中期,"谈艺之士予以拂拭,文彩始彰,名誉大起"。杨慎摘录《易林》佳句,叹为"古雅玄妙",而嘲笑"世人无识,但以占卜书视之"。竟陵派的钟惺、谭元春评选《古诗归》,甄录诸《林》入卷四,赞不绝口,曰:"异想幽情,深文急响。"曰:"奇妙。"曰:"简妙。"曰:"《易林》以理数立言,文非所重,然其笔力之高、笔意之妙,有数十百言所不能尽,而藏裹迥翔于一字一句之中,宽然而余者。"钱锺书评论说,竟陵派的观点在当时影响颇大,《易林》也因此成了"词章家观摩胎息之编"。他举例说,董其昌的一首七律题云:《癸亥元日与林茂之借〈焦氏易林〉,贻以福橘五枚,茂之有作,依韵和之》,诗题中的林茂之,即林古度,属于钟、谭诗派;倪元璐撰《画石为祝寰瀛》,董瑞生评曰"造句著情,《易林》逊其简辣";李嗣邺称赞胡一桂的四言

〔1〕本段落引文均出自《管锥编·焦氏易林·焦延寿易林》,不再另行出注。

诗:"奇文奥义,识学兼造,当是焦延寿一流,为后来词人所绝无者。……犹得存此一卷诗,使后世与《易林》繇辞并读。"钱锺书总结说,《焦氏易林》几与《三百篇》并为"四言诗范"。汉代扬雄同样依傍《易经》而作《太玄经》,其伟词新喻如"赤舌烧城""童牛角马""垂涕累鼻""割鼻食口""啮骨折齿""海水羣飞"等,与《易林》相比,"相形而见绌也"。

其三,《左传》中的"小说笔法":"借乙口叙甲事。"[1]《左传·成公十六年》载:"楚子登巢车以望晋军,子重使太宰伯州犁侍于王后。王曰:'骋而左右,何也?'曰:'召军吏也。''皆聚于中军矣。'曰:'合谋也。''张幕矣。'曰:'虔卜于先君也。''彻幕矣。'曰:'将发命也。''甚嚣且尘上矣。'曰:'将塞井夷灶而为行也。''皆乘矣。左右执兵而下矣。'曰:'听誓也。''战乎?'曰:'未可知也。''乘而左右皆下矣。'曰:'战祷也。'"钱锺书评论说,这一节描写"不直书甲之运为,而假乙眼中舌端出之(the indirect presentation)",也即"借乙口叙甲事",纯属"小说笔法"。为了说明这一"小说笔法"的特质,钱锺书把《左传》中楚王与太宰探讨敌情的情节与杜牧《阿房宫赋》中的如下段落作对照:"明星荧荧,开妆镜也。绿云扰扰,梳晓鬟也。渭流涨腻,弃脂水也。烟斜雾横,焚椒兰也。雷霆乍惊,宫车过也。辘辘远听,杳不知其所之也。"钱锺书指出,这一节与《左传》中的上述描写,"句调略同,机杼迥别"。"杜赋乃作者幕后之解答,外附者也",《左传》"则人物局中之对答,内属者也",前者只是"铺陈场面",后者能"推进情事"。钱锺书进而将《左传》中的这一"小说笔法"与西方文学相对照。他首

---

〔1〕本段落引文均出自《管锥编·左传正义·成公十六年》,第210页,不再另行出注。

先指出，把"甲之行事，不假乙之目见，而假乙之耳闻亦可"，如英国小说家狄更斯描写选举，从欢呼声的逐渐提高就可以推知事情的进展（suddenly the crowd set up a great cheer etc），这种借乙耳叙甲事的笔法，与《左传》的"借乙口叙甲事"，"其理莫二也"。其后指出，西方典籍中描写敌家情状而手眼与左氏相类者，如荷马史诗中特洛伊王登城望希腊军而命海伦点出敌师将领的姓名，塔索史诗（意大利诗人塔索的长篇史诗《耶路撒冷的解放》）中回教王登城望十字军而命爱米妮亚点出敌师将领的姓名，"皆脍炙人口之名章佳什"。钱锺书总结说，以上中西经典中"借乙口叙甲事"的笔法，都比不上《元秘史》卷七中札木合与塔阳讨论敌情的那一节，"有问则对，随对而退，每退愈高，叙事亦如羊角旋风之转而益上。言谈伴以行动，使叙述之堆垛化为烟云"，《左传》等典籍中的同类描写与其相比，"遂嫌铺叙平板矣"，因此，《元秘史》中的这一节"足使盲邱明失色而盲荷马却步也"。

其四，诗文中的"想梦"与"因梦"。[1]《列子》载，"子列子曰：'神遇为梦，形接为事。故昼想夜梦，神形所遇。故神凝者想梦自消。信觉不语，信梦不达，物化之往来者也。古之真人，其觉自忘，其寝不梦，几虚语哉？'"[2]张湛注："此'想'谓觉时有情虑之事，非如世间常语尽日想有此事，而后随而梦也。"钱锺书借用乐广的概念评论说，心中的情欲、忆念，都可以称之为"想"，身体的感觉受触，当称之为"因"。当世西方心理学家弗洛伊德所谓"愿望满足"（eine Wunscherfüllung）及"白昼遗留之心印"

---

〔1〕本段落引文除"子列子曰"部分，均出自《管锥编·列子张湛注·周穆王》，不再另行出注。

〔2〕杨伯峻：《列子集释·周穆王》，中华书局，1979，第103—104页。

（Traumtag, die Tagesreste），就是"想"；所谓"睡眠时之五官刺激"（die Sinnesreize），就是"因"。《大智度论·解了诸法释论》指出："梦有五种：若身中不调，若热气多，则多梦见火、见黄、见赤；若冷气多，则多梦见水、见白；若风气多，则多梦见飞、见黑；又复所闻、见事，多思惟念故，则梦见；或天与梦，欲令知未来事。"钱锺书认为，"身中不调"，即"因"；"闻""见""思惟"，即"想"。质言之，因身体的感觉受触而生的梦，就是"因梦"，因心中的情欲、忆念而生的梦，就是"想梦"。《吕氏春秋·道应训》所谓"尹需学御，三年而无得焉，私自苦痛，常寝想之，中夜梦受秋驾于师"，《太平御览》中《梦书》一篇所谓"梦围棋者，欲斗也"，即是"想梦"。段成式《酉阳杂俎》记卢有则"梦看击鼓，及觉，小弟戏叩门为街鼓也"，陆游绝句"桐阴清润雨余天"题云"夏日昼寝，梦游一院，阒然无人，帘影满堂，唯燕蹋筝弦有声，觉而闻铁铎风响璆然，殆所梦也……"，这两例中的"梦看击鼓"与梦听"筝弦"，即是"因梦"。黄庭坚《六月十七日昼寝》曰："红尘席帽乌靴里，想见沧洲白鸟双；马啮枯萁喧午枕，梦成风雨浪翻江。"钱锺书评论说，此诗以沧洲结"想"，以马啮造"因"，"想"与"因"相结合，幻化为"风雨清凉之境"，"稍解烦热而偿愿欲"。二十八字，"曲尽梦理"。

其五，唐传奇《薛伟》与卡夫卡《变形记》。[1]《焦氏易林》旅卦曰："猾丑假诚，前后相违；言如鳖咳，语不可知。"钱锺书评论说，"鳖咳"是指语声低不可闻，既"创新诡之象"，又"极嘲讽之致"。其状即如《续玄怪录》记薛伟化鱼，大呼其友，而"略无应者"，继乃大叫而泣，人终"不顾"，盖"皆见其口动，实无闻焉"。

---

〔1〕本段落引文均出自《管锥编·焦氏易林·贲》，不再另行出注。

黄庭坚《阻风铜陵》："网师登长鳣，贾我腥釜鬲。斑斑被文章，突兀喙三尺，言语竟不通，嗋喁亦何益！"正写此情景。英京剧院市语以口开合而无音吐为"作金鱼"（to goldfish），类似于《焦氏易林》所谓"鳖咳"。钱锺书又将薛伟化鱼与卡夫卡小说《变形记》（Die Verwandlung）中的主人公变为甲虫的情节相对照：有人一宵睡醒，忽化为甲虫，与卧室外人应答，自觉口齿了澈，而隔户听者闻声不解（Man verstand zwar also seineWorte nicht mehr, trotzdem sie ihm genug klar, klarer alsIrüher, vorgekommen waren）。钱锺书指出，这一情节酷肖薛伟的遭遇。有评论家认为，这是"群居类聚而仍孤踪独处（die völlige Kontaktlosigkcit）"的象征。钱锺书认为，"当面口动而无闻"，比"隔壁传声而不解"更为"凄苦"。

其六，"用失艺存"与"文"之二名。[1] 清冯班《钝吟杂录》曰："古人文章自有阡陌，《礼》有汤之《盘铭》、孔子之《诔》，其体古矣。乃《三百五篇》都无铭、诔，故知孔子当时不以为诗也。……有韵之文，不得直谓诗……王司寇欲以《易林》为诗，直是不解诗，非但不解《易林》也。"章学诚《文史通义·诗教》曰："焦贡之《易林》、史游之《急就》，经部韵言之，不涉于诗也。"钱锺书指出，《易林》之作，为占卜也，本不必工于语言。但《易林》在示吉凶之余，也借以刻意为文，流露所谓"造艺意愿"已越"经部韵言"，而涉于"诗域"。诗家可以惊叹"不虞君之涉吾地也"，岂能痛诘之，坚拒之。钱锺书又从"用""艺"之辨的角度指出，卜筮之道不行，《易林》失其要用，却因"文词之末节"，得以不废。他进而指出，古人的屋宇、器物、碑帖，本来自有其实用价值，并非仅供

---

〔1〕本段落引文均出自《管锥编·焦氏易林·焦延寿易林》，不再另行出注。

观赏摩挲。但是，人事代谢，制作递更，最初是"因用而施艺"，此后是"用失而艺存"。文学也是如此，郦道元的《水经注》就是显例。《水经注》刻画景物佳处，可媲美于吴均的《与朱元思书》，同时下启柳宗元诸游记，论者对此并无异词，明张岱甚至认为："古人记山水手：太上郦道元，其次柳子厚，近时则袁中郎。"钱锺书评论说，模山范水是舆地之书的"余事"，"主旨大用"绝不在此。可是，按照冯班、章学诚等的文学立场，谈艺衡"文"而及郦《注》的人，恐怕也会被苛责为"直不解文，非但不解《水经注》"。阮元在《书梁昭明太子〈文选序〉后》力言经、史、子不得为"文"，可称冯、章之说的同调。钱锺书指出，阮元之所以反对以经、史、子为"文"，是因为不懂得"诗"与"文"均可由"指称体制之名"进而为"形容性能之名"这个道理。在他看来，一个概念由"体制之名"发展为"性能之名"，并非特殊现象，而是名义沿革的通则。

概而言之，钱锺书治学尚"通"，贵"圆而神"，黜偏而蔽，反对门户之见，反对自设藩篱，他分别将章学诚所谓"六经皆史"与袁枚所谓"六经皆文"拓展为"经、子、集皆心史"与"经、史、子皆文章"，不但体现出通览古今典籍、广求治学材料的开阔视野，更彰显出融通经史子集、会通人文之学的宏大抱负。他曾明确指出："人文科学的各个对象彼此系连，交互映发，不但跨越国界，衔接时代，而且贯串着不同的学科。"[1]他在治学中剑及履及，充分践行了这一理念。从以上数例中，可见一斑。陈寅恪评论王国维说："先生之著述，或有时而不彰；先生之学说，或有时而可商。唯此独立之精神，自由之思想，历千万祀，与天壤而同久，共三光而

---

[1]钱锺书：《"诗可以怨"》，《七缀集》，三联书店，2002，第129页。

永光。"〔1〕钱锺书的著述、学说自然也有可商之处,但他的治学思想和治学实践所昭示的会通之精神、优游之境界,却永远予人以启示。

---

〔1〕陈寅恪:《王观堂先生纪念碑记》,《陈寅恪先生全集·附录》,第1439页。

钱锺书三笔名之疑

——答范旭仑《发现钱锺书佚文一篇》

《中华读书报》2020 年 4 月 30 日刊出范旭仑《发现钱锺书佚文一篇》一文。文中指出：无锡国学专门学院 1929 年 1 月刊行一册同人杂志《国光》，通论及主要作者为钱锺书的父亲钱基博，且该刊诸作者殆实姓真名，唯末篇《笔语》署名"梼杌"，显系化名[1]。

《笔语》共九则，纵议前人诗文集，放言无忌，文笔老辣，录其二则如下：

> 阅湘绮集。湘绮诗以樵放为宗，性情极薄，出笔无俊快之致，至有稚率语、不可解语累其篇章，近体尤劣，宜李莼客不愿与之并称也。文以传记最为佳，而亦分二体。一则追

---

[1]范旭仑：《发现钱锺书佚文一篇》，《中华读书报》，2020 年 4 月 30 日。

摹《史记》，如李伯元、邹汉勋诸传是，《越缦堂日记》斥为"故意作奇，其实不通"者也；一则师法后汉、晋、宋诸《书》，如邓氏兄弟诸传是也，则超超元著已。九月十三日

阅中郎集。以碑版为大宗，此体中郎最所擅长，而辞繁不杀，语泛不切，千篇一律，排比可厌，多用成语，未见伟词。江瑶柱日食亦口臭，此之谓矣。又世以班蔡并举，其实班典重，蔡清轻，笔气不同，优劣以判。中郎文纤徐为妍，莫为之先。盖魏晋两汉间之过渡文字也。九月十四日〔1〕

范旭仑以为，此文乃钱锺书佚文。其论推究甚详，审断甚精，允称得当。唯文末献疑曰：

不明白钱默存化名"梼杌"的用意。梼杌，凶兽、恶人，"楚以名史，主于惩恶"。二十年后，钱默存在赵景深编的《俗文学》周刊发表论小说的札记，署名"全祖援"，亦难索解。同时的题名 Small Hours in An Attic or Noctes Atticae 笔记册，署名 C. S. Ch'ien，又用汉字标名"蝯叟"，也莫名其妙。游戏三昧，参悟匪易。〔2〕

笔者以为，倘考诸钱氏少年时恃才学而倨傲，拟春香而闹学之脾性，则其"梼杌""全祖援""蝯叟"三笔名之疑不难解。"梼杌"（音如桃兀），别名傲狠，四凶之一，钱基博宗儒家，温良敦厚，应不会用此笔名，却正合其子中书君（钱锺书年少时喜用之笔名）

---

〔1〕梼杌：《笔语》《国光》（无锡），1929 年 1 期。
〔2〕范旭仑：《发现钱锺书佚文一篇》，《中华读书报》，2020 年 4 月 30 日。

彼时心气,既傲且狠,且兼寓史笔无情之意。

此外,"全祖援""蝯叟"二笔名亦有迹可循。蝯者,善攀缘之兽。蝯叟、全祖援二笔名,戏拟全祖望、何绍基名号,皆有以攀缘为宗之意,亦与中书君好《西游记》之趣尚相通。

在中国古典小说中,钱锺书偏爱《西游记》《儒林外史》等生动活泼、富有谐趣的作品,与杨绛的小说趣尚相近[1]。他曾对社科院同事说:"我不喜欢《红楼梦》。我也不喜欢《三国演义》。我喜欢《西游记》,喜欢《儒林外史》。"[2]1986年,中央电视台出品的25集电视剧《西游记》开始上映,钱锺书成了忠实观众。他还应《新民晚报》之约写了评论文章《也来聒噪几句》。该文仅数百字,简短精辟,有如古代文论家的一则"文话",而非西式论文体[3]。文章署名"中枢",自是其常用笔名"中书君"的变格。该文并未收入钱锺书文集,和《笔语》一样,也属于佚文。在《也来聒噪几句》一文中,钱锺书称:"电视剧《西游记》是我爱看的节目,物难全美,当然也有些漏洞。"他随后指出第十五集《斗法降三怪》,将原著里本义为长外衣的"一口钟"误为一座铜钟;又指出,第十六集《趣经女儿国》里唐僧对女儿国的女王说今生无望、留待来世,抵触了佛教超出轮回的基本原则[4]。在学术名著《管锥编》中,钱锺书频繁引用《西游记》,总数达50次。可见其对《西游

---

〔1〕龚刚:《论杨绛与英国文学的关系——以小说艺术的对话为中心》,《文学评论》,2019年第2期。

〔2〕刘世德:《回忆》,丁志伟编,《钱锺书先生百年诞辰纪念文集》,生活·读书·新知三联书店,2010。

〔3〕龚刚:《变迁的张力:钱锺书与文学研究的现代转型》,《中国比较文学》,2004年第3期。

〔4〕中枢:《也来聒噪几句》,《新民晚报》,1988年3月18日(第6版"夜光杯")。

记》之偏爱及熟稔。

钱锺书于 1946 年还用过一个笔名"邱去耳"。其意难以索解，至今仍令钱学研究者困惑。笔者以为，"邱去耳"就是"邱"字去掉双耳旁。因此，作者或有以左丘明及左史（"左史记言，右史记事"）自命之意。左丘明著《左传》，乃瞽目良史，孔子赞曰："巧言、令色、足恭，左丘明耻之，丘亦耻之；匿怨而友其人，左丘明耻之，丘亦耻之。"[1]清雍正三年，为避孔子名讳，丘姓者奉旨于"丘"旁加"阝"，改为邱氏，故左丘明之后改丘氏为邱氏。由此可以推断，钱锺书以"邱去耳"为笔名，尚有反尊卑等级及名讳礼制之意。这也切合其亲老庄而远孔孟的一贯态度。

---

〔1〕孔子：《论语·公冶长》，朱熹《四书章句集注》，中华书局，1983。